왕이 길들인 새

단글

왕이 길들인 새 3

초판 1쇄 인쇄 2016년 3월 23일
초판 1쇄 발행 2016년 4월 8일

지은이 김민주
발행인 오영배
기획 박성인
책임편집 김다슬
표지 · 본문 디자인 권지연
제작 조하늬

펴낸 곳 (주)삼양출판사 · 단글
주소 서울시 강북구 도봉로 173
대표 전화 02-980-2112 **팩스** / 02-983-0660
편집부 전화 02-980-2116 **팩스** / 02-983-8201
블로그 blog.naver.com/dan_gul
출판등록 1999년 3월 11일 제9-00046호

ISBN 979-11-313-0565-2 (04810) / 979-11-313-0562-1 (세트)

+ 이 도서의 국립중앙도서관 출판시도서목록(CIP)은 서지정보유통지원시스템홈페이지(http://seoji.nl.go.kr)와 국가자료공동목록시스템(http://www.nl.go.kr/kolisnet)에서 이용하실 수 있습니다. (CIP제어번호: 2016007057)

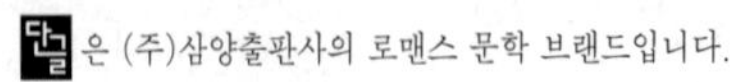

3

ROMANCE STORY

김민주 장편소설

단글

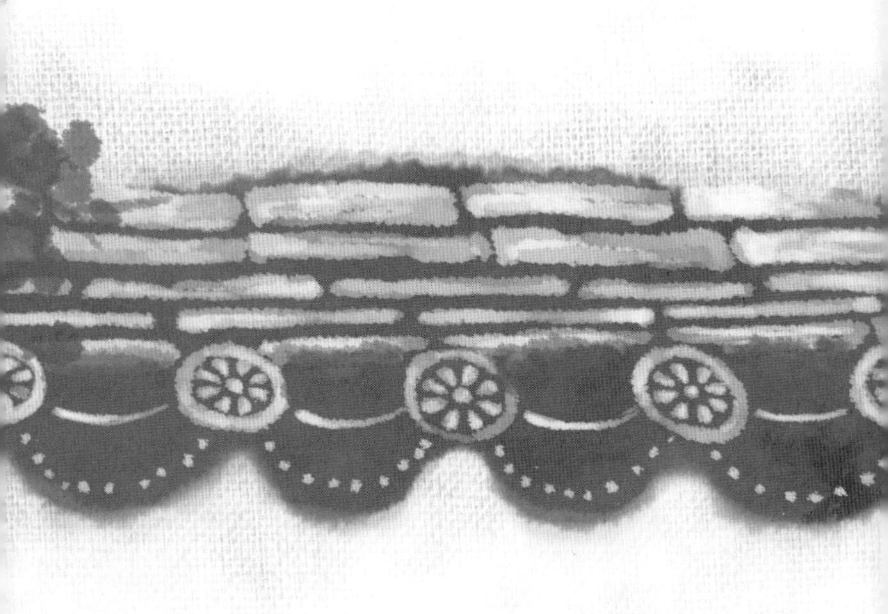

차 례

一章
차라리 바보가 되어 버릴까요?

썩은 사립문을 밀자 끼이익, 기분 나쁜 소음이 말초신경을 건드렸다. 을씨년스럽기는 수월재나 이곳이나 마찬가지였다. 무너진 담벼락 밑에 쌓인 흙더미와 제멋대로 솟아오른 메마른 겨울 잡초들, 허공과 허공을 잇고, 잡초와 잡초를 이으며, 무너진 담장과 처마를 잇는 거미줄이 사람의 손길을 완고히 거부하고 있었다. 인적을 거부하며 주인을 기리는 작고 하찮은 집이었다. 무어라 형언할 수 없는 기분이 들었다.

연옥은 거미줄을 걷어 내며 마당을 가로질렀다. 오래된 세간들이 여기저기 나뒹굴었다. 마루 위로 올라가 구멍이 숭숭한 방문을 열었다. 불을 지피지 않은 방 안의 공기가 바깥의 공기만큼이나 차갑고 추웠다. 마당을 돌아보자 곤이 어정쩡한 자세로 서성이고 있었다.

이곳에서 저분을 처음 뵈었던가…….

연옥은 고개를 내저었다. 저도 모르게 드는 감상을 떨쳐 냈다.

"안으로 드소서."

"나는 됐으니 너나 게 들어가 쉬도록 해라."

"옥체로 어찌 한 데 계시려 하시옵니까?"

마루 위로 훌쩍 올라선 곤은 연옥을 방 안으로 데려가 억지로 주저앉혔다. 잠시 머뭇거리다 밖으로 나온 그는 문설주에 기대 앉았다. 마룻바닥이 차디찼다.

연옥은 빠끔히 열려진 문틈 사이로 노곤해 뵈는 곤의 뒷모습을 보았다. 등롱을 불어 불빛을 사그라트렸다. 완연한 어둠이 찾아들었다. 두 사람의 숨소리만 문틈으로 오갈 뿐 초가는 지난 십여 년간 그러했듯 적막했다.

"소인이…… 연유를 여쭈어도 되겠사옵니까?"

연옥이 간신히 말문을 열었다.

"내가 네 아비를 어찌 죽였는지 말이냐?"

"소인을 살리셨사옵니다. 백성을 어여삐 여기시더이다. 그러한 나으…… 전하께오서 어이해 그리하셨는지 여쭙고 있나이다."

씁쓸한 미소가 곤의 입가에 걸쳤다.

"나는 정치하는 이다. 나는 권력을 탐하는 이다. 나는…… 나의 자리를 지켜야만 했다. 이 이상 내가 너에게 무슨 말을 하랴."

"신하도 백성이옵니다."

"나에게 반하는 신하였다."

"만조백관이 전하의 뜻에 어찌 부합되기만을 바라겠나이까? 여러 사람의 생각을 조화로이 하고자 조정이 있는 줄로 아옵니다."

"타협이…… 불가하였다."

곤은 더 할 말이 없었다. 그는 그를 괴롭히는 번뇌와 고민에 대해 오롯이 밝히지 못했다. 구차하게나마 변명이란 것도 해 보련만 고집스레 입을 다물었다.

"일전에 소인에게 도움을 주었던 사내의 이름이 혁주라 하옵니다. 그를 보았으면 하나이다."

"내가 보여 주고자 할 때 보여 줄 것이다."

곤은 연옥의 청을 야멸치게 거절했다. 짧은 침묵 후에 연옥이 희미하게 중얼거렸다.

"……더이다."

곤이 미간을 좁히며 흘긋 돌아보았다.

"귤 말이옵니다. 맛나더이다. 달더이다. 허나…… 시더이다."

시더이다…….

그것으로 끝이었다. 그들은 넋을 잃은 채 흑막 속에서 우두커니 앉아 시간만 흘려보냈다.

얼마나 지났을까. 대로의 소란스러움도 잦아들고 훙청거리던 행인들도 귀가하여 사방이 조용했다. 어슴푸레한 빛이 미명에 스며들었다. 까무룩 잠이 든 곤은 몸을 흔드는 이록의 손길에 눈을 확 떴다.

본능적으로 방문을 활짝 열어 제친 그는 텅 빈 방 안을 절망적으로 바라보았다. 그의 몸을 덮고 있던 장옷이 흘러내렸다. 연옥이 떠나기 전에 덮어 주고 간 것이었다.

곤은 그녀의 장옷을 움켜쥐고 이를 사려 물었다.

"어디로 갔느냐?"

"이제 막 사립문 밖으로 나갔사옵니다."

이록을 밀치고 일어난 곤은 부리나케 사립문 밖으로 튀어나갔다. 흑립이 벗겨져 목덜미에서 대롱거렸다. 상투가 드러난 것도 신경 쓰지 않고 연옥을 찾아 두리번거렸다.

긴긴밤 여흥 끝에 도성 안, 어느 댁 한량이 말 등에 앉아 꾸벅꾸벅 졸면서 귀가하는 길이었다. 밤새 품고 놀았던 기생의 단꿈에 아직껏 젖어 있는지 입을 다시며 이리 돌아 보거라, 저리 돌아 보거라, 잠꼬대가 퍽도 장하였다.

별안간 새벽이슬이 연자방아를 찧던 얼굴 위로 톡 떨어지면서 사내의 단꿈을 깨웠다. 채 물러나지 않은 겨울의 끝자락에 매달린 이슬이었다. 동빙고 속 얼음덩이만큼이나 차고 새치름한 이슬방울에 사내가 몸서리를 치며 고개를 화들짝 들었다. 무심코 말에 박차를 가하자, 때아닌 날벼락에 성이 난 말이 앞발을 들고 '푸르릉' 거리며 요동했다.

"어허, 이놈 보게. 천천히 가자, 천천…… 히끅!"

짐짓 엄한 투로 어르며 고삐를 바싹 당겼지만 한번 성이 난 말은 좀체 진정될 기미가 보이지 않았다. 골이 난 사내가 혀 꼬부라진 소리로 에잇, 주인 말도 못 알아먹는 말 새끼 같으니! 퉁을 놓았다. 화풀이 삼아 에라 모르겠다. 한 번 더 박차를 가했다. 그러자 머리를 쭉 내밀고 좌우로 흔들며 울던 말이 시위를 하듯 앞을 향해 세찬 기세로 달리는 것 아닌가.

미명이 시푸른 옷을 벗고 세상에 천연한 색을 부여하기 시작했다. 떠오르는 해를 뒤로하고 무언가 맹렬히 달려오고 있었다. 여러 갈래로 갈라진 햇살은 간밤으로부터 깨어난 해의 힘찬 기지개였다.

연옥은 힐조(詰朝)의 찬 공기를 온몸으로 맞아들였다. 흐릿한 기억 뒤의 숨은 내막을 한 꺼풀 벗겨 낸 지금에 와서 곤에게 몸을 의탁할 수는 없는 일이었다.

허나 어디로 가야 한단 말인가.

막상 갈 곳이 없었다.

산사로나 가 볼까? 아니다. 그곳도 김 대감이라는 자와 연관되었다 하였지.

홍지가 말한 진관사를 떠올렸다가도 이내 고개를 저었다.

가진 것이라곤 얄궂은 기억의 파편들이 전부였다. 피부로, 심적으로 와 닿는 것들은 하나 없는데 휠쩍 열린 문은 사방이 적이라 말하고 있었다. 온전히 혼자라고, 그것이 진실이라고 말이다. 깜박 오수(낮잠)에 들었더니 화살이 빗발치는 전지의 한가운데서 눈을 뜬 것 같았다. 어느 편이 아군이고 어느 편이 적군일까.

혹은 둘 다 적군인 걸까. 현실과 비현실의 경계가 모호했다.

연옥은 모든 것을 알게 됐지만 자신의 이야기가 저의 것이 아닌, 규방에서나 읽힐 언문 소설처럼 느껴졌다.

나는 누구란 말이냐. 서연옥은 과연 누구란 말인가?

우수에 젖어 자문했다.

달이 기울 듯 마음이 기울고, 달이 차듯 마음이 차 버렸다. 마음 끝에 그가 있었다. 생명의 은인이면서 집안의 원수인 자. 왕이자 어느새 사내가 되어 버린 이곤, 그가…….

분노와 슬픔 사이에서 무엇을 우선해야 할지 갈피조차 잡히지 않았다.

그는 누구일까. 무엇이 그의 참모습일까?

연옥은 갑자기 허방을 디딘 것처럼 비틀거렸다. 작야는 정말이지 길었다. 앞으로의 나날 또한 그러할 것이다.

스산한 길목에서 갈 곳을 잃은 연옥은 몸을 움직일 줄 모르고 저를 향해 돌진하는 거대한 수말을 멍하니 올려다보았다. 말을 탄 사내가 손을 휘휘 저으며 무어라 큰 소리로 외쳤으나 소리의 진동은 아득하기만 했다.

술기운이 저만치 달아난 사내가 말고삐를 필사적으로 잡아당겼다. 연옥의 코앞에서 간발의 차로 위태롭게 멈춘 말은 여분이 삭지 않아 뒷발로 땅을 몇 번이나 굴렀다. 점차 잠잠해진 말은 주인의 손길에 순응했다. 사내가 부랴부랴 말에서 뛰어내렸다. 뭐 뀐 놈이 성낸다고 사내는 도리어 큰소리를 쳤다.

"누가 보면 죽으려고 작정한 줄 알겠네. 그러게 지나는 길목은 왜 막고 서 있나?"

연옥은 위협적으로 떠들어 대는 사내를 보았다. 사내를 보는 것이 아니라 사내를 관통해 저 너머 다른 것을 보는 듯했다. 눈에 초점이 없었다.

"아침부터 기생 년이 정신이 나가서는. 재수가 없으려…… 흐익!"

사내는 턱밑으로 쓱 침투해 들어오는 냉기에 하던 말을 멈췄다. 입안이 순식간에 말랐다. 고개를 쭈뼛쭈뼛 옆으로 돌리자 웬 작자가 그에게 칼을 들이밀고 있었다.

이록은 사내에게 겨눈 칼을 내리지 않고 고개만 돌려 곤을 찾았다.

저벅저벅 걸어온 곤은 연옥의 몸을 홱 돌려세웠다. 오래된 토담의 흙이 후두두 떨어졌다. 연옥은 토담의 흙처럼 무너졌다. 곤이 그녀를 떠안으며 함께 무너져 앉았다.

이록은 사내에게 겨눈 칼을 거두고 자리를 빨리 뜨라며 눈짓을 했다. 놀란 가슴을 쓸어내린 사내가 연신 딸꾹질을 해 댔다. 무슨 일이 있었냐는 듯 한가롭기만 한 말을 끌고 재빨리 달아났다. 철퍽철퍽 말 등을 때리는 소리가 세로(細路)에 크게 울렸다.

곤은 연옥을 품에 안고 그녀의 감긴 눈만 하염없이 보았다. 속눈썹이 유난히도 길어 보였다. 그녀에게 드리워진 내면의 그림자만큼이나 길고 어두웠다. 면전에 굳게 닫힌 문처럼 그녀의 눈은 꼭 감긴 채로 그를 거부했다.

눈을 떠 보아라. 내가 잔포하여 겁을 먹은 것이냐? 아니다. 네가 어디 그럴 아이더냐. 겁을 먹은 것이 아니라 나를 염오(厭惡)하는 게지. 의롭지 아니하다, 간사하다 나무라는 게지. 보기 싫은 게지. 허나 그래도 눈을 떠 보아라. 숨을 쉬어 보아라. 입술 사이로 뜨끈한 숨결을 토해 내어라.

심속의 간곡함이 전해진 것일까? 연옥이 눈을 떴다. 막혔던 숨이 툭 토해지면서 입술이 벌어졌다.

"말에게 채여 죽기라도 할 참이었더냐? 죽어 가는 것을 살려 놓았더니 생목숨, 재촉하려 했던 것이야!"

"나으리."

"너는 어찌 매번 위태로운 것이냐. 네가 위험을 찾는 것이냐, 위험이 너를 찾는 것이냐."

"나으리."

"원망하여라. 미워하고 저주하여라. 허나 내 곁에 있어야 할 것이다."

"나으리."

"……."

"나으리께서는…… 나으리께서는 어찌 소인을 가지려 하시나이까?"

끊어질 것처럼 가는 음성으로 연옥은 피를 토하듯 말했다. 검은 동자에 감정이라곤 일절 담기지 않았다.

"청조는…… 없사옵니다. 전하께오서는 소인을 갖지 못하실 것이옵니다."

연옥의 말은 최후의 일격처럼 단호하고 서슴없었다. 무감한 눈에 서서히 차오르는 물기는 그녀가 내비친 비탄의 전부였다. 힘겹게 지탱해 오던 눈꺼풀이 피로했던 듯 스르륵 내려앉았다.

곤은 말을 잇지 못했다. 그의 목소리가 단절되어 입 안에서 맴돌았다. 원망하라 말하여 놓고 막상 연옥의 말을 들으니 서운한 마음이 앞섰다. 의식을 잃은 그녀의 귀에 대고 떼어지지 않는 입술을 억지로 움직였다.

"너는 내게 사로잡힌 매라 하지 않았느냐. 너에게 나의 숨통을 내 놓겠다 하였거늘. 청조라니. 훗. 내가 언감히 바랄쏘냐. 과분하구나. 너는 다만……."

다만 너는 곁에만 있어 다오. 제발 그리해 다오. 지난날, 너를 찾아 헤맨 나의 나날이 고통스럽기가 한량없구나. 너에게 숨통을 쪼아 먹히는 것보다 너를 잃을 고통이 크나클 것이니 차라리 나의 살점을 뜯고 나의 피로 해갈해 다오.

아침이 완연히 밝았다. 연옥을 부둥켜안고 일어난 곤은 그녀를 대신 안아 들겠다는 이록을 뿌리쳤다. 그의 발은 태평관이 아니라 대궐로 향했다.

*　*　*

희정당에 아무도 들이지 말라는 어명이 떨어졌다. 궁관들을 모두 물린 이록과 박 내관이 왕의 지밀을 지켰다.

작야에 잠행을 나선 곤은 명단이 되어서야 비밀 통로로 환궁했다. 그것도 누가 알까 조심스러운데 연옥까지 데려오다니 위험한 일이었다.

대비전에서 알게 되거나 조정 중신들이 눈치라도 채면 어찌려고 저러시나. 역적의 도망친 손인 것도 그러하거니와 하물며 침전을 침범한 자객인 것을!

박 내관은 도무지 왕답지 않은 일이다 했다. 그는 닫힌 문짝에 귀를 대고 내실의 기색을 살폈다. 작은 소리조차 들리지 않았다. 혀를 내차며 몸을 세웠다. 근심 어린 한숨이 절로 나왔다.

하기는. 서 소저에 관하여 전하가 전하다웠던 적이 어디 한번이라도 있으셨단 말인가.

서안 건너편에 금침이 깔렸다. 연옥은 간혹 이상한 소리를 중얼거리거나 소스라치며 흠칫거렸다. 그녀는 무의식의 상태에서 쉽사리 깨어나지 못했다.

하루 일과를 작파한 곤은 읽히지도 않는 책장을 습관적으로 넘겼다. 연옥이 미동이라도 있을라치면 가만히 고개를 들어 그녀의 움직임이 잦아들 때까지 창백한 얼굴을 들여다보았다. 고요 속에 책장 넘기는 소리만이 규칙적으로 들렸다.

그가 수라도 거른 채 두문불출하자 겨우 한나절 왕의 칩거가

궁인들을 수군거리게 만들었다. 늙은 육신에 거개(거의 대부분)는 내반원에서 나오지 않던 상선 역시 불편한 노구를 이끌고 달려와 옥후 미령하신 것이 아니냐며 문밖에서 통곡하다시피 근심 걱정을 늘어놓았다. 박 내관이 물러가 계시라 달래고 얼러 겨우 내반원으로 돌려보냈다.

뉘엿뉘엿 해가 넘어가자 등촉을 담당하는 상촉을 대신해 박 내관이 직접 초에 불을 붙이고 물러났다. 미명에 쓰러진 연옥은 박모(薄暮 해가 진 뒤 컴컴해지기 전)가 되어서야 눈을 떴다. 그녀가 뒤척이며 이불을 걷어 내는 소리에 책장을 넘기던 곤이 손을 멈칫했다.

"깼느냐?"

그는 연옥과 마주 보기를 거부했다. 책장을 넘기며 글자에 집중했다. 까막눈이라도 된 것처럼 도무지 알지 못하겠는 글자들이 허공에 둥둥 떠다니며 시야를 어지럽혔다. 그러다 문득 곤은 더 이상의 기척이 없음을 깨달았다. 고요함이 지속되었다. 연옥이 깨어났다고 느낀 것이 착각이었다는 생각이 들 때 즈음,

"전하의 침방이 아니옵니까?"

그녀가 나직이 물었다.

"맞다."

"지밀이옵니다."

"가장 은밀한 곳, 나의 지밀이다."

"소인은 역적의 손이옵니다."

"누가 아니라더냐."

"옥체를 해하려던 죄인이옵니다."

"스스로 고변을 하려는 것이 아니거든 입을 다물어라. 벽에 달린 귀가 천 리 밖까지 소식을 물어다 나르느니라."

"대역…… 무도한 죄인을 지밀에서 살피시다니요."

마침내 책을 덮은 곤이 고개를 들었다.

어느덧 이불 밖으로 나온 연옥은 금침을 뒤로하고 무릎을 꿇고 앉았다. 식은땀이 그녀의 이마를 축축하게 적셔 놓았다. 잔머리가 삐져나와 젖은 이마에 어지러이 달라붙었다. 어깨 밑으로 늘어진 머리 다발이 무거워 보였다. 그녀의 어깨가 더욱 가녀려 보였다.

"기억이 돌아온 것이냐?"

연옥은 동요 없이 곤의 시선을 받아 냈다. 그녀는 고개를 숙이고 엎드렸다.

흩어진 조각인 채로 뇌리를 부유하던 기억은 불현듯 하나의 온전한 형태가 되어 제자리를 찾았다. 사라질 때와 마찬가지로 기억은 돌아올 때도 예고치 않았다. 한바탕 회오리였다. 비바람 몰아치는 폭풍우였고 천지를 무너트릴 기세의 뇌성벽락이었다. 기억의 조각들은 한꺼번에 뇌리를 강타했다.

곤은 연옥의 정수리를 뚫어질 듯 노려보았다. 서안을 사이에 두고 침묵이 흘렀다. 기억이 돌아왔느니 마느니 하는 것도 구차했다. 그는 서안 옆에 미리 준비해 둔 겉옷가지를 앞으로 밀었다.

"입어라."

내금위 군복과 호패였다.

곤은 더 말하지 않고 돌아앉았다. 자신이 속적삼 차림인 것을 인지하지 못한 연옥은 뒤늦게 얼굴을 붉히며 군복을 끌어 당겼다. 돌아앉은 곤의 옆얼굴을 물끄러미 보았다. 곤이 그녀를 향해 고개를 반쯤 틀었다.

"입지 않고?"

"소인은 전하의 사람이 아니옵니다."

"안다."

"곁에 두시면 전하께 또다시 칼을 들이밀 기회만 찾을 것이옵니다. 소인의 살심이…… 하시라도 동할 것이옵니다."

"알고 있느니."

"정녕 소인에게 전하의 숨통을 내주려 하시옵니까?"

"준다 하지 않았더냐. 나를 죽이려거든 내 곁에 있어야 할 터. 내가 바라는 것은 하나다. 셈을 바로 하는 것 말이다. 내게 빚이 있지 않느냐."

빚?

연옥은 군복을 와락 쥐었다.

"전하께 갚아야 할 빚이라면 아비의 목숨 값뿐이옵니다."

"태평관 누각에서 맹세한 것을 벌써 잊은 것이냐? 한번은…… 꼭 한번은 은혜를 갚을 기회가 있기 바란다 하여 놓고 모르쇠 하기더냐?"

"……."

"그러니 내가 말을 아끼라 하지 않았더냐. 네 발등을 네 손으로 찧을 것이라고 말이다."

"천지 분간할 줄 모르던 천치였사옵니다."

"그 뿐일까. 그 옛날 소싯적 산짐승에게 쫓겨 절벽 밑으로 떨어졌을 때도 너는 내게 빚을 졌지 아마. 내가 너를 지켜 주었으니 너도 나를 지켜 줄 것이라고 말이다. 네가 나를 책임질 것이다 하지 않았더냐."

아! 그랬었지. 내가…… 그랬었지.

해일처럼 밀려든 기억은 가감이 없었다. 초상을 그려 준다며 종이를 스치던 붓 소리와 붓 소리를 머금고 살랑거리던 자하골의 미풍. 성난 야생 곰을 피해 그녀를 안고 절벽 밑으로 떨어지던 곤. 그날의 흔적처럼 아로새겨진 그의 어깨에 난 상처. 당혜를 잃어버린 발에 신겨 주던 태사혜…… 발가락 끝에 매달려 덜렁이던 커다란 태사혜의 감촉이 너무나 선명했다.

철모르던 어린 날의 여름을 떠올린 연옥은 당혹했다. 유독 반짝거리던 하야의 별을 기억했다.

흑단에 촘촘히 박힌 잔별에 눈이 시렸었다. 희멀건 둥근 달이 높다랗게 떠서 별들을 지휘하던 찬란한 밤. 물길을 따라 흘러온 동굴 앞 웅덩이에 고인 옥수는 시린 별만큼이나 깨끗했었다. 하나는 둘이 되고, 둘은 셋이 되며 종당엔 셀 수 없을 만큼 많은 숫자가 되어 둥근 달과 잔별 사이로 드나들던 반딧불.

그렇게 하야를 비추는 빛들이 옥빛으로 빛나는 웅덩이 물가로 몰려들던 어느 밤의 대한 기억을…….

물에 비친 달과 별이 시나브로 이지러졌던 그 어느 하야를…….

"나의 내금위로 있는 한 네가 나를 죽이기 전까지 너는 온전히 내 곁에 있어야 할 테지. 나의 것으로. 그것이 나 혼자의 외길이라 할지라도 나는 그것으로 충분하다. 그러니 그리 셈을 하면 될 것이다."

연옥은 말을 잃었다.

"무릇 이자란 고리로 쳐야 맞이겠으나 이상 바랄 것이 무어냐. 그것이면 될 것을. 옷을 입도록 하여라."

연옥은 주섬주섬 군복으로 갈아입고 금침을 접어 한곳으로 밀어놓았다. 바로 앉은 곤이 문밖을 향해 외쳤다.

"거기들 있느냐."

이록과 박 내관이 들어와 머리를 조아렸다.

"여기, 이 아이를 보아라. 이때껏 찾아 헤맨 아이건만 내 손에 들어왔는데도 왜 이리 허전할꼬."

연옥은 눈을 감았다가 떴다. 곤이 그녀를 정면으로 쏘아보았다.

"내금위장."

"하명하시옵소서."

"내금위 군관 무연이 지근에서 과인을 호종케 하라. 매일 밤 침방에 들어 나를 지키게 할 것이다."

"아니 되시옵니다!"

박 내관이 펄쩍 뛰었다. 애틋함이 도가 지나치셔도 너무 지나치시다 했다.

"전하, 침전의 숙직은 종사품 이상의 관직자라야 가능한 일이옵니다. 서가 연옥…… 내금위 군관 무연은 아직 품계가 거기에 이르지 않았으니 이는 불가하옵나이다."

비단 그 이유 때문만은 아니었다. 기억이 온전치 못했을 때라면 왕께서 서 소저를 가까이 하신들 무슨 큰 위험이 있으랴 했지만 기억이 돌아온 후라면 그렇지 않았다. 긴 세월 쌓아 온 원망이 풀어진 것도 아니고 언제 무슨 일을 저질러도 이상치 않을 이에게 무방비 상태의 옥체를 맡길 수 없는 노릇이었다.

이록이 박 내관의 의견에 동조했으나 곤은 그들의 반대를 무릅썼다.

"연옥이 돌아온 사실을 안다면 필경 김직언과 대비가 해를 끼칠 모사를 다시 꾸미지 않겠느냐? 그나마 대궐 안에서 가장 안전한 곳이 내가 있는 이곳이다."

"하오나, 전하! 그리하오시면 옥체의 안위를 장담키 어렵사옵니다."

박 내관이 물러나지 않고 강하게 주장했다.

"허면 여인의 몸으로 사내놈들 득실거리는 숙처에서 지내게 하랴?"

곤의 목소리가 딱딱해졌다. 침묵하던 연옥이 입을 열었다.

"새삼스러울 것이 무에 있겠사옵니까? 소인은 본시 그리 지냈사옵니다."

본시 그리 지냈다는 그 말이 사무쳤다. 어느 날 규방에서 내쳐진 어린 소녀가 어찌 살아남았을지…… 험한 세상에 홀로 남아 험한 세상보다 더 험하게 살아남았어야 할 소녀의 생이 환영처럼 떠올랐다. 곤은 고개를 흔들어 끼어드는 사념을 떨쳐 냈다.

"전하, 소신이 소신의 집무실을 내어 줄 것이옵니다."

이록이 말했지만 곤은 되었다며 손을 휘휘 저었다.

"일개 군관이 내금위장 집무실을 드나들며 숙식하다니 그것이야말로 부자연스러운 일이다. 외려 눈에 띄기 십상이지."

그는 짐짓 심술궂은 표정을 지었다.

"그보다 내금위장의 집무실인 것이 더더욱 마음에 걸리는구나. 최이록, 너처럼 잘난 사내 곁에 어찌 두겠느냐. 마음 산란하고 질투되어 정무가 손에 잡히기나 할까. 그냥 곁에 두고 닳도록 지켜보련다. 허니 이에 대한 말은 삼가도록 하라."

곤은 지창에 비치는 달그림자를 보았다.

그래, 그것이면 되었다. 그조차 과하다 생각이 들거들랑 어서 빨리 내 숨통을 쪼면 될 것이다. 이리 살아 팔딱거리는 내 숨통을.

* * *

희정당을 나온 연옥과 이록은 월대 위에 서서 넓게 깔린 박석을 응시했다. 어둠 속에 도드라져 보이는 회백색의 평평한 돌들이 생전 처음 보는 것처럼 이질적이었다. 이록이 월대를 내려가며 말했다.

"소저께서 자리를 비우신 동안 금군별장과 부원군 심일강이 소저의 행적에 대해 의구심을 표했습니다. 전하께서 긴히 쓰실 일이 있어 자리를 비웠다고 대충 둘러 놓으셨으니 그리 알고 계십시오."

연옥을 대비전에서 심어 놓은 자로만 알던 때와 달리 이록의 말투가 정중했다. 그는 연옥을 부고로 인도했다.

"전하께서도 저와 대비전의 관계를 벌써 아시는 모양이지요."

"성상께서 모르시는 것은 없습니다. ……마음을 조금 누그러트리시는 것이 어떠십니까? 당금에 소저를 향한 칼날은 전하의 것이 아니라 그대를 거둔 이들의 것이니."

감아쥔 손에 힘이 조금 들어갔을 뿐 연옥은 담담했다. 보현과 김직언이 서자성과의 의리를 지키기 위해 자신을 거뒀으리라고 생각할 만큼 그녀 역시 순진하진 않았다. 증거인멸을 위해 목숨까지 노릴 줄 차마 생각하지 못했지만 기실 당연한 수순이었다.

인간이란 그런 것을. 대비는 대비대로. 김직언은 김직언대로. 왕은 왕대로. 나는 나대로. 혁주는…….

생각이 혁주에게까지 미친 연옥은 이록에게 혁주의 거취에 대해 물어볼까 하다가 그만두었다. 곤이 말해 주지 않은 것을 그가 말해 줄 리 없었다.

회랑 건너편에서 숙직 군사 몇 명이 느긋이 걸어오다가 이록을 보고 허리를 바짝 추켜세웠다. 그들이 지나가기를 기다린 연옥이 이록의 말에 답했다.

"영감께서는 손으로 하늘을 가리려 하십니다. 턱밑에 칼이 하나 더 들어왔다 하여 먼저 들어와 있던 칼이 없어지는 것은 아니지 않습니까?"

부고를 지키는 속리(하급관리)가 이록을 보더니 찾아온 영문을 물었다. 이록이 귀엣말로 몇 마디 건네자 잠긴 문을 열어 주고 옆으로 비켜섰다.

어둑한 부고에 뿌연 먼지가 날아올랐다.

"소저는 자신이 모든 것을 안다 자신하십니까?"

"……."

"소저."

"알아야 할 것이 남아 있습니까?"

이록은 눈을 감았다. 당자끼리 해결할 문제였다. 연옥이 자신을 쳐다보는 것을 알면서도 그는 그 문제에 관하여 더 이상 말을 잇지 않았다.

빼곡히 쌓인 물품들 중에서 기다란 목상자를 찾은 이록이 나무 선반 위에 그것을 내려놓았다. 뚜껑을 젖히자 익숙한 모양의 칼이 모습을 드러냈다.

"지난 날 소저께서 전하의 침방에 흘리신 칼입니다. 전하께서 보관토록 하셨습니다."

연옥은 낯익은 칼을 집어 들었다. 그녀는 칼집을 벗겨 내 날에 써진 검명을 손가락으로 천천히 쓸었다. 질끈 다물려 있던 입술이 파르르 떨렸다.

"사계절 푸른 난과 먹이 잘 갈리는 벼루는 강인한 본성의 투영이로다."

연옥을 대신해 이록이 낮은 소리로 검명을 읽었다.

"좋은 문장입니다. 이 사람의 집무실에서 처음 접했을 때도 실은 매우 감명받았습니다."

칼을 내려다보던 연옥이 눈썹을 들고 이록을 마주했다.

"아버님의 유언이셨습니다."

이록이 그렇습니까? 되물었다.

"……."

"옥체에 위해를 가하지 마십시오. 돌이킬 수 없는 길이라는 것을 아실 것입니다. 그런 길은 가지 않는 것이 현명합니다."

"그 길! 전하께서 먼저 가셨습니다."

연옥이 이록의 말에 냉랭하게 쏘아붙였다.

"겨우내 쌓인 눈도 녹기 마련입니다."

이록이 부드럽게 속삭였다.

제 속에 쌓인 눈도 녹이지 못하는 주제에…….

그는 실소를 터트렸다. 곤과 연옥을 보면서 저와 보현을 생각했다.

누가 누구에게 충고를 하는지…….

연옥과 이록은 부고를 나왔다. 연옥은 목전에 펼쳐진 전경을 휘돌아보았다. 어느새 정말, 영원히 녹지 않을 것처럼 대궐을 두텁게 덮은 눈들이 녹고 없었다. 각전의 지붕 위에 간간이 남아 있는 눈들도 조만간 사라지고 말 터였다.

* * *

김직언은 오랫동안 말이 없었다. 술상 너머 바라보는 표정이 미묘했다. 그의 시선에 민홍수는 공연히 혀끝이 말랐다.

"산천 유람이나 다니며 조용히 살라는데 기어이 상소를 올렸다지?"

"시정잡배들 마냥 원 없이 휘젓고 다니다 보니 노는 것도 물리더이다."

"그래, 소용은 있었고?"

민홍수와 그의 지기들이 함께 올린 상소는 아예 조정에서 논의조차 되지 않았다. 뻔히 알고 있으면서 묻는 김직언의 말에 민홍수는 얼굴을 붉혔다. 악다문 입술이 험상궂게 일그러졌다.

"그 말씀을 하시려고 예까지 부르신 것이옵니까?"

"그러게 국으로(주제에 맞게) 잠자코 있으라 하지 않던가. 이리 무산될 것을 아니 하는 말이었지."

"대감, 하고자 한다면 나라와 왕실을 위해 얼마든지 헌신할 수 있건만 출신에 매여서야 될 말이옵니까? 반쪽짜리라도 양반의 씨입니다"

민홍수의 언성이 높아졌다. 이목을 피하기 위해 변두리 술청의 방 하나를 차지했지만 술이 목적이 아닌 듯 상차림이 단출했다. 술잔에 혀끝을 대다 만 김직언이 눈을 홉떴다.

"자네, 지금 한 말에 책임을 질 수 있는가?"

"장부가 되어 가벼이 입을 놀리겠습니까?"

"내 하나만 물음세. 자네 눈에는 내가 어찌 보이는가?"

허리를 핀 민홍수가 김직언의 눈을 똑바로 쳐다보았다.

"사지가 절단 난 하찮은 노인으로 보이옵니다."

"늘그막에 나의 처지가 딱하게 됐구먼."

"들리는 말들이 그러하옵니다."

"사실이 그러한 것을 어쩌겠는가. 자네 말대로 이 늙은이가 수족이 댕강 잘려 나가서 말이네. 하여 시중들어 줄 새로운 수족을 찾고 있는데……."

말끝을 흐린 김직언은 수염을 쓸며 고심했다. 그야말로 이름뿐인 정승 자리였다. 언제 절벽 밑으로 떨어질지 몰라 불안한 나날이었다.

민홍수가 그의 속내를 꿰뚫어 보았다.

"무엇을 계획하고 계시옵니까?"

"궁지에 몰린 쥐가 할 일이 무엇이겠는가."

김직언의 말이 의미심장했다.

"이판사판인 거야 자네들이나 나나 다를 바 없을 터. 조세 개편으로 임금이 의기양양해 있을 것이네. 상대가 방심할 때, 그때가 적기지. ……괭이를 물려면 말일세."

민홍수는 김직언의 낯빛을 유심히 살폈다. 그는 상대의 진의를 파악하고자 했다.

민홍수의 눈길을 모르는 척 김직언은 더욱 고심했다. 선왕의 교서 건으로 소북의 수가 줄고, 일족이 벌을 받아 사지가 절단났다고 하나 회생의 가망이 전혀 없는 것은 아니었다. 조세 개편으로 비단 소북뿐만 아니라 다른 당파들까지 왕에게 등을 돌리고 술렁거리는 판국이니 잘만 하면 판세가 뒤집힐 수도 있는 일이었다.

신분에 대한 차별로 왕실과 조정에 불만이 많은 민홍수들이 기꺼이 그의 계획을 돕는 것은 물론 그들의 아비들도 마찬가지일 것이다. 천한 첩년의 몸뚱이에서 난 종자 놈들, 부정이 얼마나 있겠느냐만 가뜩이나 마땅치 않은 왕을 밀어내자는 데, 당연히 찬동할 인사가 한둘이 아니었다.

특히 왕자 시절, 왕을 국본으로 세워야 한다며 앞장서서 주장했음에도 불구하고 정권을 대북에게 내준 서인들이 그랬다. 왕을 향한 그들의 배신감이 꽤나 클 것이 분명했다.

"자네들 모임에 서인의 자제들도 있다지?"

김직언이 민홍수의 잔에 술을 따라 주며 물었다.

"서얼이 당을 가려 태어나지는 않지요. 서인이라고 첩 자식이 없겠습니까?"

"자식 앞길 틔워 주는 일에 아비가 나서지 않을 수 있나. 조만간 춘부장(椿府丈)들끼리 자리 한번 만들어 보시게. 긴한 이야기들이 필요할 터이니."

"그리합지요."

민홍수가 순순히 고개를 조아렸다.

"그보다 사냥을 하자면 사냥개가 있어야 할 터인데……."

김직언의 눈길이 방을 가로막은 문을 향했다. 방문이 열리면서 복면을 한 사내가 부복했다. 정체불명 사내의 등장에 민홍수가 김직언을 보았다.

"누구이옵니까?"

"사냥개일세."

사내가 복면을 풀어 얼굴을 보이자 민홍수는 어디선가 본 듯하다며 고개를 갸웃거렸다.

一.

슬슬 봄 맞을 준비를 하는지 볕이 제법 따뜻한 날, 곤은 금원의 정자에 앉아 내금위 군사들의 훈련을 참관하는 중이었다. 백포를 벗고 가벼운 철릭 차림이었다. 다리 한쪽을 세우고 삐딱하게 앉아 있는 모습이 나른했다. 군사들의 움직임을 살펴보는 눈길이 나른해 뵈는 자세와 달리 냉정하면서도 예리했다. 군왕의 안전이라고 훈련을 하는 군사들의 기합 소리가 장히도 우렁찼다.

이록이 곤의 귓전에 대고 긴한 보고를 했다. 잠잠히 듣고 있던 곤의 미간이 좁아졌다. 입을 닫아걸고 한참을 생각에 빠져 있었다. 이따금 입술을 실룩이거나 눈가에 경련을 일으켰다.

"누구랄 것 없이 때를 기다릴 줄 모르고 마음만 성급한 것들이다."

이윽고 심드렁하게 중얼거리는 곤의 목소리가 가늘게 떨리는 것을 이록은 알 수 있었다.

건국 이래, 두각을 나타낸 서얼 출신의 인재가 결코 적지 않았다. 때문에 그들의 출사를 막는 서얼금고(庶孼禁錮 서자는 과거 응시가 안 되는 등의 첩의 자식에 대한 차별법)를 풀어야 한다는 주장이 꾸준히 제기되고 있었다. 전란 때, 부족한 재정난을 타개하기 위한 방편으로 쌀을 받고 허통(許通 서얼들이 과거에 응시할 수 있도록 허락한 제도)을 해 준 예가 있었으므로 이 문제가 한 번 더 대두된다 해서 딱히 새로울 것도 없었다. 단지 시기가 문제였다.

곤은 서얼 허통에 대한 의견에는 기본적으로 동의하지만 당장은 조심스럽다는 입장이었다. 조세법을 바꾼다고 조정을 들쑤셔 놓은 직후였기에, 거기다 대고 서얼금고까지 풀자 하면 양반 신분이 자신들만의 특권인 줄 아는 자들이 이번에야말로 사생결단할 것이 명약관화(明若觀火)였다. 일단 목적을 세웠으면 매가 사냥감을 채듯 빠르고 빈틈없어야 했다. 그러자면 일을 도모할 적당한 때를 신중히 가늠해야 했다.

"첩자라고 군왕도 무시하던 것들이 아니냐. 조급하여 경원시하던 서출까지 앞세우다니, 그들의 간사함이 만천하에 드러나는 것 좀 보아라. 내가 나서면 죽어라 반대할 것들이…… 참으로 구질구질한 것들이다."

정자 밑에 시립해 있는 연옥의 뒤통수에 곤의 시선이 닿았다. 연옥은 빼곡하게 심어진 금원의 수목들처럼, 사시사철 그대로인 나무 기둥처럼 미동이 없었다. 그저 시립해 있는 것이 저 할 일이라, 할 일을 하는 것이지만 곤은 자신을 바라보지 않는 그녀의 등이 야속했다.

눈길을 거두고 박 내관에게서 찻잔을 받아 들었다.

"늙은 너구리들과 천지 분간 못 하고 덤벼드는 애송이들이 만난 게지."

피식 웃으며 차를 홀짝 삼켰다.

곤이 정자를 내려오자 훈련을 멈춘 내금위 군사들이 예를 취했다. 군사들을 돌아본 곤의 시선이 연옥의 얼굴로 옮겨 갔다. 분명 저를 보는 시선을 알 텐데도 곁눈질 한번 하지 않고 외면하는 것이 고집스러워 보였다. 곤은 뭐든 말을 걸고 싶었지만 그만두었다. 싸늘한 반응에 상처받고 섭섭해 할 자신의 모습이 그려져 주저되었다.

군사들 중 아무나 골라 진검을 들게 했다. 그는 자신의 칼을 막기 위해 안간힘을 쓰는 군사를 무자비하게 쓰러트렸다. 군사가 숨을 토해 내며 무릎을 꿇었다. 그러자 또 다른 군사를 앞에 세웠다. 그의 발밑에 무릎을 꿇는 군사가 늘어날수록 화가 불길처럼 치솟았다.

보다 못한 이록이 군사를 밀어내고 끼어들었다. 칼은 이록의 어깨에 박히기 직전 허공에서 급작스럽게 굳었다. 하마터면 칼에 베일 뻔하고서도 이록은 담담했다.

곤은 새파랗게 질려서 몸조차 제대로 가누기 힘들어 보이는 군사들을 차례로 보았다. 그들 중 한 명은 볼에 생채기가 나 있기도 했다. 곤이 칼을 내리자 박 내관이 수건을 들고 달려와 땀에 젖은 얼굴과 목을 닦아 주었다.

이마를 쓸어 올린 곤은 거친 숨을 몰아쉬었다.

"훈련을 속행토록 하라."

흘리듯 말하고 서둘러 자리를 떴다.

저들이 무슨 죄가 있고 무슨 잘못이 있단 말인가.

들끓는 화를 다스리지 못해 애먼 자들을 닦달한 것이 멋쩍었다.

곤은 정해진 항로도 없이 금원을 거닐었다. 바위나 돌 틈 사이로 푸릇푸릇한 새싹이 돋기 시작했다. 산길을 굽이쳐 흐르는 천이나, 무리 지어 후두두 날아오르는 새들, 발 빠르게 도망치는 작은 동물을 무심히 지나쳤다. 혹독한 추위를 견뎌 낸 숲에 삭막함 대신 생기가 부여되었건만 곤은 알아채지 못했다.

무심히 걷던 걸음을 멈추고 뒤를 돌아보았다. 수행하던 자들이 주춤주춤 물러섰다. 그들은 몸을 더욱 옹송그렸다. 무엇에

노하였는지는 몰라도 왕의 분노가 혹여 자신들에게 미치지 않을까 두려워하는 것이 여실했다.

곤은 보현과 김직언에게 더 이상의 기회를 주지 않을 작정이었다. 그의 화살은 결국 창을 겨냥할 것이다.

선왕의 죽음을 두고 세간은 물론 대궐 안의 사람들이 왕이 아비를 죽인 것이라고 떠들어 대는 소리들을 곤도 모르지 않았다. 민심이 이러한데 계모와 이복 아우에게까지 철퇴를 가한다면 패륜 군주의 오명으로부터 벗어날 길이 없었다. 이는 정치적으로 확실한 부담이었다. 때문에 일련의 사건에도 불구하고 보현과 창만은 보호하고자 했던 것이다.

곤은 옹알거리며 안겨 들던 창에 대해 생각했다. 사가의 형님 아우로 태어났더라면 화목하여 정답게 살 수 있을 것을 하필 왕실에 태어나 한탄스러울 만큼 그는 아우를 사랑했다. 그 아이가 처음으로 형님 마마라고 불렀을 때, 아우에 대한 미움이 희석되었다. 허나 그렇다 해도 불안함은 여전히 남아 있었다. 불씨로 남아 있던 불안함에 보현과 김직언은 자꾸만 기름을 부었다.

곤은 문득 자신이 만종선사에게 했던 말이 떠올랐다.

종친이 죄를 받는 이유는 그들이 진정 대역죄를 저질러서가 아니라 종친이기 때문이라고, 거기에 나이가 많고 적음은 소용이 없다는 말에 만종은 창이 아우가 되지 않느냐고 했다. 어찌 왕가의 형제지간이 사가의 것과 같다 하겠소. 뇌까리는 대답에 만종은 딱히 반박하지 못했다.

곤은 그때나 지금이나 똑같은 답을 내릴 수밖에 없는 현실이 허허로웠다.

캬악, 캬악!

수풀을 스치며 날아오른 새매가 곤의 어깨에 익숙하게 내려앉았다. 새를 쫓아오던 응방의 응사가 곤을 보고 황송해서 머리를 조아렸다.

곤은 연옥을 건너다보았다. 괜한 불똥이 튈까 두려워하는 자들 사이에서 연옥은 혼자 허리를 꼿꼿이 세우고 있었다. 곤은 연옥을 와락 껴안고 싶은 충동에 휩싸였다. 연옥의 품에 안겨 위안을 받고 싶었다. 연옥의 마음이 초봄의 볕과 달리 꽁꽁 얼어붙어 도무지 녹지 않을 것을 알면서도 소망했다.

연옥은 그만 곤의 눈을 보고야 말았다. 실수였다. 심장이 내려앉았다. 아파 왔다. 고개를 들지 말 걸. 그의 눈을 보지 말 걸. 후회해 본들 소용없었다.

기억이 돌아오고 궐에 돌아온 뒤로 여러 날이 지났다. 곤은 자신이 말한 대로 연옥을 한시도 곁에서 떨어트려 놓은 적이 없었다. 때때로 그가 보내는 눈길에 연옥은 가슴이 무너져 내렸다.

애오라지 곤에 대한 복수심으로 살아온 나날이었다. 석 달쯤 잊고 살았다 해서 쉬이 풀릴 앙금이 아니었다. 기실 죽이려면 기억을 잃기 전보다 지금이 훨씬 수월했다. 곤은 언제고 저를 죽일 테면 죽이라는 식이었다. 박 내관이 밤사이의 호위는 다른 이나 내금위장에게 맡기시라 간청했지만 그때마다 곤은 박 내관의 청을 묵살했다.

연옥은 매일 밤, 칼을 쥐었다 놓기를 반복했다. 무방비하게 잠이 든 곤의 목에 칼을 꽂기란 쉬운 일일 테지만 연옥은 밤새 머뭇거리기만 했다. 어쩌면 모든 것을 안다 자신하느냐 하던 이록의 말이 걸려서일지도 몰랐다.

대체 이곤, 저자는 무슨 생각인 걸까?

나는 또 무슨 생각인 걸까?

외줄 타기 하듯 아슬아슬한 나날이 지나고 있었다. 줄을 끊어내면 땅으로 곤두박질치든, 사뿐하게 뛰어내리든 양단간 끝이 날 것이다. 하지만 연옥은 이러지도 저러지도 못하고 시간만 흘려보냈다.

항시 자신을 찾아 헤매는 곤의 눈길에 연옥은 살갗이 따끔거렸다. 애써 모르는 척하다가도 지금처럼 저도 모르게 그의 눈길을 마주할라치면 밑도 끝도 없이 달려드는 상실감에 어찌할 바를 몰랐다.

곤이 연옥을 향해 손을 뻗었다.

"전하!"

자신을 부르는 소리에 곤은 화들짝 정신을 차렸다. 박 내관이 고개를 세차게 저었다. 이번에는 이록도 당황했는지 긴장한 얼굴이었다.

그를 부른 이는 연옥이었다.

연옥의 얼굴을 목전에 두고 허공을 떠도는 손이 공허했다. 저

이마, 저 눈썹, 저 입술까지 모다 살펴보고 만져 보고, 쓸어 보고 싶건만 아니 된다는 자들뿐이었다. 박 내관이 귀에 대고 보는 눈들이 많다고 속삭였다. 치마 두른 궁인을 탐해도 뒷소리들이 요란한데 호위군관에게 야릇한 행동이라니! 이제는 하다하다 궐 안에서 비역질(남색) 한다는 소리까지 들으시겠냐고 박 내관이 눈빛으로 나무랐다.

곤은 괜스레 연옥의 어깨만 두들겼다. 신하를 향한 격려의 의미 이상 담기지 않은 담박한 손길이었다. 호기심에 힐끔거리던 눈들이 시들해져서 가라앉았다.

걸음을 옮기는 곤을 보며 연옥은 볼이 뜨거워졌다. 화끈거리며 살갗이 타는 느낌에 애먼 봄볕만 탓했다.

* * *

희정당으로 가던 곤의 발길이 대비전으로 바뀌었다. 내관이 미리 달려가 왕의 거둥을 알려야 마땅했지만 그럴 새도 없었다.

대비전 일원으로 들어서자 뒤뜰에서 까르륵 웃는 소리가 들렸다. 대청마루를 지키며 시립 중이던 나인이 버선발로 내려와 대비마마께서는 새앙각시들과 함께 놀이 중이시라고 허둥대며 고했다. 답답하면 가볍게 산책이나 하던 사람이 새앙각시들까지 데리고 놀이 중이라니 별스러운 일이었다.

뒤뜰로 가자 새앙각시들의 술래잡기가 한창이었다. 한쪽에서는 상궁과 나인들이 투호 놀이에 열중하고 있었다. 젊은 나인이 투호 항아리에 화살을 꽂아 넣자 와아아, 환호 소리가 울렸다. 술래 역할을 하던 새앙각시가 깜짝 놀라 발을 삐끗하고 풀썩 주저앉았다. 요리조리 도망 다니던 동무들이 저것 보라며 웃음을 터트렸다.

곤이 등장하자 주변이 일순 조용해졌다. 술래였던 새앙각시가 눈을 가린 천을 풀고 두리번거렸다.

차양 아래에 앉아 있던 보현이 눈썹 사이를 예민하게 좁혔다.

"금상께서 예까지 어인 거둥이십니까?"

"금원에서 내금위 군사들의 훈련을 참관하고 돌아오는 길입니다. 뵈온 지 오래되어 문후를 여쭙고자 들렀사옵니다."

희정당에서의 정찬 후 처음으로 마주하는 자리였다. 어색하고 불편한 침묵이 흘렀다. 보현이 마지못해 화답했다.

"별 볼 일 없는 사람을 부러 찾아 주시다니 감사한 일입니다."

곤은 당치않다고 했다. 왕실의 어른이 아니시냐 했다.

보현은 고개를 기울여 곤에게 가려져 있던 연옥을 보았다.

"헌데 바깥놀이도 하시옵니까?"

곤이 짐짓 큰 소리로 물었다. 그가 있다는 걸 잊고 있었던 듯 보현은 흠칫 돌아보았다.

"적적해서 그러지요. 본궁이 저리 되고 나니 찾아오는 이도 없더이다. 뛰놀던 대군도 없어 대비전이 무덤가처럼 고요해졌어요. 허전하기가 한량이 없습니다."

"소자가 무심하였사옵니다."

보현이 조소했다.

"만기친람에 옥체 미령하실까 걱정이 됩니다. 애민하시어 밤낮을 가리지 않고 골똘하시는데 뒷방 아낙까지 어찌 챙기시나요."

서둘러 대령한 용교의에 앉은 곤이 헛웃음을 터트렸다.

"부모에게 효를 다함에 있어 거리낄 것이 무엇이옵니까? 앞으로는 자주 찾아뵙겠사옵니다."

"왕이 사사로운 정까지 챙기기란 어렵지요. 그저 새앙각시들이나 보며 쓸쓸함을 달래는 것으로 족하답니다."

"그도 좋지요. 새앙각시들이 문호와 비슷한 또래 아니옵니까? 저들의 재롱이 마마의 울적함을 달래 드릴 것이옵니다. 뵈옵기에도 참으로 흐뭇하옵니다."

"자식만 하겠습니까? 금상께서도 자식을 본 아비시면서 담담하십니다."

보현은 잠연히 차를 마셨다. 날을 세우고 여차하면 찔러 댈 것처럼 보이던 여인은 이날따라 분위기가 달랐다. 특유의 날카로움이야 변함이 없지만 무슨 생각을 하는지 표정에 드러나는 것이 없어 쉽사리 파악되지 않았다.

곤이 보현을 넌지시 보았다.

"좌의정과 근자에 격조하시다 들었습니다."

그의 말투가 한결 묵직해졌다. 보현과 김직언 사이에 오고간 모종의 이야기가 있었는지 탐색할 목적이었다. 김직언이 보현을 배제하고 독단으로 일을 꾸밀 것 같진 않으나 확인해 볼 필요는 있었다.

"그러게 말입니다. 조세 건으로 동분서주하는 것 같더니 통 마주하지를 못했어요. 그나마 친정 사가에 남은 유일한 어른인데 말이지요."

"일국의 정승인지라 정사에 바쁜 탓이 아니겠사옵니까?"

"그렇기도 하겠으나 이 어미가 금상의 뜻을 따르는 것이기도 하답니다."

"소자의 뜻이라니요?"

"그리 무섭게 다그치셔 놓고 벌써 잊어버리셨단 말입니까?"

김직언을 가까이 하지 말라는 희정당에서의 이야기를 말하는 것이리라. 그것이 다시 찾아오지 않을 마지막 기회요, 경고임을 알았던 것일까. 뜻밖에 보현이 자신의 말을 유념하고 있었다는 사실에 곤은 마음이 혼란했다. 잠시 뜸을 들인 후 재차 물었다.

"좌상에게 무언가 언질이라도 받으신 것이 없으시옵니까?"

"격조하다니까 그러……."

무심히 답을 하던 보현은 낌새가 심상치 않음을 느꼈다. 입을 다물고 경계 어린 눈초리로 곤을 노려보았다.

"이 사람은 금상께 더 드릴 것이 없습니다."

"잘 떠올려 보시옵소서. 혹여 잊고 계신 것이라도……."

"아니래도 그러십니다!"

침착함을 벗어 던진 보현이 지레 분노했다.

"이번에는 또 무슨 일로 떠보시는지 모르겠으나 이쯤 하셨으면 되었습니다. 하실 만큼 하셨다는 말입니다. 대관절 어디까지 나를 핍박해야 금상의 성이 찬단 말입니까?"

대비는 모른다!

곤은 안도인지 허탈함인지 모를 감정에 빠졌다. 재빨리 감정을 수습했다.

"문호를 죽일 작정입니다."

잘못 들은 것일까?

보현의 심장이 요동쳤다.

곤은 거듭 말했다.

"더는 문호를 살려 둘 수 없사옵니다. 그 아이를…… 죽여야겠습니다."

"무슨 뜻입니까?"

"말씀 올린 그대로입니다."

"하라는 대로 해 드렸습니다. 죽은 듯이 있었습니다. 무엇이 마땅치 않아서 이러시는 겝니까?"

"세상에 나와서는 아니 되는 아이가 태어나 세상을 어지럽히려 하옵니다. 소자는 그것이 마땅치 않사옵니다."

"금상!"

자리를 박차고 일어선 보현은 곤을 노려볼 뿐 말을 잇지 못했다. 절망한 그녀는 다리가 풀려 푹 고꾸라지고 말았다. 정 상궁이 '마마!' 외마디 비명을 지르며 쫓아와 부축하는 것을 저리 치우라며 악을 썼다.

"살려 주신다 하지 않으셨습니까? 살린다고…… 살리기 위해 어미 품에서 떼어 낸다 하지 않으셨느냔 말입니다! 생때같은 내 아들, 그리 뺏어 가신 분이 금상이십니다!"

땅바닥에 주저앉은 보현은 당의를 쥐어뜯으며 절규했다.

용교의를 밀치고 일어난 곤은 반듯하게 서서 보현을 마른 눈길로 내려다보았다. 가채에 매달린 떨잠의 떨새가 그녀의 울음소리에 맞춰 춤을 추듯 떨렸다.

보현이 고개를 홱 치켜들었다. 눈물이 먹먹하게 차오른 눈을 하고서 이를 부드득 갈았다.

"네 이놈, 이곤! 내가 선왕의 정비니라. 네놈이 극구 부정하려 해도 문호는 이 나라 유일의 적통 왕자요, 네놈의 아우이거늘 언감히 누구 목에 칼을 들이밀려 하느냐? 누차…… 누차 이르지 않았더냐. 죽이려거든 나를 먼저 죽여야 할 것이라고 말이다. 천세 만세 어미를 죽이고 아우를 죽인 폐륜 왕으로 어디 한번 두고두고 지탄받아 보거라. 나와 내 아들이 죽어 저승에 가서도 네놈 누울 자리에 반드시 칼을 꽂고야 말 터이니!"

보현의 울부짖음이 구구절절 참담했다. 대비전 궁인들이 하나둘 쓰러져 훌쩍거렸다. 보현의 울음이 깊어질수록 그들의 흐느낌 또한 깊어졌다. 금세 대비전의 뒤뜰은 울음바다가 되었다.

곤이 허리를 굽혀 보현의 귀에 대고 무언가 조용히 속삭였으나 연민과 슬픔에 빠진 이들은 전염병처럼 퍼지는 울음에 사로

잡혀 알지 못했다.

“그것을…… 나더러 그것을 받아들이라는 것이냐?”

보현이 멍하니 되물었다. 믿을 수 없다는 듯 혼란스러운 얼굴이었다. 허리를 편 곤이 천천히 고개를 끄덕였다.

“받아들이셔야 하옵니다.”

울음을 삼킨 보현은 떨림을 주체하지 못하고 두 손을 맞잡았다. 이 악물며 저주했다.

“너는 천벌을 받을 것이다.”

곤은 기꺼이, 라며 씁쓸히 답했다.

이 아귀다툼에서 이길 수만 있다면 말이옵니다.

돌아서서 발을 떼다 말고 한마디 더 덧붙였다.

“가부간 결정을 내리셔야 할 것이옵니다. 금일이 지나면 아니 되옵니다.”

눈물로 얼룩진 보현의 얼굴이 차갑게 굳어졌다.

내금위 훈련을 파하고 오던 이록이 멀리서 참혹한 광경을 보고 우뚝 섰다.

*   *   *

어스름한 해가 지고 완연한 어둠이 내렸다.

곤은 내내 보현의 기별을 기다렸다. 밤이 깊도록 보료에 꼿꼿이 앉아 좌등을 노려보았다. 끝내 보현으로부터 그가 기다리던 기별은 오지 않을 듯했다.

박 내관의 성화에 마지못해 침수에 든 곤은 답답한 심정에 몸을 뒤채였다. 결국 몸을 반쯤 일으켜 협실이 있는 쪽을 바라보았다. 벌어진 장지문 옆에 소곳이 앉은 연옥의 옆모습이 보였다.

불면의 시간은 곤에게도 연옥에게도 길었다. 협실로 통하는 문지방이 그들 사이를 가로막았다. 문지방은 공간을 공유하면서도 혼자이기를 마다하지 않는 그들의 보루와도 같았다. 그러면서 불면을 함께하는 기묘한 시간을 그들은 자연스레 받아들였다.

내처 이불을 걷고 일어난 곤은 초조히 방 안을 배회했다. 거닐 때마다 야장의의 서걱거리는 소리가 협실의 문지방을 드나들며 부유했다. 그러기를 한참

"대비가 결국 버티려는 모양이다."

곤은 문득 중얼거렸다.

"금야가 지나면 또 한 번의 피바람이 불 게다."

"싫으시옵니까?"

"뭐?"

저도 모르게 튀어나온 질문에 연옥은 입술을 깨물었다.

"피바람이 싫으신 것이냐 여쭈었사옵니다."

곤은 찬물을 맞은 것처럼 한동안 얼어붙었다. 그는 침묵 끝에 담담히 말했다.

"싫다. 당연하지 않느냐. 누구의 피도 보기 싫으니라. 누가 그것을 좋아라 하겠느냐."

심정을 토로할 상대가 필요했던 것일까.

"나는 열다섯 어린 나이로 분조(分朝 피난하며 나뉜 조정)를 이끌고 전장을 누비며 적과 맞서 싸웠다."

곤은 속에 말을 뇌이기 시작했다.

"내가 왕자라서가 아니었다. 백성과 호흡하고 군졸들과 군량미를 나눠 먹었지만 왕좌지재(王佐之材)를 보여주기 위함이 아니었다. 그때의 나는 지금의 나보다 때 묻지 않고 순수하였다. 백성으로서 신하로서 당연히 하여야 할 일이었다. 세자가 되려고 하지 않았다. 왕이 되려고 하지 않았다."

그의 말에 막힘이 없었다.

"그러나 세자가 되시고 왕이 되셨습니다. 전하께서 지나신 길은 소인의 아비와 다른 이들의 피가 주단처럼 깔린 길이옵니다."

연옥은 기습적으로 말했다.

"네 말이 옳다."

더할 것도 덜할 것도 없이 곤은 간단히 인정했다. 연옥은 어쩐지 맥이 풀렸다.

이제 와 무슨 말을 하려는 것일까.

심속의 미움이나 분노가 무뎌지는 것을 원치 않았다. 순수했다던 곤의 말이 거짓은 아닐 것이다. 기억이 없는 시간 동안 그녀가 보았던, 백성을 향한 그의 연민과 동정은 진심이었다. 그렇기에 연옥은 그의 이야기를 듣고 싶지 않았다. 그의 말에 동화되어 그에게 면죄부를 주고 싶어질까 봐 두 귀를 막고 싶었다.

연옥이야 어떻든 곤은 저가 하고픈 말을 계속했다.

"세자가 되고 왕이 되고 나니 내게 남은 것은 적과 간신밖에 없더구나. 하여 나는 나를 믿을 수밖에 없었다. 나를 끌어내려 죽이려는 자들과 나를 올려 조종하려는 자들 사이에서 외줄 타기를 해야만 했다."

주절주절 곤의 말은 끝이 없었다.

"나는 내 백성과 내 나라를 지켜야 했다. 또한 내 목숨도 지켜야 했느니. 생각해 보건대 가련한 백성들은 탐관오리의 말 한마디, 손가락질 한 번에 태풍 한가운데 선 거룻배처럼 위험스레 흔들리는 존재들이 아니더냐. 내가 어찌 그 태풍을 다스리지 않을 수 있으랴."

"하여 순수를 버리신 것이옵니까?"

연옥을 보는 곤의 눈가가 시었다. 한동안 말을 잇지 못했다.

"버려야 했다. 나는…… 순수를 버려야만 했다."

그는 꾹꾹 억눌러 놓은 이야기를 마저 풀어놓았다.

"하여 나는 인간의 도를 버렸다. 하여 권모술수를 알았다. 지리멸렬한 싸움에서 내가 이길 수 있다면, 더 이상 왕권이 신권에 밀려 줏대 없이 흔들리지 않을 수 있다면, 내 백성들이 태평성대를 누릴 수 있다면 내가 잃어버린 순수와 도덕성이 어찌 아까우랴. 그러니 나는 죽일 것이다. 죽여야 한다면 그것이 누구이든, 무엇이든 죽일 것이다."

연옥은 고개를 떨어트렸다.

"제 아비는 간신도 탐관오리도 아니었사옵니다."

"허나 나의 적이었다."

"제 아비가 무엇을 잘못하였나이까?"

"나와 나란히 서지 않았고 나와 같은 곳을 보지 않았다. 나와 마주 보고 섰으며 나에게 반대하였다."

"가치의 차이가 아니옵니까?"

곤은 연옥이 있는 곳으로 빠르게 걸어갔다. 그는 주먹 쥔 손으로 협실 문설주를 거세게 내리쳤다.

"네가 말한 가치의 차이가 보위와 나라의 안위를 흔들 수도 있었다."

"전하의 신념만이 답은 아니옵니다."

"그럴지도 모르지."

곤은 손을 뻗어 연옥의 턱을 들어 올렸다.

그녀의 이마, 그녀의 눈썹, 그녀의 입술…….

하나하나 되짚어 살폈다. 흐리게 웃었다.

"나의 신념만이 답이 아니듯 서자성의 신념 또한 마찬가지 아니겠느냐? 우리는 각자의 신념대로 행하였고, 승자와 패자로 남은 것이다. 내가 승자가 되지 못했다면 패자가 되었겠지. 네 아비나 네 아비가 속한 당이 나를 죽였을 것이다. 내가 네 아비를 죽였듯이."

"무슨 말씀을 하셔도 전하께서 소인의 아비를 비겁하게 모함하신 것을 옳다 하실 수는 없사옵니다."

"어차피 누구 하나는 죽어 나갔을 싸움, 네 아비가 죽고 내가 살아남은 것이다."

곤의 얼굴에서 웃음이 걷혔다.

"세상에 완벽하게 옳은 것이란 없다. 정치는 더더욱 모순투성이다. 옳아서 행하는 것이 아니라 이(利)가 되기 때문에 행하는 것이고, 그나마 옳고 그름을 따지고 싶다면 얼마나 많은 이에게 내가 행하는 행동이 이가 되느냐를 가늠해야 한다. 나는 내가 추구하는 이가 나뿐만 아니라 내 백성들을 위하는 길이라 여겼다. 그것이 나의 가치요, 나의 옳음이다."

"신념을 위해 모략과 살생을 서슴없이 행하는 왕을 후대에 누가 인정하겠사옵니까? 옳다 여긴 신념마저 얼룩지고 말 것이옵니다."

"나는 작금의 내 연약한 백성이 중하고 내 신념대로 행하는 것이 중하다. 역사가 나를 뭐라 판단할지는 내 관심이 아니다. 네 말대로 추잡한 모략꾼으로 남을지언정 그에 대한 두려움이 나를 막지는 못한다."

연옥은 입술을 일직선으로 다물었다.

"그러니 나는 이번에도 살아남아야 한다. 내 나라, 내 백성의 안녕을 위해 문호를 죽여야겠다."

잔혹한 선언에 연옥은 되레 가슴이 먹먹했다. 다른 어떤 말보다 살아남아야 한다는 말이 그녀의 가슴에 인장처럼 박혔다.

원수인데…….

아버님을 죽인 자인데…….

내게서 인생을 빼앗고, 평생 떠돌이처럼 살게 한 자인데…….

무엇이 문제일까. 아무것도 모르는 천치로 살던 몇 달의 세월이 그리도 강력했던 것일까. 아니다. 애써 잊고자 했던 그 옛날, 그 여름의 한순간이 실상 이리도 강력한 것이었나.

관념에 빠져 자조하던 연옥은 무의식적으로 허리춤에 찬 칼을 쥐었다. 차가운 이질감에 흠칫했다. 곤이 그녀의 손을 확 잡아끌었다. 순식간이었다.

연옥은 종잡을 수 없는 곤의 행동에 대처할 바를 몰랐다. 그의 숨결과 온기가 지나치게 가까웠다. 피로감이 몰려들었다. ……눈을 감았다.

"나를 죽여라."

얼마나 지났을까. 화들짝 눈썹을 들었다.

"나의 숨통을 쪼아 먹겠다던 네 말을 지키라는 게다."

곤의 안채가 파르라니 빛났다. 그 눈에 사로잡힌 연옥은 숨이 멎을 듯했다.

"죽이지 않으려거든, 그럴 것이거든……."

신경을 집중해서 듣지 않으면 안 될 정도로 곤은 나지막하게 중얼거렸다.

"나를 용서하여라."

"불가한 일이옵니다."

"안다."

"곁에 두시는 것 외에는 바라지 않으신다, 하셨사옵니다."

"알아. 알지만 힘이 든다. 나를 원망하는 너의 눈이, 나를 매일 찔러 대지 않느냐. 나는 너를 볼 때마다, 마음이 상할 적마다 너에게 기대고 싶으니 참으로 얄궂은 마음이다."

곤은 손아귀의 힘을 풀었다. 그에게서 풀려난 연옥은 안도되었다. 마음이 걷잡을 수 없이 약해졌다. 그가 놓아주지 않았다면 갈피를 잡지 못하고 배회하던 마음의 향방이 어찌 되었을지 두려웠다.

긴장이 풀린 몸을 수습하기도 전에 곤은 다시 연옥의 목을 움켜잡았다.

"나는 분명 너에게 경고하였다. 나를 죽이지 못한 것은 너이니라. 참지 않을 것이다. 참을 수가…… 없단 말이다."

곤은 상처 입은 짐승처럼 으르렁거렸다. 그의 입술이 연옥의 입술을 거칠게 덮었다. 뜨거운 용암처럼 활활 타오르는 화기가 심안을 태우고 그들의 입술을 태우며, 종당엔 그들을 집어삼킬 듯 불춤을 추었다.

"전하! 대비마마 납시었사옵니다."

문밖에서 박 내관이 고하는 소리가 들렸다. 곤은 연옥을 놓아주었다. 그의 눈은 가시지 않은 정염으로 일렁거렸다. 막혔던 숨을 토해 낸 연옥이 고개를 들었다. 그녀는 붉어진 입술을 짓이겼다.

"소인에게 용서를 강요하지 마시옵소서. 전하의 목에 칼을 들이미는 것도 소인이 하고자 할 때 할 것이옵니다. 전하께서는 대체 소인더러 무엇을 어찌하라고 이러시는 것이옵니까? 소인이 무엇을 할 수 있었다면 진즉 그리했을 것이옵니다."

외로워서. 피를 볼 적마다 무섭고 외로워서. 밤마다 나를 찾아오는 부왕의 원귀가 무서워서. 내게 죽은 원귀들이 나를 짓눌러 죽일까 그것이 무서워서. 이제 또 내 손에 죽을 원귀들이 두려워서.

그래서, 그래서…….

곤은 문설주를 짚고 일어섰다. 문지방을 넘어 사라지는 야장의 자락을 보며 연옥은 바닥 짚은 손을 그러쥐었다. 악문 입술이 무감각했다.

침방의 문이 양옆으로 열렸다. 초조에 사로잡혀 안절부절못하는 보현의 모습이 드러났다. 안으로 드시라는 박 내관의 말에 머뭇거리던 보현이 옆에 있는 이록을 보았다.

그녀가 희정당으로 건너오기 전에 내금위장 최이록이 대비전 마당에 부복하면서,

"마마! 침전으로 납시옵소서!"

크게 아뢰었다. 그때까지도 망단하여 방문 앞에 서성이던 보현은 이록의 목소리를 듣고 대청마루까지 달려 나갔다. 이록은 말없이 이마를 땅바닥에 대는 것으로 보현의 결단을 촉구했다.

보현이 가까이 다가와 물었다.

"그대는 누구입니까? 누구로서, 무엇으로서 내 앞에 있는 것입니까?"

이록은 고개를 조금 들어, 옥가락지 낀 보현의 손가락을 물끄러미 보았다. 산란한 마음을 대변하듯 그녀의 손이 미세하게 떨렸다.

"금상의 전령으로 왔거든 물러가세요."

묵묵부답, 부복해 있는 이록을 향해 보현은 상체를 느릿하게 숙였다. 그녀는 이록의 귓결에 대고 소곤거렸다.

"혹여 옛 벗으로 오신 것이라면 내가 어찌해야 되겠습니까? 진정 어심을 따라야 하는 것입니까?"

"옥지를 침전으로 돌리소서. 길이 보이실 것이옵니다."

"내가 금상을 믿는다면 그것은 내금위장 그대를 신뢰하는 것이라고 말했습니다. 말씀해 보세요. 어심을 의심치 말까요?"

이록은 대답 대신 고개를 조아렸다. 그의 이마가 보현의 당혜에 닿을까 말까 했다. 허리를 핀 보현의 눈길이 이록의 목덜미에서 떠날 줄을 몰랐다. 시간이 한참 흐른 후에야 그녀는 그를 남겨 두고 희정당으로 발길을 옮겼다. 땅을 스치는 치마 소리가 아련히 멀어지는 것을 이록은 내도록 멍하니 들었다.

이록은 고개를 짧게 끄덕임으로써 보현을 독려했다. 결심을 굳힌 보현이 치마를 들고 문턱 너머로 발을 들여놓았다. 박 내관이 문가에 시립 중인 궁인들을 월대 아래로 물렸다.

곤과 보현은 서안을 사이에 두고 마주 앉았다. 곤이 이때껏 잠을 이루지 못하고 뒤척였듯 보현의 고민도 길고 지난했음을 핏기 없는 얼굴이 말해 주었다.

곤의 입꼬리가 유연하게 휘어졌다.

"이제 오셨사옵니까?"

보현은 선뜻 입을 떼지 못했다. 걸음걸음 힘겹게 떼어 예까지 왔다. 그녀는 자신이 망망대해를 홀로 건너는 나룻배인 것만 같았다. 막막한 심정을 달랠 길이 없었다.

곤은 난제를 앞둔 그가 으레 그러하듯 서안을 손가락으로 두드렸다. 언제까지고 서안만 두드릴 것 같던 그가 손가락을 슬며시 말아 쥐었다. 규칙적으로 나던 소리가 멈췄다. 그는 길어지는 침묵과 정적을 끊어 내었다.

"소자의 뜻대로 하시겠사옵니까?"

"어디로 보내실 작정이십니까?"

"강화로 보내야지요. 그곳에 위리안치(가시로 울타리 친 집에 유배 보내는 일)될 것이옵니다."

보현은 숨을 크게 들이쉬었다가 내뱉었다.

"기어코 그리하시겠습니까?"

부질없음을 알면서도 저도 모르게 사정조의 말이 튀어나왔다.

방 안 어디쯤엔가 눈길을 고정시킨 곤은 미간을 찌푸렸다. 가타부타 내색이 없던 그는 고개를 가로저었다.

"문호의 존재가 사람의 욕심에 부채질을 하고 있사옵니다. 자신의 존재가 어떤 영향을 끼치는지도 모르는 어린아이가 종내 여러 사람을 죽이는 꼴이옵니다."

빈틈없이 단호한 목소리에 보현은 어금니를 깨물었다. 마주 잡은 손이 차갑게 식었다.

"어린 묘목을 흔드는 바람을 탓하세요. 묘목이 저 스스로 바람을 일으키는 것을 보셨습니까?"

"전에도 비슷한 이야기를 나누었지요. 소자는 그때나 지금이나 생각이 같사옵니다. 바람에 흔들리다 보면 타의로 베어지기도 전에 스스로 부러지고 말 것이라고 말이옵니다. 어마마마와 김직언이 일으킨 바람이옵니다. 하여 아우가 뿌리째 뽑히게 된 것이 아니옵니까?"

"자중자애하리다."

"기회는 이미 여러 번 드렸사옵니다."

"한번만 더 기회를 준다면 내 기필코 조용히 지내리다."

"죽여야 하옵니다. 강화도에서 아우는 죽어야만 하옵니다."

무자비했다. 협상도 타협도 용납되지 않았다.

보현은 말을 잃었다. 창백한 얼굴이 시나브로 일그러졌다. 그녀는 급기야 곤의 발아래 엎드려 울었다. 넋을 잃고 멍했다가도 몸 안의 아득한 곳에서 올라오는 설움에 봇물 터지듯 흐느끼기를 반복했다.

보현의 울음을 묵묵히 참아 낸 곤은 서안 위로 고이 접힌 비단 손수건을 내밀었다.

"오래지 않은 때에 누이와 함께 경운궁(정릉동 행궁)으로 이거하소서. 마마께서는 후궁으로 격하되실 것이옵니다."

손수건을 노려보는 보현의 눈에 핏기가 돌았다. 그녀는 손수건을 움켜 쥐었다.

"금상께서 이기셨습니다. 내가 하룻강아지 범 무서운 줄 모르고 죽자고 덤벼들었습니다. 이제 속이 시원하십니까? 속이…… 시원하시느냔 말입니다!"

울음기가 채 가시지 않은 보현의 앙칼진 외침이 굳게 닫힌 침방의 문을 뚫고 흘러나왔다.

* * *

보현이 대청마루로 나오자 걱정스레 면부를 살피는 상궁의 얼굴이 주름졌다.

"처소로 가자꾸나."

이록이 월대까지 보현을 좇아 나왔다가 차마 그녀를 부르지 못하고 돌아섰다. 그는 희정당을 원망스레 노려보았다. 보현의 애끓는 호곡(號哭 소리를 내어 슬피 울음)이 귓가에 생생했다. 가슴 깊이 감춰 두었던 자상이 아릿아릿 아파 왔다.

두연 뒤를 보자 어느새 보현이 바투 다가와 있었다.

"마마……."

"끝내 금상의 뜻대로 되었습니다. 나는 아무것도 할 것이 없어요."

보현은 입술을 실그러트리며 실소했다. 체념 어린 목소리가 탄식처럼 들렸다.

누구보다 여리신 분. 구중심처 그대 있을 곳이 아니건만 왜 그땐 몰랐는지…….

감정을 주체하기 어려워진 이록은 그의 습성대로 차라리 입을 다물었다.

"일간 한번 제게 들르시지요."

"마마, 소장은……."

"거절하시면 제가 면구쩍습니다."

보현의 눈가가 여전히 젖어 있는 것을 목격한 이록이 시선 둘 곳을 찾아 허둥댔다. 보현은 헛헛하게 중얼거렸다.

"벗으로서 오세요. 주변에 남은 이들이 없습니다. 한때마나 내외명부를 다스린 사람이건만 신산스러워진 신세가 말이 아니라지요. 내가…… 허망하여 그럽니다."

이록은 다시 그녀의 눈을 바라보았다.

보내지 말 것을. 붙잡혀 능지처참을 당하더라도, 왕의 여자를 탐한 역적 놈이라 손가락질을 받더라도 등에 업고 도망이라도 칠 것을…….

이록은 콧잔등이 시큰했다.

산 깊이 들어가 평생을 숨어 살지라도 함께라면 행복하였을 것이다. 괜한 자존심에 돌아보지 말고 가라 등 떠밀었다. 봄꽃 같던 여인이 삭막한 들판에 버려진 것처럼 시들어 가고 있었다. 이록은 보현을 보는 제 가슴이 마르고 갈라지는 것 같았다. 그녀의 처지가 마음 겨워 괴로웠다.

* * *

"아이는 다만 어릴 뿐이옵니다."

곤은 협실이 있는 쪽으로 고개를 돌렸다. 한바탕 소란 뒤에도 연옥은 흐트러짐이 없었다. 꼿꼿한 자세를 유지하던 그녀의 몸이 앞으로 조금 기울었다.

"한낱 길바닥 들치기에게도 성은을 보이신 전하가 아니시옵니까?"

"나와 맞지 않으면 나라의 중신도 아무렇지 않게 죽이는 내가 아니더냐?"

"……."

"하긴. 들치기 아이에 불과했다면 목숨을 부지할 수 있었겠지. 내 아우가 아무것도 아닌 아이였다면 말이다."

"……."

"왜 말이 없느냐?"

"스스로 괴물이 되기를 택하신 분. 소인이 무어라 말씀 올린들 소용이 있으오리까?"

틀린 말은 아니었다.

늘 입에 달고 마음에 담고 살아온 말…… 괴물.

그렇건만 꼬이는 심사에 곤은 입술을 뒤틀었다. 명치끝이 저려 왔다. 내 탓이 아니다. 세상에 대고 외치고 싶었다. 너희들 탓이다. 삿대질에 욕을 진탕 퍼붓고 싶었다.

곤은 멀쩡히 펼쳐진 금침을 두고서 보료에 벌렁 누워 버렸다. 팔을 들어 이마를 짚고 저가 죽인 자들을 생각했다. 아홉 해 전의 옥사를 생각했고, 서자성을 생각했다. 그때 죽은 이들이 몇 명이더라? 기억되지 않는 숫자를 가늠했다. 작년에 죽인 김진한과 일당을 하나하나 꼽은 그는 이번에 죽어 나갈 자들을 꼽아보았다. 누군가가 더 있을 것 같았다.

누구지? 누구를 놓친 걸까?

곤은 생각을 되돌려 처음부터 다시 저가 죽인 자들을 되짚었다. 아무리 기억을 파헤쳐 봐도 기억나지 않는 누군가였다.

네 아비!

형체도 소리도 없이 울리는 호통에 스르르 감겼던 눈이 번쩍 뜨였다.

아니다. 아니다. 아니다!

곤은 미동 없이 천장만 쏘아보았다. 절박한 항변은 소리가 되어 나오지 않았다.

요연히 먼 곳으로부터 들리는 소쩍새 울음소리에 대궐은 밤 깊이 처량했다.

二.

보현은 손수 차를 우렸다. 우려낸 차수를 찻잔에 따라 김직언 앞에 내려놓은 그녀는 숙부의 얼굴을 유심히 들여다보았다. 잔을 입가로 가져가다 말고 김직언이 늘어진 눈꺼풀을 치켜떴다.

"어찌 그러시옵니까? 이 숙부가 무엇을 잘못하기라도 하였사옵니까?"

김직언의 말 속에 애써 숨길 것이 있는 자의 긴장감이 본능적으로 드러났다.

"죽여야 하옵니다. 강화도에서 아우는 죽어야만 하옵니다."

곤의 말이 한시도 떠나지 않고 보현의 뇌리를 맴돌았다.

"잘못이라니요. 못난 질녀가 죄스러워 그러지요."

"받잡기 송구하옵니다. 그런 말씀은 거두어 주소서."

용진 강변에 모여 있는 서자들을 떠올린 김직언은 보현의 눈치를 살폈다. 예상대로 사소한 떡밥을 약간만 뿌려도 왕에게 불만을 가진 양반과 서자들이 줄줄이 엮인 굴비처럼 모여들었다. 김직언은 조만간 하늘을 바꿀 야욕에 흠뻑 젖어 있었다. 보현의 태도가 심상치 않음을 어렴풋이 느끼면서도 자기 기분에 도취된 그는 이를 공연한 우려로 치부했다.

그나저나 금번의 일을 고할 것인가 말 것인가…….

고민하던 김직언은 보현에게 언질하지 않기로 했다. 최근 잇단 일들로 질녀와의 관계가 미세하게 틀어지고 있음에 당분간 거리를 유지하기로 했다.

김직언의 생각을 꿰뚫어 본 것일까. 착잡한 눈길로 그를 보던 보현이 이마를 쓸어 올리며 한숨을 쉬었다.

"사직을 청하시지요."

김직언은 내려놓았던 찻잔을 다시 들어 입에 댄 참이었다. 목울대를 넘어가던 찻물에 사레가 들리면서 쿨럭, 기침이 토해져 나왔다.

"마마?"

"사직을 청하시라는 말씀을 드리려고 오시라 했습니다. 다른 말씀 마시고 제 뜻에 따라 주세요."

"마마의 의지를 심히 헤아리지 못하겠사옵니다. 어인 연유로…….”

“어차피 끈 떨어진 매 신세입니다. 이리 버티다가는 폐족 되기 십상이에요. 그러니 낙향이라도 하셔서 후학들을 양성하시는 편이 숙부님과 일족의 안위에 나을 듯합니다.”

“허나 좌상 자리를 돌려받은 지가 얼마 되지 않았사옵니다. 임금이 친히 올리신 자리, 몸을 사리고자 나랏일도 제대로 아니 해 보고 사직을 청하다니 그 또한 불충일 것이옵니다.”

“금상이 언제는 충성의 대상이라도 되었던 듯 말씀하시는군요.”

찻잔을 내려놓고 수염에 묻은 물기를 쓱 닦아 내던 김직언이 움찔하며 쳐다보았다.

“칭병을 하시면 될 것입니다. 되도록 조정에서 멀리 계세요.”

“그럴 수는 없지요. 마마, 심사를 강건히 다스리소서. 아직 우리에게는 기회가 있사옵니다. 때를…… 볼 것이옵니다.”

김직언은 보현의 예상대로 고집을 피웠다. 보현은 그에게 더 이상 칭병을 권하지 않았다.

*　　*　　*

하루하루 심상히 지나가는 나날이다. 대궐이란 본시 크고 작은 파란이 끊이지 않는 곳이건만 별다른 일 없이 평화스러워 이상스러울 지경이었다.

매일 있는 상참은 곤의 말소리만 들렸다. 평시에 저 잘났다고 서로 간에 떠들어 대기 바쁘던 중신들은 함묵하자, 약속이라도 한 모양으로 상참 내내 입을 꾹 다물었다. 어흠, 어흠 헛기침만 연거푸 장했다.

일찌감치 상참을 마무리한 곤은 이후에 해야 할 강연이나 지방관 독대 같은 일들을 접어 두고 목적 없이 궐 안을 거닐기 일쑤였다. 궐 안을 거닐면서 삼삼오오 모여 있는 새앙각시들에게 '어흥' 하고 장난을 걸거나 나란히 줄을 맞춰 지나던 소환 내시들을 불러 도란도란 한담을 나누었다. 그럴 때면 으레 수행하는 궁관들을 멀찍이 쫓아내기 일쑤라 당최 그가 그들을 데리고 무슨 이야기를 나누는지 아는 자들이 없었다.

연(임금이 거둥할 때 타고 다니던 가마)이나 남여(궁내에서 왕이 타던 이동수단) 따위를 잘 타지 않은 곤은 너른 궐 안을 튼튼한 두 발로 잘도 걸어 다녔다. 길고 미끈한 다리를 쭉쭉 뻗어 궐내 각사 이곳저곳 들르지 않는 곳이 없었다. 그는 늘 통보치 않고 등장했으며, 그의 느닷없는 거둥에 각사의 속리들은 당황했다.

어찌할 바를 모르는 하급관원들에게 곤이 무뚝뚝한 얼굴로 건네는 말이라고는 대개가 금일 번을 서는 자는 누구냐? 라든가, 누구누구가 어느 기방에서 난동을 부렸다던데 어찌 된 이야기냐 라든지, 새로 부임한 누구의 첩실이 뛰어난 미색이라던데 정말 그러냐? 는 둥, 하등 쓸데없이 자질구레한 것들이었다.

세자 시절부터 피바람을 예사로 일으킨, 정적을 향해 무소불

위의 권력을 가차 없이 휘두른 왕이기에 그를 두려워하고 황망해하던 자들에게는 가볍기 그지없는 그의 행보가 지극히 뜬금없었다.

응방에 들른 곤은 자신을 알아보고 날아오는 수지니를 팔을 뻗어 맞아들였다.

"안쓰럽구나."

버렁에 얌전히 걸터앉는 수지니를 보며 곤은 무심코 중얼거렸다. 무엇을 안쓰러워하는지 그의 말을 헤아리는 자들은 없었다. 그 자신도 기실 안쓰러워서 하는 말이라기 보단 순간적인 감상일 가능성이 컸다.

안쓰럽구나…….

연옥은 그 말이 꼭 곤이 스스로를 향해 한 말 같고 또한 저를 향한 말 같기도 했다. 그녀는 소매를 감싼 비갑을 내려다보았다. 비갑 아래, 그녀의 손목에는 아직껏 가죽 끈이 매여 있었다. 살갗을 압박해 누르는, 진저리나리만치 지긋지긋한 끈을 끊어내지 못한 연옥은 안쓰럽구나, 하던 곤의 말을 곱씹었다.

사물을 향한 곤의 연민은 충동적이면서도 한곳에만 정착되지 않았다. 궐 안에 난 풀 한 포기, 꽃 한 송이 일일이 들여다보며 무엇은 때 잃어 안쓰럽고, 무엇은 자라다 만 것이라 안쓰럽고, 또 무엇은 작고 초라함에 마음 쓰여 했다. 웃음기 없는 얼굴로. 혹간 웃음기가 있을지라도 싸한 얼굴로.

* * *

늦봄의 밤. 곤은 한동안 뜸하던 잠행에 나설 차비를 서둘렀다. 석달이 미복 차림으로 어안이 벙벙해서 불려 왔다. 소환 내시 주제임에도 불구하고 자주 불려 와 곤의 말벗을 했으므로 부름을 받는 것이 특이할 만한 일은 아니었다. 다만 미복 차림을 명받은 것은 처음 있는 일이라 의아했다.

연옥을 본 녀석이 딴에는 반갑다며 씩 웃었다. 연옥은 궐을 돌아다니는 석달을 볼 때마다 미궁에 빠져 들었다.

그간 연옥이 봐 온 곤은 마음이 여렸다. 하루 내, 곁에 있어야 하는 처지에 연옥은 그러고 싶지 않아도 찬찬히 곤을 관찰할 수밖에 없었다. 기억을 잃었던 때에도 그보다 오래전이나 아니면 기억이 돌아온 지금에도 그녀가 아는 그는 확실히 마음이 여린 사내였다.

곤은 가장 사소한 것에 마음 아파했다. 밑바닥 인생들을 향한 연민으로 그가 남몰래 가슴 저려 했음을 여러 번 목격한 연옥은 그럴수록 '그'라는 미궁에서 헤어 나오지 못했다. 누구보다 잔인했으며, 누구보다 냉정한 그는 누구보다 가슴에 눈물을 담아 두고 사는 사람이었다.

석달은 그의 이중성을 가장 잘 나타내 주는 존재였다.

연옥은 광교의 꼭지딴을 죽이라 명하던 곤의 차가운 얼굴을 떠올렸다.

분명 그처럼 차가운 얼굴로 내 아버님도 죽이라 하였을 테지…….

석달은 곤을 외경하면서도 곤을 대하는 사람들 중에 유일하게 스스럼없었다. 초면의 우울함과 시건방짐이 싹 사라진 녀석의 얼굴은 언제나 해맑았다.

이상해. 그의 무엇이 너를 그리 만들었니?

결국 연옥은 '이곤'라는 이름 옆에 애매모호함이란 말을 덧대고 말았다. 확실한 것보다 불확실한 것이 사람을 끌어당겼다. 호기심에 한 발짝, 한 발짝 디디다 보면 어느 순간 미궁을 헤매는 자신을 인식하는 것이다. 연옥은 알 수 없는 존재, 이곤이란 인물을 미궁처럼 맴도는 자신을 불현듯 자각했다.

곤은 돈화문이 아닌 일월오봉병 뒤에 숨겨진 비밀 통로를 통해 밖으로 나갔다. 이록이 앞장서서 길을 트고 연옥과 박 내관이 곤의 뒤를 따랐다. 석달이 곤과 나란히 걸음을 걸었다. 박 내관이 버릇없는 놈이라고 구시렁거렸지만 아무도 신경 쓰지 않았다.

연옥은 동굴처럼 길고 어둑한 통로를 휘둥그레진 눈으로 두리번거렸다. 박 내관이 이 길로 자상을 입은 소저가 나가고 다시 이 길로 쓰러진 소저를 전하께서 몸소 안고 환궁하셨소, 라며 소곤거렸다.

비밀 통로가 처음이기는 석달도 다르지 않았다. 녀석은 수선을 피우며 '우와, 우와!' 감탄을 연발했다.

길이 아닌 길. 통로는 습하고 한기가 들었다. 드문드문 벽에 붙어 일렁이는 횃불이 벽을 타고 시커멓게 커진 그림자를 만들어 냈다. 불 그림자는 어느새 어둑서니(어두운 밤에 아무것도 없는데, 있는 것처럼 잘못 보이는 것)처럼 거대해져서 연옥을 삼킬 듯 키득거렸다. 연옥은 어둑서니 같은 불 그림자를 정면으로 되쏘아보았다.

횃불. 횃불. 횃불. 수월재를 밝히던 횃불. 아버님의 머리 위에서 잡아먹을 듯 활활 타오르던 횃불.

해맑은 얼굴로 종알종알 곤에게 말을 거는 석달의 뒤통수를 연옥은 노려보았다.

이상타. 참말로 이상타.

아이야, 네 눈에 보이는 왕은 누구이기에 네 표정이 그리도 해맑을까?

* * *

아흔아홉 칸 거대한 저택이 우뚝했다.

박 내관이 집 안의 사람을 부르기 전에 곤이 석달을 끌어당겨 무어라고 속삭였다. 그들은 둘이서만 소통했다. 정확한 내용은 모를지라도 곤이 석달에게 긴요히 맡길 일이 있음이 짐작되었다. 할 말을 끝낸 곤이 석달을 밀어내고 몸을 바로 세우자 박 내관이 '이리 오너라!' 우렁차게 외쳤다.

다다다. 사람 발 구르는 소리가 나더니 이내 솟을대문이 열렸다. 시각이 늦은지라 등롱을 든 문지기가 얼굴만 삐죽 내밀고 고개를 갸웃거렸다.

"뉘시옵니까?"

곤이 등을 돌리고 서자 박 내관이 한 발 앞으로 나서서 으름장을 놓았다.

"궐에서 나왔느니. 썩 물러나지 않고!"

기세에 눌린 문지기가 주춤주춤 옆으로 비켜섰다. 마침 안채의 중문을 열고 나온 웬 부인이 곤을 알아보고 허겁지겁 달려와 허리를 굽혔다. 봉보부인(임금의 유모에게 내리는 종일품의 품계) 유 씨였다.

"전하, 암로에 누추한 곳까지 어인 거둥이시옵니까?"

"형님이 아우 보러 왔으이. 이유가 필요한 겐가?"

"당치 않으시옵니다. 형제의 정이 도타워 뵈옵기에 아름답사옵니다."

"들어가세."

곤은 사랑채를 향해 앞장섰다. 대동한 자들과 유 씨 부인이 그 뒤를 따랐다.

야밤의 객이 나라님인 것을 안 문지기가 헛것이라도 본 듯 멍청히 입을 벌리고 섰다. 문득 유 씨 부인이 되돌아와 반빗간에 가서 다과상을 마련하게 하라 일렀다. 그제야 문지기는 나라님을 봤다는 흥분을 접어 두고 둔한 걸음을 허둥지둥 옮겼다.

아이는 볼 때마다 부쩍부쩍 컸다.

다과상을 가운데 두고 창과 마주한 곤은 말이 없었다. 곤은 아우의 동그란 눈이 사무쳤다. 곤의 것처럼 불투명한 장막이 아니라 유난히 맑은 구슬 같은 눈이었다.

급작스레 찾아온 형님마마는 평소처럼 안아 주지도, 대견하다 칭찬해 주지도 않았다. 무서운 표정으로 앉아만 있었다.

창은 삼엄한 분위기가 두려웠다. 도톰한 손을 맞잡아 손가락을 꼼지락거렸다. 무릎 꿇은 다리가 저려오는지 조막만 한 엉덩이를 요리 꿈틀, 조리 꿈틀했다. 급기야 앵두 알처럼 발그레한 입술을 크게 벌리고 '하암!' 하품을 쩍 했다. 눈물을 찔끔 흘리며 합, 제 입술을 틀어막았다. 짙은 속눈썹을 깜박거렸다.

창은 맞닥뜨린 두려움에 나름의 방법을 동원해 온몸으로 시위했다.

그 모습, 어린 것이 참말로 고왔다. 진실로 고와서 마음이 사무쳤다. 곤은 문밖에 대령해 있는 석달을 불렀다.

문을 열고 쭈뼛쭈뼛 들어온 석달은 멀찍이 떨어진 곳에 무릎을 꿇고 앉았다. 조심스러운 눈길로 창의 뒷모습을 살피던 녀석은 호기심에 고개를 돌린 창과 눈을 마주치자 황급히 시선을 내렸다. 어색한 분위기 속에서 촛불만이 활발히 타올랐다.

"머잖아 피를 실은 비바람이 폭풍우를 칠 것이다."

은밀한 곤의 언어를 창은 본능적으로 이해한 것일까. 피라는 단어에, 폭풍우라는 단어에 겁이라도 집어먹었나? 눈물이 그득

차오른 아이는 기어코 훌쩍거렸다.

곤은 창의 훌쩍거림을 듣지 못한 척, 석달을 응시했다.

"오로지 이 아이를 위해 살아야 한다. 그림자처럼 단 한시도 떨어져서는 아니 된다. 알겠느냐? 어떠한 순간에도 석달이 너는 이 아이의 곁을 지켜야 한다. 그리할 수 없다면 이 자리에서 물러나도 좋으니라."

석달이 고개를 들더니,

"전하께서 소신에게 국밥을 사 먹이시고 소신과 소신의 누이를 광교의 꼭지패에게서 구해 주신 순간부터 소신의 운명은 전하의 것이었사옵니다. 전하께서 원하시는 일이라면 소신은 무엇이든 하옵니다."

제법 비장한 음성으로 말했다. 석달의 다짐을 듣고서야 곤은 비로소 우는 창을 향해 팔을 벌렸다. 소매로 눈가를 부비며 일어난 아이는 득달같이 달려가 곤의 품에 안겼다.

창아.

마음속 깊이 우물진 곳으로부터 아우의 이름을 꺼내어 불러보았다.

창아.

다시 부르지 못할 이름이다.

창아.

내가 죽일 이름. 사무쳐 소리조차 나오지 않고 마음속 깊이 우물진 곳으로 다시 기어 들어가는 이름.

곤에게 안긴 창은 금방 잠이 들었다.

석달이 대청마루로 나가 유 씨 부인을 찾았다. 대군께서 잠이 드셨다 하자 유 씨 부인이 황망해서 방 안으로 들어갔다.

형제지간이기에 앞서 군신 간이건만 군왕 앞에서 임의로이 잠든 요 왕자님 좀 보게.

유 씨 부인이 서둘러 아이를 깨우려 하자 곤이 손가락을 입에 대고 고개를 저었다. 조용히 하라는 눈치에 유 씨 부인은 아이가 깨지 않도록 살그머니 이부자리를 폈다.

잠자리가 준비되는 동안 곤은 잠든 창의 얼굴을 가만 내려다보았다.

아이가 숨을 쉴 때마다 작은 가슴이 부풀어 올랐다가 푸시시 꺼져 들어가는 것이 사랑스러웠다. 오동통한 볼에 흰 솜털이 복슬복슬하여 웃음이 나왔다. 살며시 감긴 까만 눈썹이 유독 길고 진했다.

곤은 아이의 가슴에 슬쩍 제 손을 대 보았다. 팔딱거리는 심장의 움직임이 고스란히 전해졌다. 불에 덴 듯 화들짝 손을 떼고 아이의 가슴을 쏘아보았다. 쌕쌕거리는 아이의 숨소리가 새삼 크게도 들렸다.

"아지."

태사혜에 발을 꿰며 곤이 유 씨 부인을 불렀다.

"나는 내 어머님의 면부를 모르네. 아마도 내가 세상에 나서 기억하는 첫 냄새는 자네의 젖 냄새일 것이야. 자네의 젖무덤에 코를 대고 킁킁거리며 찾아 물었겠지. 자넨 내게 그러한 존재네. 나라는 존재가 자네에게도 그러하던가?"

"지당하신 말씀이시옵니다. 존체 귀하디귀하신 군왕이시라 감히 무어라 표현해 올리기도 죄스러우나 전하, 소인은 돌아가신 경애당 자가를 대신하는 마음으로 전하께 젖을 물렸나이다."

진심일 것이다. 그이는 곤이 막 걸음마를 떼고 돌 뿌리에 걸려 넘어져 울 때도, 열병에 걸려 사경을 헤맬 때도, 부왕의 냉대 속에 외로이 내쳐져 있을 때도 묵묵히 품을 내 준 여인이었다.

유 씨 부인의 희끗거리는 새치 머리에 눈길을 준 곤은 섬돌에서 내려와 솟을대문 쪽으로 걸었다.

"문호를 나라고 생각하시게."

창이 잠든 사이 곤은 자신이 아이에게 내려 준 집에서 빠져나왔다. 석달은 곤을 따르지 않고 남았다. 그가 창의 배동이 될 것이라고 곤이 간단히 말했다. 떠나는 곤을 배웅하며 유 씨 부인과 석달이 솟을대문 앞에서 멀어지는 그를 향해 숙인 허리를 펴지 않았다.

어둑한 길을 걷다 말고 홀연히 뒤를 돌아 어렴풋하게 보이는 대군저를 곤은 오래도록 보았다.

*　　*　　*

연옥은 울분이 가득 찬 시선으로 곤의 등을 노려보았다.

혼자만의 상념에 빠진 곤은 연옥의 눈길을 아는지 모르는지 고개를 푹 숙인 채, 터덜터덜 걸었다. 걸음마다 발에 스친 도포 자락이 스적스적 내는 소리가 침묵하는 사람들 사이로 부유했다.

길밝이 등을 든 박 내관이 발을 재게 놀렸다. 길을 밝혀야 하는 그는 곤보다 한 발 앞서 걸어야 했지만 자꾸 곤에게 따라잡혀 종종거렸다.

"위선입니다."

걸음을 멈춘 연옥이 중얼거렸다.

멈칫하고 선 곤이 연옥을 돌아보았다.

연옥은 한밤에 침투한 자객의 모습을 하고 있었다. 혈혈단신 적진에 뛰어든 용맹한 자의 모습이었다. 야습을 노리는 날랜 병사의 모습이었다. 그만큼 연옥은 공격적이면서도 뜬금없었다. 그 자리에 있는 그들 세 사람, 곤과 이록과 박 내관은 당혹한 눈길로 연옥을 보았다.

"위악입니다."

연옥은 처음보다 힘주어 말했다.

박 내관이 새파랗게 질린 얼굴로 입을 벙긋거리며 그만하라고 손사래를 쳤다.

"왜! 어째서 당당하지 못하시옵니까?"

곤을 향한 애매모호함이 극에 달한 연옥은 도저히 참을 수 없었다. 거연 밤길 한복판에 선 그녀는 맺힌 것을 풀어놓기로 했다.

"죽여야 할 이유가 있다면 움츠러들지 말고 양양히 죽이셔야 할 것이 아니옵니까? 그것이 그날, 진관사의 숲에서 전하께서 하신 말씀이 아니시옵니까?"

어느 가을 햇살이 눈부셨다. 다옥한 수풀을 스치며 황금빛으로 물들어 쏟아져 내리던 쨍한 햇살 말이다.

"대의를 위한 투쟁은 불가피한 것이다. 필요악이이니라."

그때, 그 쨍한 햇살 아래서 울어 대는 칼과 분노로 얼마나 아파했던가. 대의를 위해서라면 누구라도 죽일 수 있느냐 물었던 연옥은 완강한 곤의 답변에 살생이며 살인이고 학살이다, 라고 죽은 제 아비를 위해 악에 받쳐 소리 질렀다.

곤이 한 걸음 다가서자 연옥은 그가 역병에라도 걸린 것처럼 그를 피해 뒷걸음질 쳤다. 그녀는 아직 할 말이 남아 있었다.

"대군이기 이전에, 전하의 아우이기 이전에 철모르는 아이에 불과한 저 어린 것을 죽이실 적에는 그만한 이유가 있을 것이옵니다. 반드시 그러할 것이옵니다. 그것이 전하의 신념일 테니 말이옵니다. 그렇게 많은 이들을 죽인 전하의 명분일 테니 말이옵니다!"

곤은 어떻게 해야 할지 몰라 망연히 서 있었다.

"필요치 않은 죽음은 학살이지만 더 나은 세상과 더 나은 신념을 위해 마땅히 죽여야 할 대상이라면 어찌 그것을 머뭇거리겠느냐."

얼마나 무서운 말이었던가. 얼마나 모질고 냉혹한 말이었던가.

너인 줄 모르고. 내가 차마 너인 줄 모르고…….

정녕 당연한 것이냐, 재차 묻는 너에게 나는 추호의 망설임도 없이 당연하다 하였지.

너인 줄 모르고. 내가 차마 너인 줄 모르고…….

연옥은 거리낄 것이 없었다. 그녀의 목소리는 점점 더 높아져 갔다.

"그런데 어찌 그러시옵니까? 혹여 전하께서도 그 이유를 찾지 못하신 것은 아니옵니까? 단순한 두려움을 이기지 못해 아예 눈앞에서 치워 버리자, 그럴듯한 핑계를 댔으나 실은 스스로 그것의 옳고 그름을 모르겠기에 주눅이라도 드신 것이옵니까? 위선입니다. 위악입니다!"

이러나저러나 어차피 죽일 요량이면 선한 척하는 탈을 벗어던지라는 말이다. 박 내관이 서 소저 좀 말려 보라며 이록의 팔을 붙잡아 흔들었다. 그러나 이록이라고 별수 있겠는가. 강산이 변하도록, 미숙함이 완연히 성숙해지도록 가슴에 품고 살아왔을 분노다. 계절이 바뀌고, 그 바뀜이 수차례 반복되는 사이 연옥의 심속엔 거대한 동마루가 우뚝 섰다. 흙으로 높이 쌓아 제멋대로 새려는 물을 막아선 어느 곳 강변의 동마루처럼 그녀의 동마루 또한 그러했다. 갑자기 밀려든 홍수로 성이 난 물길이 동마루를 무너트리듯 연옥의 심속 높이 쌓아 둔 동마루 역시 성난 분노 앞에 무너져 내린 것이다. 무슨 수로 그 언덕을 다시 쌓아 막는단 말인가.

"괴물로 사시겠거든 철저히 괴물로 사셔야 하실 것이옵니다. 고통과 번민은 전하의 것이 아니옵니다. 그것은 당하는 자의 것이옵니다. 억울한 자의 것이옵니다. 그것이 힘이 약하거나 아둔하여 당할 수밖에 없었던 자들이 가질 수 있는 유일한 권력이니 말이옵니다. 괴물로 사시옵소서. 인간적인 고뇌 따위 전하께 어울리지 않사옵니다. 위선 떨지 마소서. 위악 떨지 마소서. 괴물은 괴물일 뿐. 수많은 자들을 짓밟고, 소인의 아비를 짓밟고 전하께서 어디에 서 계시는지 돌아보소서. 피로 물든 그 자리가 바로 전하께 더없이 어울리는 자리옵니다. 전하께서도 그렇다 인정하셨듯이 말이옵니다."

곤은 쉼 없이 움직이는 연옥의 입술을 바라보았다. 새빨갛게 토해 내는 그녀의 분노가 환청 같다. 그녀의 얼굴이 잔뜩 일그러졌다. 불길을 뚝뚝 떨어트리는 그녀의 눈에 빨려 들어갈 것만 같다. 검은 장막 같아서 아무것도 보이지 않는 그녀의 동자에 동류의식을 느꼈던 곤은 마치 환시를 보듯 낯설고 낯설었다.

늘 말갛게 담담하던 얼굴인데…….

기실 연옥이 항상 담담하기만 한 건 아니었다. 생각해 보면 그녀는 진관사의 숲에서처럼 분격을 감추지 못해 부들부들 떨거나 태평관의 불야성을 목전에 두고 두려움에 얼굴을 일그러트리기도 했다. 그러다 불안한 제 감정을 이겨 내지 못하고 눈물을 뚝뚝 떨어트리곤 했다. 겨울 날 얼어 버린 계곡물처럼 차디찬 눈길을 하고 몇 마디 비꼬는 말이야말로 그녀의 역동성을 가장 잘 보여 주었다.

그러나 이상한 일이었다. 곤은 그녀의 얼굴을 담담했다고, 그렇게 인식하고 있었다. 늘 말갛게. 늘 담담하게. 흰 볼에 피어난 복사꽃마냥 수줍은 홍조가 그녀의 유일한 역동성으로 기억되었다.

훗.

곤은 실소를 터트렸다. 그는 자신이 열두 살 적 연옥의 모습에서 여전히 헤어나지 못하고 있음을 깨달았다. 복사 빛 홍조를 빛내며 수줍음을 담담함으로 무장하고 말갛게 앙큼을 떨던 어린 소녀의 모습으로부터…….

"되돌아가고 싶구나. 네 볼에 복사꽃이 화창하던 시절로 말이다."

연옥이 어처구니없는 눈길로 혀를 내찼다. 이런 상황에, 이런 분위기에서 나올 소린가 싶었다. 곤을 피해 한 걸음 뒤로 물러났던 연옥은 곤을 향해 한 걸음 다가섰다.

"이보시오, 서 소저. 주상 전하 안전이오. 말씀을 삼가시오."

결국 박 내관이 끼어들어 연옥에게 한마디 했다. 역적의 손 따위가! 라며 호통이라도 치고 싶지만 곤이 무서워 그렇게 까진 하지 못하고 바깥이라 소리도 크게 내지 못했다. 아니나 다를까, 박 내관은 곤의 매서운 눈길을 받고 슬그머니 물러나 옹송그렸다.

"……잡아라!"

난데없이 어둠 속에서 들리는 고함에 일순 정적이 감돌았다. 박 내관이 길밝이 등을 높게 들고 사위를 훑었다. 인경을 치고 한참이 지난 시각이었다. 순찰을 도는 순라군인가 하여 고개를 쭉 내밀어 살폈다.

그때였다. 다다닥. 급하게 발 구르는 소리와 함께 흐릿한 인형이 포착되었다. 통행이 금지된 시각에 대로변을 활보하는 자라니.

자세히 보니 한 명이 아니라 일가족으로 보이는 자들이었다. 짐 보따리를 지고 있는 사내와 간난아이를 업은 아낙, 짧은 보폭을 헐떡이며 부모를 따라잡기 위해 안간힘을 쓰는 어린 계집아이였다. 어둠을 등지고 정신없이 달려오던 그들이 길 중간 즈음에 이편을 발견하고 멈춰 서서 발을 동동 굴렀다.

"저기다, 저기!"

험상궂어 보이는 사내 서넛의 패거리가 맞은편으로부터 씩씩거리며 모습을 드러냈다. 일가족은 오지도 가지도 못하고 어찌할 바를 모르다가 끝내 왁살스러운 손길에 잡혀 길바닥에 내동댕이쳐지고 말았다.

"이런 썩을. 너희 연놈들이 도망이랍시고 가 봐야 내 손바닥 안이여. 어딜 그냥, 콱! 한 놈, 두시기, 석 삼, 너구리…… 아야,

두당 얼마라고?"

보아하니 도망친 노비들을 잡으러 다니는 추노꾼들이었다. 그들은 구경꾼이야 있건 말건 마소에게나 채울법한 굵직한 쇠사슬을 휘두르며 도망노비 일가족을 위협했다.

가라. 가. 어여 가!

가족의 아비는 손을 휘휘 내저으며 처자식을 쫓아 보내고 맨몸으로 추노꾼들을 맞섰다.

"내가 오늘 이 자리서 맞아 죽는 한이 있어도 내 새끼들만은 기필코 양민으로 살게 할 거요. 그렇게 못 할 바에야 아예 여기서 뒤지고 말지!"

악을 바락바락 쓰며 덤벼드는 힘없고 불쌍한 사내를 추노꾼들은 비웃으며 실실거렸다.

"지랄을 한다. 지랄을. 맘대로 뒤질 자유는 있고? 니들은 재산이라니까? 재산!"

"그렇지. 말, 소, 돼지 뭐 이런 가축들하고 다를 것이 하나 없지. 집에서 키우던 짐승이 도망쳐 나가면 니들은 안 찾냐? 그게 다 짤랑짤랑 돈이구먼."

등에 업은 아이를 추켜올리며 계집아이 손을 부여잡고 도망치던 아낙이 얼마 가지 못해 다른 추노꾼들에게 붙잡혀 질질 끌려왔다.

멀리 도망가라니까 어째 도로 왔냐. 가라, 가. 여보, 마누라. 나 걱정 말고 아들 데리고 어여 가소. 어여 가!

눈이 뒤집힌 사내는 추노꾼들의 손아귀에서 아낙과 계집아이를 끌어당겼다. 힘없이 푹 당겨진 모녀가 발이 엉켜 길바닥에 주저앉는 것을 억지로 일으켜 세우며 무작정 밀어냈다.

"가기는 어디를 가라고 자꾸 부추겨 싼대? 디질라고."

사내의 몸이 사정없이 패대기쳐졌다. 그는 우르르 달려드는 추노꾼들의 가차 없는 발길질에 몸을 둥글게 말았다. 찍소리도 내지 못하고 얻어맞는 도리밖에 그가 할 수 있는 일은 없었다.

"하여간 말귀를 못 알아들어. 이런 것들은 맞아야 정신을 차린다니까."

아낙의 등에 업혀 있던 젖먹이 아이가 숨넘어가게 울어 댔다. 아낙이 추노꾼들 주변을 빙빙 돌며 어찌할 바를 모르고 아이고, 아이고! 죽네, 죽어! 이 짐승만도 못 한 것들아! 오열했다. 엉거주춤 서서 엉엉 울던 계집아이가 제 깜냥에 아비를 구하겠다고 그러지 마. 그러지 마! 우리 아배한테 그러지 마! 제 아비 두들겨 패는 모진 발을 붙잡고 애걸복걸했다.

"쯧쯧. 그러게 어쩌자고 도망을 쳐서 저리 험한 꼴을 당하누?"

박 내관이 안됐다는 듯이 중얼거리자 곤이 묻는 시선으로 바라보았다.

"저들을 아느냐?"

"도망 노비들과 추노를 하는 자들로 노비의 주인 되는 자가 추노꾼들을 고용했을 것이옵니다."

"그래도 그렇지. 사람을 어찌 저리 패느냐?"

"처사가 가혹하기는 하지만 주인이 제 재산을 되찾는 것이니 추노꾼들을 막을 방도가 따로 없사옵니다."

답을 한 박 내관은 우는 아이 쪽을 흘끔거리며 지독한 것들이라고 머리를 흔들었다. 곤이 앞으로 저벅저벅 걸어 나가더니,

"오냐, 그래. 죽는 것이 그렇게 소원이면 죽어라, 죽어. 다 늙어 빠져 거죽 값도 안 나오게 생긴 놈, 오늘 내가 죽여 불고 품삯 안 받고 말란다. 죽어! 죽어!"

축 늘어져 반항도 없는 사내의 몸을 정신없이 쥐어 밟던 추노꾼의 어깨를 거칠게 돌려세웠다. 강제로 돌려세워진 자는 팔척장신으로 시커먼 얼굴에 볼을 가로지르는 상처가 충분히 위압감을 주는 자였다.

"뭐여? 구경할 거 다 했으면 그냥 가쇼. 보아하니 어디 양반님네 같은데 맥없이 끼어들어 다치지 마시고."

그때였다. 속수무책으로 맞기만 하던 사내가 갑자기 목을 움켜쥐고 검붉은 피를 토하더니 지랄병이라도 난 것처럼 몸을 뒤틀며 경기를 일으켰다. 그러기를 한참, 움직임이 잠잠해진 사내는 아예 미동조차 없었다. 몸을 숙여 사내의 맥을 짚어 본 곤은 사내가 아직 죽지 않았음에 안도의 숨을 내쉬었다.

"당최 나 원. 가시던 길 가시……."

"너는 마소가 말을 하는 것을 보았느냐?"

"예?"

"너는 저렇게 큰 미물을 본 적이 있느냐?"

"이보쇼, 나리."

"이 나라 법전 어디에 노비가 사람이 아니라 가축이라고 기록되어 있더냐?"

"어휴, 별 미친 양반을 다 보겠네."

"가축도 저마다 쓸모가 있어 조석으로 여물 먹여 가며 지성으로 키워 내거늘 하물며 사람을 길바닥 발에 채는 미물보다 못하게 대우해서야 그것이 어디 할 짓이란 말이냐!"

추노꾼을 나무라는 곤의 목소리가 우렁우렁했다. 추노꾼은 붉으락푸르락해진 얼굴을 씩씩대며 곤의 가슴팍을 툭툭 쳤다.

"염병. 먼 귀신 씻나락 까먹는 소릴 한대? 사람이 말요, 낄 데 안 낄 데 똥오줌 못 가리고 날뛰다가는 한방에 골로 가는 수가 있다니까?"

주춤주춤 밀리던 곤이 버티고 서자 추노꾼이 이거 안 되겠다며 곤의 멱살을 휘어잡았다. 이록이 단박에 앞으로 나섰다. 지켜보던 추노꾼 패거리가 둥글게 원을 그리며 곤과 이록을 포위했다. 벌써 칼에 손이 가 있는 이록을 보며 추노꾼이 코웃음을 쳤다.

"이보쇼, 양반 나리. 나는 무식해서 나리님이 하는 말 따윈 모르요. 시키면 시키는 대로, 돈 주면 돈 주는 대로 내 할 일 한다는데 무슨 상관이쇼? 엔간히 합시다. 예?"

시비가 붙어 아무도 관심을 두지 않는 사이 아낙과 울던 계집아이가 늘어진 사내의 팔을 살금살금 잡아끌었다. 죽은 듯이 까무러쳐 있던 사내의 눈이 희미하게 떠졌다. 어서 가자고 잡아당기는 계집아이의 얼굴은 눈물로 범벅이 되었다. 간신히 몸을 일으켜 세운 사내는 딸과 마누라의 팔 한 짝씩을 부여잡고 발을 질질 끌었다.

노름빚에 허덕이던 주인이 계집아이만 따로 떼 내어 창기로 팔려 한다기에 사내가 부랴부랴 식구들을 데리고 도망쳐 나온 길이었다. 이 길로 붙잡혀 가면 다른 방도가 없었다. 차라리 멍석말이를 당해 죽으면 낫기라도 하지. 볼때기 한가운데 노비 낙인을 찍히는 자자형(刺字刑)을 면할 길이 없음은 물론 달거리도 시작 못 한 어린 딸년을 창기로 뺏기고 말 터였다.

마음은 급한데 발은 쇠뭉치를 달아 놓은 것처럼 무겁기만 했다.

"아니 근데 이것들이 슬금슬금 쥐새끼마냥 어디를 내빼려고?"

부락스러운 손길 하나가 계집아이의 뒷덜미를 사정없이 잡아챘다.

"꺄악—"

날카로운 비명 소리에 모두의 시선이 계집아이를 향했다.

"살살 다뤄라, 살살. 째깐한 년, 그거 생채기 나면 안 된다고 몇 번을 말해."

"가시나 당돌한 것 좀 보소. 즈그 애비 끄집고 도망갈라 하잖소."

"그것이 제일 값이 나간다고 안 허냐. 색주가에 보낼 것을 생채기를 내면 어쩔 거여. 값이나 제대로 받을까 모르겄다. 대감인지 밀감인지 상처 냈다고 제대로 안 쳐주면 니가 책임질 거여?"

가만히 추노꾼들의 말을 듣고 있던 곤의 표정이 무섭게 일그러졌다. 그가 한 발짝 앞으로 나서자 박 내관이 얼른 그의 앞을 막았다. 추노꾼들을 막을 도리가 없다는 말만 되풀이하며 고개를 저었다.

곤은 멈칫거리며 더 이상 앞으로 나서지 못했다. 박 내관의 만류 때문은 아니었다. 소동을 피웠다가는 순라군들이 몰려들 것인데 그렇게 되면 신분을 밝히지 않을 수 없었다. 잠행 중인 왕이 한밤중에 대로변에서 소란을 일으켰단 소문이 나기라도 할 경우 대전 체면이 말이 아니었다. 그리고…….

연옥이 문제였다. 연옥이 관아로 끌려가 신분이 들통 난다면 그녀를 살릴 방도가 없었다.

곤은 박 내관에게 비상으로 항상 가지고 다니는 엽전꾸러미를 달라 했다. 박 내관이 그의 속셈을 간파한 듯 한숨을 폭 내쉬었다. 그는 별수 없이 소매 안에서 엽전 꾸러미를 꺼내 주었다.

곤이 추노꾼들에게 엽전 꾸러미를 던지고 흥정을 하려던 찰나, 뒤편에 서서 형편이 돌아가는 것을 지켜보던 연옥이 쌩하니 그를 지나쳤다.

"멈추……."

연옥의 다음 행동을 눈치챈 곤이 저지하려 했으나 이미 늦은 후였다. 연옥은 그대로 칼을 뽑아 들고 달려 나가 계집아이를 패대기친 추노꾼의 가슴을 그었다. 삽시간에 일어난 일이었다. 일

찰나 정적이 흐르는가 싶더니 금세 아수라장이 되었다.

쇳덩이 부딪치는 소리, 고함 소리, 비명 소리, 아이 우는 소리…….

추노꾼 생활로 잔뼈가 굵은 자들이었다. 쉽게 물러나지 않는 그들을 상대로 싸움이 길어졌다. 근방을 순찰 중이던 순라군들의 호각 소리와 여러 개의 발소리가 요란했다.

"가셔야 하옵니다."

등을 맞대고 추노꾼들과 대치한 이록이 빠르게 속삭였다. 곤의 눈이 곧바로 연옥을 찾았다.

싸움판을 뒤로하고 슬그머니 뒤로 빠진 추노꾼 두엇이 노비 가족을 억지로 끌고 자리를 피했다. 칼을 맞대고 힘겨루기를 하던 연옥은 상대가 일격을 가하기 위해 잠깐 뒤로 물러나 칼을 쳐든 사이 틈을 놓치지 않고 상대의 어깨에 칼을 푹 찔러 넣었다. 상대의 동공이 커지는 것을 보며 칼을 뽑아 든 연옥이 노비 가족을 끌고 도망치는 추노꾼들을 따라잡아 앞을 가로막았다.

연옥은 퇴로가 막힌 그들을 향해 칼을 휘둘렀다. 눈앞의 적을 쓰러트리면 등 뒤에서 달려들었다. 아슬아슬하게 피할라 치면 어느새 측면을 뚫고 들어왔다. 겨우 계집아이의 손목을 잡은 연옥이 아이를 안아 들고 샛길 골목으로 뛰어들었다.

연옥이 골목 안으로 사라지자 저마다 육모방망이 하나씩 허리께에 찬 순라군들이 싸움판을 에워쌌다. 족히 십수 명은 되어 보였다.

추노꾼들이 자기들은 죄가 없다며 아우성을 쳤다. 노비 사내가 바닥에 털썩 주저앉아 얻어맞은 머리에 피를 줄줄 흘리며 소리 없이 울었다. 간난아이는 울다 지쳤는지 아낙의 등에서 꾸벅꾸벅 졸았다.

순라군들이 일일이 호패를 확인하기 시작했다. 순라군들의 시선을 피해 돌아선 곤이 이록과 박 내관더러 상황을 정리하라 이르고 그들이 잡을 새도 없이 무리에서 빠져나왔다.

* * *

정신없이 달린 연옥은 어디로 가야 할지 몰라 당황했다. 이제야 뒤에 남은 이들이 걱정되었다. 곤이나 이록의 칼 솜씨라면 몸이 상할까 크게 걱정할 일은 아니겠으나 얼핏 순라군의 호각 소리를 들은 것 같았다. 순라군들과 맞닥트리기라도 하면 신분을 숨기고 잠행을 다닌 곤이 곤란한 상황이 될 터였다. 연옥은 곤을 염려하는 자신의 모습이 실없다며 고개를 흔들었다. 곤란한 상황이 된다 할지라도 여기 이 아이가 처한 상황보다 나쁘진 않을 것이다.

연옥은 저에게 꼭 안겨 있는 아이를 슬몃, 내려다보았다.

그때의 내가 떠올라서…….

내리는 빗속을 뚫고 숨이 차도록 달음박질하던 내가 안쓰러워서…….

어렸던 내가 한없이, 한없이 가여워서…….

그런 내가, 도망치는 것밖에 할 수 없었던 내가 떠올라서…….

연옥은 색주가에 계집아이를 팔 것이라는 추노꾼들의 이야기를 듣는 순간 이성을 잃었음을 시인할 수밖에 없었다.

색주가라니! 필경 창기로 팔리는 것일 게다. 그나마 관기라면 저가 가진 능력대로 춤과 음악을 파는 예인으로서의 삶을 선택할 기회를 얻을 수 있을지도 모른다. 그러면 일패 기생으로서 최소한의 자존감이라도 지킬 수 있는 가능성이 있겠지만 색주가의 창기는 다른 선택이 없었다. 하루에도 십수 번 옷고름을 풀었다 여미는 것이 이 아이의 일이 될 것이었다.

훗. 참으로 얄궂구나.

관기가 싫다고 죽자 사자 도망친 연옥이었다. 태평관을 휘황하게 밝히던 홍등과 기방의 홍청거림이 징글맞게 싫었던 그녀는 자조했다. 그토록 싫었던 기방이요, 관기건만 참담한 계집아이의 처지에 차라리 관기가 낫다, 라니.

미안하구나. 너와 나의 처지가 다를 바 없건만, 너를 보고 나를 위안하였구나. ……너에게 무엇인들 나을 것이 있으랴.

얌전히 품에 안겨 있던 계집아이가 연옥의 목을 꼭 끌어안았다. 물에 젖은 새 마냥 바들바들 떠는 것이 안쓰러웠다. 연옥은 위로하듯 아이의 뒤통수를 지그시 눌렀다. 계집아이가 연옥의 옷깃을 잡아당겼다. 동그란 눈이 얼어붙어서 연옥의 어깨 너머를 손가락으로 가리켰다.

연옥과 계집아이를 추격해 온 추노꾼이었다. 칼을 쳐들고 달려드는 그자의 거대한 형체가 연옥과 계집아이의 머리 위로 달 그림자를 가르며 드리워졌다. 계집아이를 안고 있던 연옥은 미처 방어할 틈도 없었다.

그 순간 곤이 뛰어들었다. 곤은 추노꾼의 칼날 아래 계집아이를 끌어안고 있는 연옥을 발견하고 무엇을 어찌해 볼 겨를도 없이 제 몸을 던져 그녀를 끌어안았다. 추노꾼의 칼이 연옥을 가르는 대신 곤의 등을 사선으로 쫙 긁어 내렸다.

곤은 살이 찢기는 데도 아무런 아픔이 느껴지지 않았다. 놀란 신경의 짜릿함이 척추를 타고 전신으로 흘러 상처의 고통과 통증을 갑절로 늘렸을 터이지만 곤은 저의 육신으로 자칫 연옥이 받았을 아픔을 대신 받아 낼 수 있었음에 오로지 감사했다.

아니다. 어쩌면 맹렬히, 거칠게 날뛰는 고통과 통증을 온전히 느끼는지도 모르겠다. 느끼며 그 고통이, 아픔이 드디어 연옥에게 사죄할 기회인가 싶어 기뻐하고 있음일지도 모를 일이다.

이록이 순라군들을 이끌고 뛰어왔다. 추노꾼은 곧 순라군들에게 잡혀 무릎을 꿇었다. 이록에게 기대어 힘겹게 일어난 곤이 대궐의 잡상처럼 굳어 버린 연옥을 보고 웃었다.

본시 그는 자주 웃었다. 화가 나도 웃고 마음이 아려도 웃었다. 속을 감추기 위해 웃었고 남을 속이기 위해 웃었다. 웃음은 곤에게 가면 같은 것이었다.

……지금의 것은 연옥이 그를 다시 만난 후 처음으로 보이는

웃음다운 웃음이었다. 소년 시절, 연옥이 내민 물 한 사발을 시원스레 들이키고 나직이 웃던 웃음이었다. 아무런 것도 묻어나지 않는 웃음, 그 자체로의 웃음이었다. 가면이 아닌.

뒤늦게 도착한 박 내관이 곤을 보고 기함을 했다.

"태평관으로 뫼시게."

이록의 말에 박 내관이 허겁지겁 곤을 둘러업었다. 이록이 도포를 벗어 곤의 등을 덮어 주었다.

연옥의 옆에 서 있던 계집아이는 순라군들에 의해 끌려오는 제 식구들을 발견하고 그리로 달음박질했다. 정신을 차리고 계집아이가 있던 자리를 내려다본 연옥은 고개를 들어 계집아이가 제 아비 품에 쏙 들어가 안기는 것을 보았다.

"의관이 있어야겠습니다."

화들짝 이록을 돌아보았다.

"전하의 옥체가 상하신 상태로는 환궁키 어렵습니다."

"나올 때 지나온 길이 있지 않습니까? 보는 눈들이 신경 쓰이신다면 그 길로 가시지요."

"옥체가 얼마나 상하신 것인지 모르는 상태로 무작정 뫼시기에 거리가 가깝지 않습니다. 또한 지밀을 드나드는 수많은 눈들을 피해 상처를 치료하시기란 불가능에 가깝습니다. 근처에 태평관이 있으니 그리로 뫼시는 것이 낫지 않을까 합니다."

금야에 있었던 일에 대해 순라군들의 입을 단속하고, 도망치다 잡힌 노비 일가족과 추노꾼들에 대한 것을 마무리 짓기 위해서라도 이록은 당장 해당 관아로 가서 책임자를 만나야 했다. 그는 연옥에게 의관이 사는 집이 어디쯤에 있는지 알려 주며 그를 태평관으로 불러와 줄 것을 부탁했다.

"자상의 깊이를 모르니 답답한 노릇입니다. 서둘러 불러와야 합니다."

두연 누군가의 손이 연옥의 손을 잡았다. 돌아보니 곤이었다. 부상 중에도 믿어지지 않을 만큼 강한 악력이었다.

"……너는 아직 내게 빚을 다 갚지 못하였다."

자신의 곁으로 되돌아와야 한다는 뜻이었다.

"나는 이자를 고리로 받는 사람이다. 돌아오지 않는다면 고리에 고리를 칠 것이다."

장난조였지만 또한 진심이었다. 곤의 입가에 남아 있던 웃음이 곧 흐려졌다. 이록이 도포의 동정을 잡아당겨 곤의 얼굴이 보이지 않도록 했다. 박 내관이 신까지 벗어 들고 내달렸다.

"지체하다 상처가 깊어지실까 두렵습니다."

곤과 박 내관이 사라진 방향을 정지된 듯 보던 연옥이 새삼스러운 눈길로 이록을 보았다. 그녀는 고개를 짧게 끄덕였다. 천천히 한 걸음씩 떼던 걸음이 서서히 빨라졌다. 빨라진 걸음은 결국 달음질이 되었다.

* * *

인왕산 기슭에 하급 관리나 중인들이 모여 사는 마을, 웃대가 있었다. 의관의 집도 그곳에 자리해 있었다. 이록이 일러 준 대로 찾아간 연옥은 아담하고 소박한 와옥의 담장을 뛰어넘었다. 평상과 사랑채 마루에 다양한 종류의 약재가 늘어져 있었다. 알싸한 약재 냄새가 코밑을 자극했다.

연옥은 불빛이 새어 나오는 사랑방 머름창 앞에 서서 조용히 의관을 불렀다.

"계십니까?"

낮에 산에서 캐 온 약재를 뜨뜻한 군불에 말리며 의서를 뒤적이던 조웅래는 밖에서 부르는 소리에 고개를 들었다. 누군가 찾아올 만한 시각이 아니었다.

"야밤에 뉘시오?"

"내금위장 영감께서 보내서 왔습니다."

내금위장이?

오밤중에 갑자기 찾는 것을 보니 또다시 급박한 일이 벌어진 것이 틀림없었다. 서둘러 머름창문을 연 조웅래는 연옥이 서 있는 것을 보고 눈을 휘둥그레 떴다.

"서 소저가 아니시오?"

조웅래가 연옥의 얼굴을 알아보듯 연옥도 조웅래를 알아보았다.

그가 내의원 의관이었다는 사실도 의외였고 자신의 이름을 알고 있다는 사실도 의외였다.

내가 모르는, 나를 아는 자들이 이리도 많았단 말인가…….

연옥이 목례를 건네자 인사치레 따위 거추장스럽다며 손사래를 친 조웅래의 목소리가 밝았다.

"설로화를 통해 내금위로 돌아갔다는 소리는 들었소. 같은 궐 안에 있으면서도 여태 얼굴 한번을 보지 못해 궁금하던 차였는데 전하를 통 찾아뵈올 일이 없다 보니 소저 또한 보기가 쉽지……."

"시간이 없습니다."

긴말 나누기에 당면한 일이 급박했다. 연옥은 조웅래의 말을 막으며 가료 도구를 챙겨 따라 나서라 재촉했다. 연옥을 만난 반가움에 그녀가 이록이 보내서 왔다는 것을 잊고 생각 없이 떠들던 조웅래의 얼굴이 굳어졌다.

"무슨 일이오? 전하께 변고라도 생긴 것이오?"

"자상입니다."

"……또!"

허겁지겁 필요한 것들을 챙긴 조웅래가 방문을 발칵 열고 나왔다. 그는 미끄러지듯 마루를 내려왔다.

"지난번에는 서 소저이더니 이번에는 전하란 말이오?!"

아차, 내 정신 좀 보게! 절인 물고기의 부레가 어디에 있더라…….

조웅래는 절인 물고기의 부레가 지혈에 좋다며 중얼거리더니 섬돌에 내려서다 말고 방 안으로 되돌아가 약장을 뒤졌다.

한시가 급한데 대체 무엇을 저리 꾸물댈까!
연옥이 급한 마음에 조웅래의 등을 흘겨보았다.

* * *

곤을 업고 미친 듯이 달린 박 내관은 태평관 솟을대문을 쾅쾅 두드렸다. 문이 열리자 조급한 발이 안채에 있는 설로화의 처소로 향했다.

"나으리!"

설로화의 목소리가 비명처럼 날카롭게 째졌다. 버선발로 뛰어나온 그녀의 안색이 새파랗게 질렸다.

"이것이 대체 어찌 되신 일이옵니까?"

"설명하자면 복잡하니 일단 자리나 좀 봐 주게"

정신없이 달려오느라 쉬어 터진 목소리로 박 내관이 몹시 다급하게 외쳤다. 방으로 뛰어 들어간 설로화가 서둘러 이부자리를 펼치자 박 내관이 곤을 조심스럽게 엎드려 뉘였다.

전하. 전하!

박 내관은 어린아이처럼 울먹거렸다. 피를 닦아 낼 물과 면포를 가져오겠다며 설로화가 잠시 물러간 사이 연옥과 조웅래가 당도했다.

"어서 오시오. 어서!"

숨 돌릴 새도 없이 옥체를 살펴보라는 박 내관의 성화에 조웅래가 부랴부랴 가료 도구를 풀어놓았다. 당장 의식이 가물가물한 곤의 옷가지부터 북 찢어 양옆으로 펼쳤다. 드러난 환부를 박 내관이 자세히 들여다보았다.

"어떠시오? 괜찮으시겠소?"

채근하는 박 내관을 무시하고 맥을 짚어 보는 조웅래의 얼굴이 신중했다.

놋대야에 뜨거운 물과 면포를 가지고 방 안으로 들어오던 설로화가 연옥을 보고 멈칫했다. 눈이 실처럼 가늘어졌다.

"이리 주게, 이리!"

박 내관이 설로화의 손에 있는 대야를 뺏어 들었다. 면포를 물에 적신 그는 조웅래의 지시대로 곤의 등에 난 환부 주변을 살살 닦아 주었다.

"대궐로 돌아가셨다는 소식은 전하께서 보내신 인편으로 들었습니다. 작별을 고할 틈도 없이 그리 가시게 될 줄은 미처 몰랐습니다."

설로화의 말에 연옥이 고개를 살짝 숙였다.

"신세를 져 놓고 말없이 떠나다니 도리를 다하지 못하였습니다."

말없이 대청마루로 나온 설로화는 대들보에 손을 짚었다. 곱게 기른 손톱이 대들보를 파고들었다. 따라 나온 연옥이 대청마루 끝에 나란히 섰다.

설로화가 물었다.

"어쩌다 옥체가 상하신 것입니까?"

"잠행 중에 시비가 있었습니다."

"소저 탓입니까?"

"……."

"어심을 어지럽히는 일이 있지 않고서야 저리 당하실 분이 아니라는 겁니다."

기방의 흥청거림은 시도 때도 없었으므로 태평관의 불야성은 여느 때와 같았다. 연옥은 의식적으로 그것들을 마주했다. 그러나 얼마 버티지 못하고 도망치듯 고개를 돌렸다.

그녀는 불야성을 마주하는 대신 아득히 먼 곳을 헤집었다. 어둠에 가린 먼 산, 먼 하늘, 먼 달, 그 사이 촘촘히 박힌 별들마저 농몽하게 다가왔다. 하릴없이 별을 헤던 연옥은 고개를 떨어트렸다.

곤의 웃음이 뇌리에서 사라지지 않았다. 뜨겁게, 거칠게 안아 뒹굴던 그의 힘이 아직도 여운처럼 남아 살갗을 태웠다.

"제 탓입니다. 저 때문에 저리되셨습니다."

어깃장 놓자고 해 본 소리에 연옥이 순순히 시인하자 설로화는 허탈해졌다. 그녀는 입술을 잘근거리다,

"결국 머무르시는 겁니까?"

말머리를 돌렸다. 무슨 말이냐며 연옥이 쳐다보았다.

"꿈에서 깨어나셨으니 떠나실 줄 알았습니다. 떠나겠다…… 하셨으니까요."

설로화를 보면서 연옥은 숨이 막혔다.

그녀는 무엇을 알고 싶은 걸까. 아니 무슨 말을 하고 싶은 걸까?

설로화는 계속해서 연옥을 몰아붙였다.

"남아 있는 이유가 무엇입니까?"

심사가 꼬인 연옥의 입술이 비틀렸다.

"애초에 침전에 접근한 이유와 같겠지요."

"허면 왜 아무것도 하지 않는 것입니까?"

"……."

"할 수 있었을 겝니다. 무엇이든 하고자 했다면 말이지요. 전하께서 소저를 여전히 곁에 두시는 이유가 그것일 테니 말입니다. 뭐든 소저 원하는 대로 하기를 바라시는 것이 어심이니 말이에요."

"……."

"허나 할 수 없었던 게지요. 깊이 감춰 둔 심속의 진정을 바로 보기가 차마 어려웠던 겝니다."

"무슨 말씀을 하시는지, 왜 그리 말씀하시는지 모르겠습니다."

"소저의 눈 말입니다. 전하를 뵙는 소저의 그 눈빛이 저와 같아서……."

설로화는 말을 하다 말았다. 그녀는 작은 소리로 중얼거렸다.

"이보세요. 저는 지금 피가 마릅니다."

연옥은 다시 먼 산, 먼 하늘, 먼 달을 보았다. 촘촘하던 별이 흐릿하게 이지러져 저 별들이 언제 총총했던가 싶었다.

설로화의 말이 이 밤처럼 느껴졌다. 그녀의 말뜻은 너무 멀고 너무 흐렸다. 농몽하여 진의를 파악키 어려웠다. 연옥은 자신의 마음 또한 그러함을 알았다. 아무것도 하지 않고 있음이, 마음속 옹이진 곳에 숨은 진정한 속내에 다다르지 못했음을 스스로 증언했다

무엇을 어찌하고 싶은가…….

답은 너무 멀었다. 너무 모호했다.

바람이 먼 산, 먼 하늘, 먼 달을 쓸고 지나갔다. 완연히 더운 절기가 아니기에 잠깐의 스쳐 간 바람에도 오스스 한기가 돋았다.

설로화가 한탄 조로 말했다.

"저 같은 사람은 감히 외경하기에도 두려운 분이십니다."

노류장화였다. 누구나 꺾는 담장 밑의 꽃, 왕이라고 꺾지 말라는 법은 없으나 그것이 전부였다. 가슴으로 품기에 설로화는 비천하고 왕은 찬란했다. 그녀의 작고 초라한 치마폭에 감겨들자니 왕은 실로 크고 거대했다. 누구보다 이를 잘 알기에 설로화는 연옥을 질시했다. 자신은 차마 올려다보지 못할 위용 높은 공목이 연옥을 품고 연옥의 그늘이 되어 주려 하는 것을 보아야 하는 심정이 들끓었다. 들끓었다가도 착 가라앉는 것이 먹먹했다.

"들었습니까? 저는 감히 외경하기에도 두려운 분이라고 했습니다."

설로화는 자신의 말을 거듭 강조했다. 그런 임을 네가 무엇이

관데 멸시하느냐는 원망이었다. 성심을 두고 잣대질을 하느냐는 힐난의 소리였다. 네가 정녕 빙충이가 아니고서야 제 속 하나 들여다보지 못하고 가리산지리산하느냐는 질타였다. 네가 무엇이라서 성심을 애간장 끓이게 하느냐는 책망이었다.

설로화는 피가 말랐다. 무엇도 하지 못하고 그저 지켜보아야 하는 왕에 대한 편련(片戀)으로 피가 말랐다. 서연옥이라는 이름을 곱씹고 되씹었다. 왕이 사랑하는 여인, 왕이 그토록 애달아했던 여인의 이름을.

설로화는 반들거리는 섬돌 위로 내려섰다. 그녀의 처소였지만 이곳에서 그녀의 자리는 없을 듯했다.

가자. 내 가야 할 곳으로. 나의 손들이 부르는 곳으로.

주취를 풍기는 사내, 대취하여 고래고래 소리를 지르는 탐관오리, 기생 치맛자락에 싸여 노름이나 일삼는 별감들, 공술 먹고 옷가지를 훌렁훌렁 벗어 던지며 이래 보여도 양반의 씨앗이라 으스대는 반쪽짜리 양반네들. 술독과 교접질에 빠진 수많은 오입쟁이들. 바깥주인 찾으러 왔다가 애먼 기생 머리채 쥐어뜯는 규방의 마나님들. 그들이 있는 곳으로.

풍성한 가채는 평소 설로화에게 없어서는 안 될 것이었다. 기생으로서의 명성이나 자존심을 상징하는 분신 같은 것이었지만 이날만큼은 버거웠다. 바짝 세운 목이 부러진 나뭇가지처럼 자꾸만 숙여졌다. 거대한 가채를 감당하기에 그녀의 어깨는 좁게만 보였다.

연옥이 혼란한 듯 물었다.

"그럼 제가 무엇을 해야 할까요? 아니, 무엇을 할 수 있기나 한 겁니까?"

"스스로에게 들어야 할 답입니다."

중문 앞에 선 설로화는 고개를 돌리지 않은 채로 대답했다.

"모르겠습니다. 답을…… 찾지 못하겠습니다."

"찾기 두려운 것은 아닙니까?"

"저는 꿈에서 깨어나지 않았습니다. 집안이 폐문을 당한 것이, 선부와 조모님께서 돌아가신 것이, 역적의 후손이 된 것이 혹은 비 오던 그 밤에 이곳 태평관을 도망쳐 달려 나가던 저의 모습이…… 그 모습들이 저에게는 꿈입니다. 여년묵은 세월 동안 지속된 악몽이지요."

입술을 깨문 연옥은 심호흡을 크게 하고 다시 말을 이었다.

"기억을 잃었던 시간이 차라리 제겐 평온이었음을 이제야 알겠습니다. 저는 악몽의 굴레 속으로 되돌아 온 것뿐입니다."

그것이 어디 연옥만의 이야기일까. 저마다 악몽을 헤매며 살았다. 누군가는 흔들어 깨워 줘야 하는 악몽이었다. 이마를 쓸어 주고, 가슴을 토닥거려 줄…… 악몽을 벗어나느냐 마느냐는 깨워 줄 이가 있느냐 없느냐의 차이였다.

설로화는 연옥의 말이 엄살처럼 느껴졌다. 그녀는 입꼬리를 말아 올리며 비웃었다.

"악몽에서 깨어나고자 한다면 몸을 흔들고 정신을 깨우는 손길에 의지하세요. 그리해 주실 분이 계시지 않습니까?"

"제가 꾸는 악몽의 주범이신 분입니다. 저와 제 주변에 일어나지 말았어야 할 일들을 치밀히 계획하고 서슴없이 단행하여 한 집안을 절단 낸…… 제가 기방의 동기로 팔릴 수밖에 없도록 그리 만드신 분입니다. 이곳 태평관의 동기로 말이지요."

연옥의 말을 곱씹던 설로화의 표정이 의아스러운 듯 굳어졌다. 돌아서서 연옥을 보았다.

"동기로 팔리다니요?"

"그때 이곳의 찬모가 묻더이다. 달거리는 하였느냐고. 새 옷 입고 행수 어른 방으로 얼른 가라, 재촉을 하는데 귀에는 오직 달거리를 하였느냐 묻던 찬모의 말만 맴돌았습니다."

아! 그래서 그때 기를 쓰고 도망을 한 것이구나.

"묻겠습니다. 행수께서는 용서가 되시겠습니까? 악몽을 풀어 달라 선뜻 손이 내어지시겠습니까? 저를 악몽 속으로 밀어 넣은 당자에게 말입니다."

뿌리 깊은 불신과 오해였다. 설로화는 입을 벙긋거리다 말았다. 구태여 제 입을 빌려 진실을 말해 주고 싶지 않았다. 좁쌀마냥 좁아터진 여인네 속이라고 욕을 해도 좋았다. 간사한 것이 계집 속이라고 손가락질해도 기꺼웠다.

"인정하겠습니다. 저는 전하에 관해 무엇도 어쩌지 못할 것입니다. 기억을 잃어 이곳에 실려 오지 않았던 때라면 가능한 일이었겠지만 작금의 저는 그러하지 못하겠습니다. 이면을 보았다고 해 두지요. 예상 가능한 이면은 아니었지만 제가 무얼 어찌하겠습니까? 우리가 말하고 있는 분은, 진정한 군주의 모습을 하고 있는 분일지도 모르는데 말입니다.”

“진정한 군주라…….”

설로화는 연옥의 말을 헛되이 되뇌었다. 힘없이 벌어진 그녀의 입 사이로 헛바람이 새 나왔다.

“허나 진정한 군주가 꼭 진정한 인간의 모습이 아닐 수도 있음을 알게 되었습니다. 그분은 괴물이십니다. 괴물이 되어야 이 땅의 군주로서 버티어 낼 수 있다고…… 그리 생각하신 것 같습니다.”

“동의하십니까?”

“동의하면 선부께서 그분에게 그리 당하실 수밖에 없었음을 인정하는 꼴이 되지 않겠습니까?”

“동의는 못 해도 이해는 한다?”

“그저 그분의 입장이라는 것에 대해 조금이나마 알 것 같다는 말이지요. 고백컨대 그간 그분 곁에 있었던 것은 제가 그분께 칼을 들이밀지 말아야 할 이유를 찾고 있었던 것인지도 모르겠습니다.”

설로화가 물었다.

“허면 이제 칼을 내려놓고 떠날 마음의 준비가 된 것입니까? 소저께서 말한 그 이유, 찾았습니까?”

연옥이 떠난다고 공목의 그늘이 저를 향할 것이 아님을 알지만 좁은 속내로 그녀는 내심 연옥의 말을 반겼다.

이록이 중문을 들어서다말고 그들의 말을 들었다. 그의 시선이 대청마루 끝에 선 연옥에게 고정됐다. 순청에 들러 책임자에게 순라군들의 입단속을 지시하고 노비 일가족에 대한 뒤처리를 위해 그들의 주인을 만나고 오는 길이었다.

연옥과 이록을 번갈아 본 설로화는 두 사람만 남겨 두고 안채를 나왔다. 그녀는 홍등이 흐드러진 양귀비 같은 곳으로 천천히 걸었다.

이록은 밤사이의 소동에 지쳐 있었다. 늘 군기가 잡혀 있던 그는 물에 젖은 옷 마냥 늘어진 꼴을 하고 힘없이 대청마루에 걸터앉았다. 한숨이 깊이 흘러나왔다.

"들어가 보십시오. 의관이 들어 있습니다."

이록은 걱정할 것이 없다 했다. 조웅래는 비록 선왕을 살리지 못해 좌천되었지만 명색이 수의였던 자로 그가 명의임은 삼척동자도 안다고 했다. 왕의 육신은 그가 가진 젊음의 기만큼이나 강건하고 견고하기에 어쩌다 얻은 상처 따위에 굴복하지 않을 것이라며 이록이 호언장담했다. 그는 한참 후 나직이 뇌까렸다.

"전하께서는 결코 소저를 동기로 팔려 하신 적이 없습니다."

연옥은 이록의 어깨를 내려다보았다. 그녀는 싸늘히 대꾸했다.

"직접 지시한 것은 아닐지라도 그리되게끔 만드셨습니다."

이록은 뻐근해진 목을 주물렀다.

"그리되기를 바라지 않으셨습니다. 어떻게든 서 소저만큼은 반드시 빼 오라고 명하신 분입니다. 믿고 둘 곳이 없어 잠시 설로화에게 맡겼을 뿐 오해이십니다."

흑립을 벗어 옆에 내려놓은 이록은 손을 들어 마른세수를 했다. 망건 밖으로 잔머리가 삐져나와 시야를 가렸다.

"그때 내금위장 영감이셨습니까? 저를 데려간, 말 위의 그 사람 말입니다."

"저야 전하께서 하시는 모든 일을 따르는 자 아닙니까?"

연옥의 얼굴이 딱딱하게 굳어졌다.

"소저를 잃어버리신 전하의 모습은 차마 뵈옵기 민망할 지경이었습니다. 전란의 포화 속에서도, 부왕으로부터 목숨과 자리를 위협받던 때에도 초연함을 잃지 않으신 분입니다. 그러한 분이 앓고 또 앓았습니다. 그로부터 수년입니다. 강산이 변하도록 소저를 찾을 때까지 전국 방방곡곡 뒤지지 않은 곳이 없습니다."

연옥의 눈이 붉게 충혈되었다.

"날이 더우면 덥다고, 추우면 춥다고, 비가 오나 눈이 오나 소저에 대한 성려는 멈춤이 없었습니다. 전국으로 보낸 사령들로부터 소저를 찾았다는 기별을 받아도, 받지 않아도 종시 성려하셨음을 어찌 이해시켜 드려야 할지…… 찾았으면, 어디서 무엇을 하다 이제 나타난 것일까, 그 신세 신산스러울까 전전긍긍이셨습니다. 찾지 못했으면 어디서 무엇을 하느라 여태 나타나지 않느냐, 혹간 어느 길바닥에 쓰러져 죽고야 만 것이냐, 두려워하셨습니다."

연옥이 물었다.

"내금위장 영감께서 제게 모든 것을 아느냐고 물으셨지요?"

"예, 제가 그랬습니다."

"이 뜻이었습니까?"

"어디 그것뿐이겠습니까? 정작 알기 어려운 것이 성심입니다."

이록은 더 이상 말이 없었다. 벗어 두었던 흑립을 탈탈 털어 머리에 쓴 그는 갓끈을 질끈 묶고 일어섰다.

연옥은 핏발이 선 눈으로 곤이 누워 있는 방을 돌아보았다.

알기 어려운 것이 성심입니다…….

알기 어려운 것이 성심…….

알기 어려운 것이…….

가료를 끝낸 조웅래가 밖으로 나왔다. 핏물이 출렁한 대야를 들고 박 내관이 뒤따라 나왔다. 대야와 박 내관 손아귀 사이에 끼인 피 묻은 면포에 연옥의 눈길이 잠시 머물렀다. 눈이 시었다. 눈을 감고, 눈을 떴다.

힐끔 연옥을 본 조웅래의 목소리가 짐짓 가벼웠다.

"워낙 강골이시니 걱정할 것 없소이다."

"저리 기진하셔서 혼절까지 하지 않으셨소? 참말 괜찮으신 것이 맞소이까?"

마룻바닥에 대야를 내려놓은 박 내관이 영 미덥잖아하며 되물었다.

“괜찮으시다 몇 번을 말해야 하오?”

“그럼 왜 혼절을 하신단 말입니까? 신열까지 있어요.”

“아니, 살갗이 쫙 벌어졌는데 멀쩡하게 움직이실 줄 알았단 말이오? 예끼! 암만 그래도 자상인데 옥체 안의 오장육부가 놀라도 단단히 놀랐을 게요. 신열 조금 있는 걸로 호들갑 떨 것 없단 말이외다.”

“제가 또 언제 호들갑을 떨었다고 그러십니까. 저 안에 누워 계신 분이 전하시니 애가 타서 그러지요.”

“저러시다가도 언제 그랬냐는 듯 정신 차리시고 꼿꼿이 앉으실 터이니 그만 좀 하시구려. 이 사람이 의관이지 박 내관이 의관은 아니잖소.”

박 내관의 닦달에 기분이 상한 조웅래가 불퉁거렸다. 할 말이 없어진 박 내관이 이번에는 연옥을 보고 입술을 실룩거렸다.

“가만히나 있을 것이지. 조용히 지나갈 일을 뭐 하러 나서서 그르치나. 덕분에 옥체만 상하셨으니 이 시국에 어찌할 것이야? 정적들 귀에라도 들어가면 무슨 꼬투리를 잡히실지…… 당최 우리 전하가 무엇이 아쉬워서. 에잇! 쳇!”

혼잣말처럼 구시렁대는 소리 같지만 실은 연옥더러 들으라는 소리였다. 조웅래가 연옥을 대신해 편을 들고 나섰다.

“아이고, 심보도 고약하시오. 자세한 내막은 몰라도 작정하고 한 일이겠소?”

“내가 뭘 어쨌다고. 입 가진 놈이 혼자서 중얼거리지도 못한단 말입니까?"

"자자, 탓은 그만 하고 내금위장 영감, 어찌하시겠습니까? 대궐로 모신다고 무리하지 않았으면 하는데 말입니다."

조웅래가 화제를 돌리며 이록에게 물었다. 고민하던 이록이 박 내관더러 환궁할 것을 일렀다.

"저만 말입니까? 내금위장 영감, 전하 곁에는 제가 있어야합니다."

"가서 침전을 지키게. 감모든 뭐든 어떤 구실을 대서라도 입시를 청하는 자들은 돌려보내고 침전이 비었다는 사실을 누가 알게 해서는 아니 되네."

"그렇지 않아도 근시에 툭하면 침전 문을 걸어 잠그신다고 수군대는 자들이 많습니다."

박 내관이 걱정스러운 듯 중얼거리자 조웅래가 이록의 말을 거들었다.

"별 수 없지 않겠소? 옥체가 중하니 내금위장 영감의 말씀대로 하시는 것이 나을 게요."

박 내관이 판내시부사에게는 무어라 둘러대느냐 했다. 지난번처럼 반나절의 두문불출도 아니고 옥체가 웬만해지실 때까지 희정당을 비워 둬야 할 텐데, 눈치가 빤한 판내시부사를 어찌 속이느냐는 것이었다.

"판내시부사에게는 있는 그대로 전하게."

파루가 치면 내의원 의관들이 제일 먼저 입시하는 것으로 왕의 하루가 시작되었다. 그들은 밤사이 옥체가 무탈했는지 세심히 살피고 기록했다. 그리고 나면 기 백 명이 넘는 지밀 궁관들이 각자의 맡은 바 소임대로 끊임없이 지밀의 일을 볼 것이므로 그들을 모두 단속하자면 아무래도 박 내관 혼자보다야 경험 많은 판내시부사의 일 처리가 훨씬 매끄러울 것이라는 이록의 생각이었다.

박 내관이 대궐로 떠나고 조웅래가 누군가는 곤의 상태를 곁에서 살펴야 할 것이라고 하자 이록이 연옥을 보았다. 연옥은 그의 시선을 피해 다른 곳을 보았다.

객방으로 물러나 있으라는 이록의 말에 조웅래가 간밤에 용태가 어찌 급변할지 모르는데 왕을 혼자 내버려 두어서는 안 된다며 미적거렸다. 이록이 호위가 있는데 무엇을 걱정하느냐며 위급한 일이 생기면 바로 기별 넣을 것이라 했다.

조웅래마저 객방으로 밀려나고 둘만 남게 되자, 연옥이 이록의 얼굴을 빤히 보았다.

"무슨 생각이십니까?"

"딱히 무엇을 생각하고 있는 것은 아닙니다."

"저는……."

연옥의 언성이 높아졌다. 눈을 감았다 뜬 그녀는 한풀 가라앉은 목소리로 말했다.

"저는 전하의 여인이 아닙니다. 아니, 될 수가 없습니다. 혹여 바라시는 것이 그것이라면 말이지요."

이록은 무덤덤한 얼굴로 자신이 관여할 일이 아니라고 했다. 그것은 전하와 서 소저의 문제가 아니냐며 도리어 반문했다. 그런 개인적인 문제로 골몰하기 이전에 호위의 의무부터 충실하게 하라 했다.

* * *

몸을 뒤척이자 이마에 놓인 물수건이 바닥으로 떨어졌다. 묵직하던 이마가 가벼워진 느낌에 닫혀 있던 눈썹이 미세하게 경련했다.

눈을 떴을 때 곤은 그것이 습성이거나 본능인 듯 제일 먼저 연옥을 찾았다. 문가에 앉아 방바닥을 주시하는 그녀의 고개가 이따금 주억거렸다. 잠이 든 것도, 그렇다고 들지 않은 것도 아니었다. 무심결에 고개를 툭 떨어트린 연옥은 저 스스로 놀라 정신이 번쩍 들었다. 아득한 어촌 마을, 바다 멀리 수평선처럼 흐릿하던 정신이 명확해졌다.

연옥은 눈을 껌벅거리며 주변을 두리번거렸다. 자신이 졸았다는 사실에 당황한 모양이었다. 그 모습이 한층 귀염성 있었다.

상투 머리와 투박해 보이는 철릭, 허리춤에 찬 칼에도 연옥은 지극히 여성스러웠다. 드러난 목덜미는 유연했으며 밤하늘의 별처럼 희었다. 꾸벅꾸벅 연자방아를 찧던 고갯짓이 바람에 흔들리는 하얀 억새와 같이 낭창거렸다.

연옥은 비로소 곤의 눈길을 알아챘다. 새삼 그의 눈이 달리 보였다. 얼음물처럼 차갑거나 불처럼 뜨겁게 타오르는, 때론 이도저도 아닌 채로 담백하기만 하던 그런 눈길이 아니었다. 꿈을 좇듯 열렬했으며 들판에 누워 봄바람에 취한 한량처럼 다정스러웠다.

귀밑까지 붉게 퍼진 홍조는 비단 흔들리는 좌등의 뜨거움 때문만은 아닐 것이다. 연옥은 시선을 돌려야지 하면서도 돌리지 못하고 곤의 눈길에 사로잡혔다. 슬며시 벌어진 입술을 비집고 긴 한숨이 흘러나왔다.

병풍처럼 둘러진 어둠 속에서 홀로 입체적인 여인이, 흔들리는 좌등의 빛을 흠뻑 머금은 여인의 붉어진 뺨이, 붉어진 입술을 뚫고 나직하게 흘러나오는 여인의 긴 한숨 소리가 얼마나 색정적이고 관능적인지 연옥은 모를 것이다.

관능은 여성 특유의 굴곡짐과 부드러움을 꽁꽁 싸맨 철릭 밖으로 과감하게 튀어나왔다. 어둠에 적절히 스며든 빛이 관능을 비밀스러우면서도 은근해 보이도록 만들었다.

곤은 자지 않고, 라며 혼잣말을 중얼거렸다. 정작 자신도 숙면을 취하는 일이 거의 없으면서 그는 연옥이 자지 못하는 것을 못내 안타까워했다. 호위의 소임 때문이든 남아 있는 앙금 때문이든 그녀가 자신의 곁에서 잠들 수 없음을 알면서도 그는 그녀가 잠을 거의 자지 않는 것에 집착했다.

"사람이 잠을 자야지. 그래야 내일의 해를 볼 것이 아니냐."

시종 담담히 곤을 바라보던 연옥은 회피하듯 시선을 돌렸다.

마음이 파도처럼 일었다. 여러 갈래의 감정이 파도가 일으키는 물보라처럼 세차게 튀어 올랐다.

"……으윽!"

몸을 일으켜 앉던 곤은 전신을 관통하는 통증에 저도 모르게 억눌린 신음을 흘렸다. 뼈마디마다 제각기 아우성을 쳤다. 늙은 이처럼 삭신이 쑤셨다. 연옥이 안석(등받이)에 기대앉을 수 있도록 자세를 잡아 주었다.

곤은 물러나는 연옥의 손목을 붙잡았다. 그는 이런 식으로 이따금 연옥의 손목을 확인했다. 연옥의 손목에 매여 있는 가죽 끈을 보며 아직은 남아 있는 자신의 흔적에 안도했다.

"돌아왔구나."

곤은 넋 없이 중얼거리고 넋 없이 웃었다. 식은땀이 몸을 타고 흘렀다. 입과 코를 통해 나오는 숨결이 꺼림텁텁했다. 연옥의 손목을 놓아주고 안석에 기댄 몸을 옆으로 조금 기울였다.

연옥이 곤의 이마를 짚었다. 그녀의 이마가 살짝 찌푸려졌다.

"여직 미열이 있으시옵니다. 힘이 드시면 의관을 부르오리까?"

대륙 어딘가에는 나무도 풀도 자라지 않는 모래사막이 존재한다 했다. 작열하는 태양 볕에 달궈진 모래 열기의 메마름, 갈증, 뜨거움, 허기짐이…… 그 모든 것들로부터 파생된 막막함이 머나먼 이국땅으로부터 곤을 향해 휘몰아쳤다.

연옥은 그제야 자신이 곤의 이마에 손을 댔다는 사실을 깨달았다. 당혹한 그녀는 손을 거둬들여야 한다고 생각했지만 굳어

버린 몸이 좀체 움직여지지 않았다. 그녀는 그의 이마에 손을 짚은 상태로 어찌할 바를 몰랐다.

곤이 물었다.

"너는 돌아오지 않을 수도 있었다."

연옥은 대답할 말을 찾지 못했다.

"얼마든지 떠날 수도 있었어. 말해 보거라. 대체 왜 온 것이야?"

대답은커녕 자신이 떠날 수도 있었음을 인지조차 하지 못했다는 사실이 연옥을 충격에 빠트렸다.

"죽이라 해도 죽이지 않고, 떠날 수 있었는데도 떠나지 않은 이유가 뭐야. 너…… 어이해 여기 있는 것이야?"

연옥이 겨우 입을 열었다.

"돌아오라 하셨사옵니다. 돌아온 것이 잘못되었사옵니까?"

"시답잖은 소리!"

곤이 고함을 지르며 일갈했다. 그의 이마를 짚고 있던 연옥의 손이 툭 떨어졌다.

"차라리 소인이 죽고 말 것을 그랬사옵니다."

"왜 돌아왔느냐 묻지를 않느냐."

"소인을 어찌 살리셨단 말이옵니까? 산 깊은 곳에서 맹수에게 쫓기도록 내버려 두시지 그러셨습니다. 꼭 그때가 아니더라도 아비와 함께 의금부 나장들에게 잡히도록 두셨다면 좋았을 것이옵니다. 하다못해…… 전하의 칼끝에 죽도록 그냥 두시지요. 전하께서는 소인이 추노꾼의 칼에 죽어 나가도록 그냥 두셨어야 하옵니다!"

연옥의 목소리는 나지막한 중얼거림에서 높고 날카롭게 변조되었다.

"내가 어찌 너를 그냥 두겠느냐?"

"그토록 냉정하신 분이 못 하실 것이 무엇이겠사옵니까?"

"너니까. 다른 누구도 아닌 바로 너니까."

연옥은 곤을 쏘아보았다.

"그것이 더 잔인하심을 어이하여 모르시옵니까?"

"……."

"이리 소인을 살려 놓으시면 소인은 어찌해야 하옵니까? 칼을 휘두르면서도 정작 전하께서 더 아파하시면…… 전하께서 피를 더 토하시면 소인은 어찌해야 하느냐 여쭙고 있사옵니다. 원망할 틈을 주셔야지요. 미워할 틈을 주셔야지요. 그래야 공평타 할 것이 아니옵니까?"

"……."

"전하께 칼을 들 수가 없사옵니다. 차마 그리할 수가 없사옵니다. 전하를 우러러 보는 석달의 눈빛이 자꾸만 가슴에 박히옵니다. 문호대군을 보시는 전하의 눈길이 너무 절절하시어, 그것이 못내 안타까워서 차마 무엇을 어쩌지 못하겠사옵니다. 떠나야 한다는 생각조차…… 들지 않았단 말이옵니다."

"……."

"아비의 얼굴이 기억나지 않사옵니다. 아비를 대신하던 저의 분노가 희석되어 감을 느끼옵니다. 어느 순간 소인도 모르는 사이 전하의 고뇌에 속수무책으로 젖어 들고 있사옵니다."

곤은 한동안 말이 없었다. 좌등의 빛이 꺼져 들어갈 것처럼 아슬아슬했다. 숨이 막히도록 적요했다.

곤은 몸을 움직여 연옥에게 가까이 다가앉았다. 그녀의 반듯한 이마를 쓰다듬고 손길을 내려 젖은 눈가를 닦아 주었다. 연옥은 작은 소리로 웅얼거렸다.

"아무것도 모르는 천치로 남아 있을 것을 그랬사옵니다."

차라리 바보가 되어 버릴까요?

그러면 우리 조금은 편해질까요?

아비도 잊고, 아비의 한도 잊고, 내 지난날의 원통함 역시 잊고 그대께서 행한 모든 것을 잊어버린다면 말이지요.

연옥은 곤의 손길을 거부하며 고개를 돌렸다. 그러나 그녀의 얼굴은 곤의 완력에 의해 다시 돌려졌다.

"나를 죽여라."

"……."

곤의 입술이 그녀의 이마에 닿았다. 그의 입술은 곧 그녀의 눈가를 훑고 그녀의 입술에 포개어졌다. 그에게서 거부할 수 없는 힘이 느껴졌다. 연옥이 몸을 뒤로 빼려 했으나 불가능한 일이었다.

곤은 연옥의 이마에 드리워진 검은 색 건을 가만히 잡아당겼다. 둥글게 틀어 올린 상투를 풀어 헤치자 풍성한 머리카락이 우수수 어깨 밑으로 흘러내렸다. 냇가의 잔물결처럼 잔잔히 일렁이는 머릿결 속으로 곤은 손가락을 헤집어 넣었다. 그러면서도 그는 그녀의 입술을 놓아주지 않고 집요히 굴었다.

연옥은 간간이 가쁜 숨을 토해 냈다.

곤은 다른 쪽 손을 움직여 연옥의 옷고름을 풀었다. 철릭과 적삼을 차례로 벗긴 그는 무명천에 꽁꽁 싸매진 그녀의 가슴을 멀거니 보았다. 울컥 치받혀 올라오는 서글픔을 삭였다.

연옥을 돌아 앉힌 곤은 무명천의 매듭을 찾았다. 질끈 묶인 매듭을 푸는 손이 떨렸다. 무명천은 연옥이 견딘 인고의 시간만큼이나 길었다. 빈틈없이 몇 바퀴나 둘러진 무명천을 천천히 풀었다. 무명천이 풀리면서 연옥의 가슴은 자유를 되찾고 점차 부풀었다.

완연히 드러난 가슴이 부끄러운 듯 연옥은 손을 모아 가슴을 가렸다. 곤은 연옥이 자신을 볼 수 있도록 본래대로 돌려 앉혔다. 한사코 가슴을 가리고 있는 그녀의 손을 잡아 밑으로 내렸다. 크지도 작지도 않은 둥그런 가슴에서 그는 눈길을 떼지 못했다.

사막. 대륙에 있다는 그 사막. 사막을 잠식하는 태양. 메마름. 갈증. 허기짐. 막막함 속에서 점점 더 달궈져 가는 뜨거움.

"품어도 되겠느냐?"

묻는 말이 아니었다.

"넌 나로부터 벗어날 수 있는 마지막 기회를 잃었다."

연옥을 누인 곤은 자신의 적삼을 벗었다. 드러난 상체가 불빛에 더욱 선명했다. 그는 그녀의 허리 밑으로 손을 밀어 넣었다. 유연하게 젖혀지는 그녀의 허리를 바싹 끌어당겼다. 동산처럼 솟은 그녀의 가슴을 부드럽게 움켜쥐었다. 물컹한 살덩이가 그의 손아귀에서 일그러졌다. 으깨진 과육의 흘러내리는 즙처럼 그녀는 진득하면서 달짝지근한 한숨을 토해 냈다.

연옥은 곤의 손길에 자신의 가슴이 충만해짐을 여실히 느꼈다. 곤은 더욱 갈급했다. 온몸이 불길에 휩싸인 것처럼 뜨거웠다. 전신을 축축하게 흘러내리는 땀이 상처로 인함인지 정염으로 인함인지 알지 못했으나 기실 그것이 무엇 때문이든 상관없었다. 그는 요연히 먼 아래로부터 용솟음치는 욕망에 몸을 부르르 떨었다.

곤은 연옥을 와락 끌어안았다. 무방비하게 당겨진 그녀의 가슴에 얼굴을 묻었다. 그녀의 살 냄새에 정신이 혼미해졌다. 왕비와 임 숙용에게서 맡았던 사향 냄새나 진한 분 냄새가 아니었다. 은근히 퍼지는 살 냄새가 지극히 자연적이고 순수했다. 봄철에 활짝 피어난 화향처럼 모자람도 지나침도 없이 은은했다.

수줍어하던 연옥의 몸은 금세 곤의 손길에 적응했다. 손을 뻗은 연옥은 곤의 등을 어루만졌다. 곤은 등골을 타고 흐르는 전율에 깜짝 놀랐다. 저도 모르게 손가락에 힘이 들어갔다. 곤의 손톱이 살갗을 파고들자 연옥이 얕은 신음을 흘리며 몸을 뒤틀었다. 신경질적이면서도 조급증이 드러나는 신음이 묘하게 곤의 마음을 흔들어 놓았다.

금방이라도 숨이 멎을 것처럼 가슴이 급박하게 오르내렸다. 그들은 온기를 찾아 서로의 육체를 탐욕스레 끌어당겼다. 입술과, 손길이 정처 없이 상대의 몸을 배회했다. 상대로부터 전이되는 열기에 예민해진 몸으로 진저리를 쳤다. 연옥의 목덜미에 곤의 입술이 닿았다. 연옥은 본능적으로 곤의 귓불을 깨물었다.

두 사람 사이를 가로막고 있던 벽은 애초에 없었던 듯 무용지물이었다. 태산처럼 높게만 쌓여 있던 상념과 관념은 더 이상 소용이 없었다. 이 밤이 지나 날이 밝으면 어찌 될는지 몰라도 이 순간만큼은 오로지 서로의 욕망에 충실했다.

격렬한 애무는 애절했다. 거칠고 조심스러웠다. 무자비했으나 때론 부드러웠다. 곤은 중간중간 혼미함 속에서 농도 짙은 신음을 흘렸다. 상처 부위가 아파서인지 쾌감에서 오는 것인지 모를 일이었다. 상처 때문이라 해도 그마저 희열이었다.

연옥의 배를 제 무게로 지그시 누른 곤이 하염없이 깊은 눈으로 그녀의 얼굴을 내려다보았다. 그녀의 이마에 맺힌 땀방울을 보며 마른 입술 사이로 더운 열기를 내보냈다.

"나는 사죄하지 않을 것이다."

무엇을 말함인가. 과거를 말함인지 현재를 말함인지 곤의 말이 모호했다.

곤은 연옥의 몸 안으로 파고들었다. 화염처럼 뜨거운 자극이 그들의 몸을 전광석화와 같이 훑고 지나갔다. 연옥의 몸이 생전 처음 느끼는 자극을 어찌하지 못하고 휘어졌다. 곤의 몸은 그가 가진 성질만큼이나 단단했다. 강인한 곤의 육체에서 뿜어져 나오는 욕망과 쾌락이 절정에 달할 즈음, 곤을 감당하기 버거워진 연옥이 그의 목을 끌어안고 흐느꼈다.

다다다. 다다다.

불현듯 농몽한 순간을 뚫고 요란한 함성과 장면이 달려들었다. 수십 수백 수천 번 곱씹어 익숙해진 환청과 환시가 새삼 낯설었다. 서자성을 추포하러 온 나장들의 거친 달음박질 소리를 뚫고 고함과 악다구니가 난무했다. 무너트리려는 자와 지키려는 자들의 실랑이가 살벌했다.

연옥은 곤의 목을 놓아주지 않고 두 눈을 질끈 감았다. 아비의 얼굴이 보이지 않았다.

눈처럼 희었던 백의. 진중한 발걸음을 따라 우아하게 나부끼던 도포 자락. 그다음은?

아비가 어찌 생겼는지 도무지 떠오르지 않았다.

연옥은 곤의 가슴을 치며 서럽게 울었다. 곤은 그녀의 머리를 움켜쥐고 제 가슴에 묻었다. 그에게 안긴 연옥은 정신을 잃도록 울고 또 울었다.

二章

저마다의 사연

동틀 무렵 곤은 이록이 장담한 대로 젊음과 강인한 육체를 뽐내며 자리를 털고 일어났다. 아직 곤해 있는 연옥을 남겨 두고 대청마루로 나오자 간밤 내내 보초를 선 이록이 새벽이슬을 맞으며 격검 중이었다.

의관도 제대로 갖추지 않고 적삼을 풀어헤친 곤은 대청마루 벽에 기대앉아서 이록의 격검을 지켜보았다. 칼을 내리고 읍을 하는 이록을 향해, 머잖아 또 한 번의 난장이 있을 것을 무엇하러 미리부터 힘을 빼느냐, 농을 걸었다.

이록의 시선이 곤의 벌어진 적삼 사이로 가 닿았다.

"조 주부를 부르겠사옵니다."

웃섶을 들춘 곤은 붕대를 칭칭 감은 제 가슴을 심드렁하게 내려다보았다.

"두어라. 이깟 것 얼마나 대단타고 그러느냐."

그러면서도 이마를 찌푸리는 것이 통증이 있어 보였다.

"혹시 모르는지라 객방에 하룻밤 머물고 있사옵니다."

"되었대도. 궐은 어찌하고 있느냐?"

"박 내관이 단속하고 있을 것이옵니다. 판내시부사에게 상황을 이르도록 하였나이다."

"잘됐구나. 기왕에 나와 있으니 범바위골에나 들러야겠다."

"무리시옵니다. 환부가……."

곤은 고개를 돌려 방문을 쳐다보았다. 밀려드는 피로에 휩쓸려 쓰러지듯 잠이 든 연옥의 지친 숨소리가 문밖까지 들리는 듯했다.

"산채에 나의 꿈이 있다. 그곳에 데려가고 싶어 그런다."

이록은 누구를 말하는지 묻지 않았다. 방문에서 시선을 거둔 곤이 이록을 보며 웃었다.

"뭐라도 해 봐야지 않겠느냐. 변명이든 무엇이든 말이다."

이록이 당황스러운 낯빛으로 곤의 얼굴을 올려다보았다.

왕은 왕이었다. 왕은 지존이었으며 무치의 존재였다. 왕은 돌아섬도 후회함도 없었다. 그의 선택은 항상 단호했으며 머뭇거림이 없었다. 그런 왕이 제 손으로 무너트린 집안의 여인을 두고 변명이든 무엇이든 해 봐야지 않겠냐고 말하자 이록은 마음이 쓰렸다. 서 소저를 향한 어심의 지고함을 알겠기에 그리 말 하는 왕의 말이 쓰디쓰게 느껴졌다.

"왜 네놈 눈시울이 빽빽해지는 게냐?"

"아니옵니다."

"아니긴. 내금위장씩이나 되는 놈이 퍽도 감상적이지 않느냐?"

"전하도 마찬가지시옵니다."

묻는 말에 답을 하는 것이 아니면 하루 열 마디 입 떼기도 어려운 인사가 생전 하지 않던 대거리를 넙죽하는 것이 이상스러웠다. 곤은 잠시 시간을 보내고 나직이 중얼거렸다.

"너와 내가 동변상련이로다."

이록의 동공이 흔들렸다.

"눈이 먼 봉사에게 앞인들 뒤인들 소용이 있을까. 사방이 컴컴한데 앞이니 뒤니 혹간 좌우가 어쩌고 하는 말들이 다 무슨 의미란 말이더냐. 그저 발에 거치적거리는 것이 없으면 그만인 것을. 저 가는 그 길 하나만이 존재할 뿐. 그렇지 않느냐?"

"……."

"나는 연모에 눈이 멀어 오로지 한길밖에 모르는 봉사가 되었구나."

"……."

"너는 무엇에 눈이 멀었기에 장시 내 곁에서 그리도 허망하게 세월을 보내느냐?"

"하문하시는 바를 잘 모르겠사옵니다."

이록의 목소리가 경직되었다.

"우리가 만난 지 벌써 오래되었다. 너에게도 이상이라는 것이 있었을 터."

곤과 이록의 첫 만남은 왜란 때였다. 이록이 세자익위사에 임명되면서 그들은 서로를 처음으로 보았다.

본래 세자익위사는 갑사나 공신, 재상의 집안에서 인물이 출중하고 문무에 능한 자를 뽑아 충원하는 것이 관례였다. 호위가 주 임무인 무신이지만 세자를 항상 수행하는 관원이기에 학문적 소양 역시 필요했다. 그러다 보니 세자익위사가 세자에게 경서를 직접 강의하고 토론하는 경우도 간혹 있었다. 하여 세자익위사는 명망가 자제들이 문과에 급제하여 문반 관리로 등용되기 전 거쳐 가는 명예직의 기능을 하기도 했다. 사정이 그러해 세자익위사의 재직 기간은 타 관직에 비해 짧은 편이었다.

왜란 때부터 이록이 곤을 호위하였으니 그들의 인연이 십수 년에 걸치는데 이는 극히 드문 일이었다. 남부럽지 않은 명망가의 자제로 문반에 등용될 자질이 충분한 이록이다. 그럼에도 불구하고 이토록 오래 곤을 지근에서 지키는 이유에 대해 많은 이들이 궁금해하지만 알려진 것은 없었다.

곤은 그것을 말하고 있었다.

"너의 문장이 실로 정제되고 아름다운 것을 내가 모르느냐. 너의 그것이 윤세준에 못지않거늘 젊음을 축내며 마냥 세월을 보내니 하는 소리다."

"천부당한 말씀이시옵니다. 전하를 뫼시며 어찌 허망타 하겠나이까?"

왕께서 나의 심중을 훤히 꿰뚫고 보심인가?

고개를 떨친 이록은 애먼 땅바닥만 노려보았다. 곤은 별말 없이 그러하더냐? 하고 말았다.

一.

말의 속도가 가파른 산기슭을 지나 착소한 산길로 들어서면서 조금씩 느려졌다. 말은 푸르릉거리며 고개를 높이 치켜뜨고 성질을 부렸다. 험준한 산길은 말에게도 고역이었다.

말을 멈춰 세운 곤이 뒤를 돌아보며 쉬었다 가자 했다. 그가 말에서 내리자 연옥과 이록이 따라 내렸다. 물주머니를 말 주둥이에 대 주며 사방을 휘돌아본 곤의 시선이 연옥의 얼굴에서 멈췄다. 더 달라며 물주머니를 따라 고개를 길게 내미는 말의 대가리를 밀어내고 곤은 연옥에게 물주머니를 내밀었다. 연옥이 얼른 받지 않고 물주머니를 멀뚱히 보기만 하자 어서 받으라며 좀 더 가까이 들이밀었다. 물주머니를 받아 드는 연옥의 손끝이 곤의 손끝을 스쳤다. 연옥이 물주머니를 얼른 제 가슴으로 당겼다.

"낭청이 산채에 있다더냐?"

전란 때 왜구의 조총에 대응하고자 만든 조총청의 화포장을 지칭함이었다. 낭청이 밀명을 수행하기 위해 조총청과 산채를 오가며 심혈을 기울이고 있다는 이록의 답변에 곤이 고개를 끄덕였다.

"누르하치가 흩어진 여진족들을 하나둘 제 밑으로 복속시키는 중이라지."

"세가 만만치 않아 명을 위협한다 하옵니다."

"눈치를 봐야 할 북호(北胡)가 하나도 아닌 둘이라…… 애먼 조선만 난감하게 되었구나."

"불랑기와 삼안총은 거의 완성 단계에 있으며 새로운 중화기 또한 한창 실험 중이라 하옵니다."

"나라의 중신이란 것들이 북호의 눈치를 보느라 국경을 방비할 화포 하나 마음 놓고 만들지 못하게 하다니…… 기가 찰 노릇이 아니냐."

"송구하옵니다."

"송구할 늙은이들은 따로 있건만 네가 무엇 하러? 됐으니 달려가 낭청에게 포의 화력을 내 눈으로 직접 볼 것이라 전해라."

길을 앞서 떠나라는 곤의 말에 이록이 지체하지 않고 말 등에 올라탔다. 곤과 둘만 남게 된다니, 어색한 기분에 연옥은 말에게 물을 주며 딴청을 피웠다.

이록이 먼저 출발하자 곤이 넌지시 연옥의 낯빛을 살폈다.

"말 등에 앉아 산을 타려니 상처가 욱신거려서 말이다. 별거 아니래도 저 딴은 자상이랍시고 유세인 모양이지."

당황한 기색으로 연옥이 곤의 상처 부위를 훑었다.

"지난밤에는 소인이 경거망동하였사옵니다."

피식 웃음을 흘린 곤이 말고삐를 움켜잡고 돌아섰다.

“사죄할 생각이거든 아서라. 인정머리 없는 추노꾼들이 죽일 놈들이지.”

서둘러 말고삐를 잡은 연옥이 곤의 걸음을 따라잡았다.

“환부를 보게 해 주시옵소서.”

곤이 연옥을 힐긋 보았다.

“느긋이 걸을 만하니라. 천천히 달래 가면서 걷자꾸나.”

환부가 아픈 것은 사실이었다. 허나 그보다는 연옥과 단둘이서 나란히 걷고 싶었다.

“소인 때문이옵니다. 소인이 순간 참지 못하여…….”

“너로 인해 그 계집아이는 아직 이 땅에서 저희 같은 이들이 보호받을 수 있음을 깨달았을 것이다.”

“전하께서 다치셨사옵니다.”

“힘없고 나약한 자들이 보호받을 수 있는 나라, 그런 희망이 있는 나라…… 참으로 좋은 나라가 아니냐.”

곤은 꿈을 꾸듯 말했다. 잔잔히 퍼지는 곤의 미소를 빤히 보던 연옥은 시선을 정면을 돌렸다.

그들은 말없이 산길을 걸었다. 자박자박 발걸음 소리가 규칙적으로 들렸다. 콧김을 뿜어낸 말들의 울음소리가 아득히 메아리쳤다.

산길은 오르면 오를수록 구불구불해졌다. 불어오는 산바람에 수풀이 흔들렸다. 이른 시각에 출발해 해가 벌써 중천에 떠 있었다. 연옥은 이마를 쓸어 올리며 높다란 수목 사이로 보이는 해를 올려다보았다. 이글거리는 해가 아찔했다.

연옥은 자신을 쏘아보는 해의 강렬한 빛줄기가 부끄러웠다. 그녀의 일거수일투족 지난한 세월 모두 한 점 가릴 것 없이 지켜봐 온 해님이었다.

문득 간밤에 흐른 폭풍우와도 같았던 시간이 떠올랐다.

매일 산봉우리에 대고 얼마나 많은 복수에 대한 맹세를 했는지 해는, 삼각산 봉우리는 알고 있을 것이다. 간밤의 시간이 얼마나 모순된 순간이었는지도.

연옥은 벌거벗겨진 기분에 사로잡혔다. 햇살이 맨살에 닿은 듯 살갗이 따끔거렸다. 수치스러움으로부터 달아나고 싶었다. 수치스러움은 또 다른 짐이 되어 평생 그녀와 함께할 것이다.

곤이 걸음을 멈추고 뒤를 돌아보았다.

"오지 않고?"

곤을 보는 연옥의 눈빛이 기묘했다. 이상야릇한 느낌에 마음이 덜컥 내려앉은 곤은 빠른 걸음으로 다가와 연옥의 팔을 휘어잡았다.

"무슨 생각을 하느냐?"

"……."

"나를 두렵게 하지 말거라. 나를 불안하게 하지 마."

"……."

곤은 공허가 가득 찬 연옥의 눈을 들여다보았다. 그의 이마에 주름이 그어졌다.

"몇 번을 말해야 네가 알까. 나를 죽이지 않고는 내 곁을 떠날 수 없음을 말이다. 나의 숨통은 언제나 너를 향해 열려 있다."

곤의 주름이 더욱 깊어졌다. 길을 재촉하듯 말들이 앞발을 들고 푸르릉거렸다. 연옥이 곤의 팔을 풀어냈다.

"전하께서는 소인이 떠나지 못할 것을 아시옵니다."

이번에는 연옥이 앞장서서 걸었다. 보폭을 크게 한 곤이 다시 연옥의 팔을 붙잡아 돌려세웠다. 힘없이 돌려세워진 연옥의 눈에 그렁그렁 눈물이 맺혔다. 곤은 그만 말을 잃었다.

내 곁에 있을 것이냐고, 떠나지 않을 것이냐고, 지난날을…… 잊을 수 있느냐고. 묻고 싶었으나 차마 연옥의 눈물에 염치가 없어 입이 떼어지지 않았다.

"너는 항상 우는구나."

"……."

"나는 항시 너를 울려."

"……."

"세월이 얼마가 지나야 너와 나 사이에 눈물이 마르겠느냐?"

곤은 대답 없는 연옥을 서글프게 보았다.

걸음걸음, 네가 스쳐 지나간 흔적은 어김없이 네 눈물자국으로 그득하구나.

네 아비를 죽인 원죄일까, 너를 탐한 원죄일까?

너를 놓지 못하니 일생 벗어나지 못할 굴레가 아니더냐.

곤은 연옥의 팔을 놓아주었다. 몸을 돌린 연옥이 갈기를 흔드는 말의 대가리를 부둥켜안고 고개를 들지 않았다.

* * *

한동안 이어진 산길이 끝나고 괴암과 소나무로 이루어진 절벽이 나타났다. 야트막한 절벽을 사방에 두른 평지가 깊은 산속과 어울리지 않았다. 솔바람 스쳐 지나가는 소리가 스산했다.

곤이 구적(휘파람)을 불자 소나무와 괴암 사이로 복면을 쓴 자들이 하나둘, 스스스 나타났다. 일사불란한 동작으로 절벽을 미끄러져 내려와 부복하는 자들을 곤은 날카롭게 휘돌아보았다. 누군가 앞으로 나서서 복면을 벗었다. 곤이 그자의 얼굴을 알아보았다.

사내의 어깨를 부여잡고 작고 포동포동한 손 하나가 꾸물꾸물 올라왔다. 볼이 통통하게 부풀어 오른 젖먹이 아이의 동그란 얼굴이 사내의 어깨 너머로 쑥 올라왔다. 아이는 호기심에 곤을 빤히 바라보았다.

곤이 아이를 향해 웃었다. 그를 따라 아이가 앙증맞은 입술을 활짝 벌리고 까르륵 웃음을 터트렸다. 사내는 일전에 구창에게 식구들을 잃은 작은노미였다. 그는 당황해서 등에 업은 아이를 '이놈.' 하고 엄히 쳐다보았다.

"그 아이구나. 살아남았다던 젖먹이가."

"전하의 은혜가 있었기에 그나마 천한 것들이 죽지 않고 이곳에서 살아 있사옵니다."

아이가 작은노미의 귀를 잡아당겼다. 어린 것이 힘도 좋아 작은노미의 얼굴이 자꾸만 아이 쪽으로 끌려갔다. 왕 앞이라고 예는 차려야지, 애는 뭣도 모르고 장난을 쳐 대지 작은노미의 얼굴이 우스꽝스럽게 일그러졌다.

키득거린 곤이 아이의 이름을 물었다.

"지난 결에 태어나 어찌어찌 이름도 없이 지내던 차에 아이 어미가 죽고 덤이라고 부르옵니다."

"덤?"

"죽었을 녀석이 어쩌다 어미 뒤에 숨어 죽지 않고 살았으니 그 어미 덕으로 사는 인생 아니옵니까? 하여 덤이라고 부르옵니다."

"석달이 놈은 석 달만 살 것이라고 제 아비가 그리 불렀다더니 너는 네 자식을 덤이라고 하는구나."

곤이 씁쓸히 중얼거렸다.

"세상살이가 그만큼 야박한 탓이옵니다."

연옥의 말에 작은노미가 그녀를 슬쩍 올려다보았다. 같은 계원이라도 워낙 말단이었던지라 연옥은 그를 알아보지 못하지만 작은노미는 단계의 계주이자, 저가 죽이려 했던 연옥의 얼굴을 똑똑히 기억하고 있었다.

"운종가에서 말이다. 너를 곳집에 잡아 둔 놈들 중에 하나였다. 단계의 계원이었다더구나."

곤이 연옥에게 작은노미를 대신해서 말해 주었다.

"용서하십시오. 계주."

작은 소리로 웅얼거린 작은노미가 자책감으로 시선을 내렸다. 연옥은 그에게 무어라 하는 대신 그의 아이를 보며 부드럽게 미소 지었다.

곤이 아무리 그래도 부모가 되어 자식을 덤이라고 불러서야 쓰겠느냐 했다. 본래 자식이란 신분의 고하를 떠나 모든 부모에게 사랑스러운 존재일 터, 구사일생 간신히 살아남은 귀한 아이니 귀하게 자라라며 보배 진에 구슬 주를 써서 '진주'라 부르도록 했다.

왕에게 이름을 하사받다니 대대손손 경사스러울 일이었다. 작은노미가 감읍하여 곤의 발밑에 고개를 조아렸다.

"천한 것에게 어찌 성은을 베푸시옵니까? 성은이 망극하옵니다."

"치워라. 무식한 놈이 격식은. 그저 자주 불러 주어라. 진주야, 하고 말이다. 아비가 자식의 이름을 다정히 불러 주는데 어느 자식이 삐뚤어 나갈까. 덤이 아니라 홀로 되어 쓸쓸했을 너에게 남은 유일한 자식이고 귀한 아이다. 잘 키우라."

"명심하겠사옵니다."

곤이 걸음을 떼자 양옆으로 비켜난 자들이 몸을 세우고 뒤따랐다. 연옥은 곤의 등을 보며 생각했다. 그는 누군가에게 다정히 이름을 불러 본 적이 있을까? 부왕에게서도 들어 본 적이 없었을 이름, 누구라서 감히 그의 휘(諱)를 부를까.

곤, 곤, 곤…….

연옥은 소리 없이 그의 이름을 부르고 또 불렀다. 악심에 받쳐 부르던 때와 달랐다. 불러 주고 싶어 부르는 이름이었다. 평화로운 한 낮, 시원한 대청마루에 누워 오수에 든 그의 이마를 쓰다듬어 주며 한없이 불러 주고 싶었다.

곤, 곤, 곤…….

산채는 제법 번듯하게 정비가 잘된 곳이었다. 정갈하게 지어진 이 층 구조의 목조 가옥을 중심으로 좌우에 장랑이 쭉 자리해 있고 가운데 빈터를 연병장 삼아 일단의 사내들이 훈련 중이었다. 그들의 우렁찬 기합 소리가 산중을 뒤흔들었다.

먼저 도착해 있던 이록이 중앙의 정당에서 나와 곤을 맞이했다. 학진을 비롯한 태평관에서 보았던 군사들이 주변에 도열해 있는 것을 본 연옥의 눈이 커졌다. 그렇지 않아도 내심 놀라던 중이었다. 나라의 군주가 아무도 모르게 이런 곳에 친병을 양성하고 있을 줄은 전혀 생각 못한 일이었다.

초로의 낭청이 허겁지겁 달려와 엎드렸다.

"화포가 거의 완성 단계라 들었다. 볼 수 있느냐?"

"여부가 있겠사옵니까? 납시옵소서."

산채 뒤뜰에 낭청이 미리 준비해 둔 여러 종류의 화포들이 즐비했다. 화포들을 보는 곤의 안색이 냉정했다. 차분히 하나하나

살피는 눈길에 빈틈이 없었다. 짚으로 만든 표적을 향해 직접 삼안총을 쏘아 보기도 하고 불랑기를 발포해 보도록 명하기도 했으며 일일이 발포된 거리를 확인했다.

"이것은 비격진천뢰가 아니냐?"

묵직한 쇠구슬처럼 생긴 직열탄을 본 곤이 감탄조로 물었다.

"알아보시겠사옵니까?"

"귀한 것이로다. 명의 것에 비견하여도 손색없는 것이 아니더냐."

곤이 아는 척을 하자 낭청은 괜히 으쓱했다. 설명하는 목소리에 희색이 감돌았으며 신이 났다.

"예, 전하. 바로 보셨사옵니다. 비격진천뢰의 발화장치로 볼 것 같으면 일찍이 명의 것에서도 볼 수 없는 것으로 그 장치가 매우 독특하고 교묘하옵니다. 그로 인해 폭발 간격을 조절할 수 없었던 다른 직열탄들과 달리 우리의 비격진천뢰는 발화 시간을 정확히 예측하여 발포할 수 있었던 것이옵니다."

"왜란이 한창일 적에도 제 역할을 톡톡히 했었지."

"그러하옵니다. 하늘에서 날아온 괴물체가 땅에 굴러다니니, 그것을 신기하게 여긴 왜군들이 너도나도 몰려들어 구경을 했는데 도중에 천지를 울리며 터져 그들을 혼비백산케 했다는 이야기는 널리 알려진 이야기이옵니다."

"귀신 폭탄이라 불렸다지 아마? 이런 용한 것이 후일 자취를 감춰 아쉬워하던 중이었거늘 예서 볼 줄이야."

"다행히 비격진천뢰를 만든 화포장이 천신의 스승인지라 그 비기를 이어받을 수 있었사옵니다. 하여 비격진천뢰의 명맥이 끊어질 것이 우려되어 천신이 이곳에서 다시 복원하는 중이었사옵니다."

"한 치 앞도 모르는 자들은 전란이 끝났다, 마음 놓고 태만하기만 하거늘 그대가 충신이로다."

"하여야 할 일을 당연히 하였을 뿐, 과찬이시옵니다."

말만 들었지 실지로 본 적이 없는 비격진천뢰를 목전에 두고 연옥이 신기한 듯 쳐다보았다.

"처음 보더냐?"

"전하께서도 보신 바 없는 것을 소인이 어찌 보았겠사옵니까? 실물을 보지 못한 채로 소문만 들어 헛된 이야긴가 하였사옵니다."

"화포라고 해 봐야 늘 명의 것만을 가져다 쓰고, 그마저도 우리 손으로 만들지 못하던 차에 이런 획기적인 화공술을 만들어 내다니 당시의 화포장이 과연 신인이로다. 이러한 것을 더욱 발전시키지 아니하고 방치하는 것이 될 법이나 한 소린가. 사대하기에 궁리가 바빠 제 나라 것이 이리 귀한 것인 줄도 모르는 족속들이 조정에 그득하구나."

조용하던 곤의 말소리가 어느덧 우렁우렁해졌다. 눈에는 분기가 차올랐다. 조심스레 비격진천뢰에 손바닥을 가져다 댄 연옥이 가만히 물었다.

"나라의 군사들이 전부 전하의 명을 받잡지 않사옵니까? 이런 산채가 필요한 연유를 도시 모르겠사옵니다."

"나라의 방비를 철저히 하고자 함에도 화포 하나 나의 뜻대로 만들어 내지 못하니 나는 허아비다. 이곳의 군사들이야말로 나를 따라 스스로 나선 자들이니 진정한 나의 친병들이 아니겠더냐."

삼안총을 들어 짚 표적을 향해 겨냥하는 곤의 뒷모습이 외로워 보였다.

문득 곤의 시선이 어느 곳에 고정되었다. 그의 눈길을 따라 시선을 돌린 연옥의 입술이 벌어졌다. 막 뒤뜰로 들어서는 사내가 있었다. 이곳의 군사들이 입고 있는 군복과 달리 자유로운 차림이 그가 이곳에 속한 자가 아님을 말해 주었다. 점점 가까워지는 그자의 모습에 연옥이 저도 모르게 발을 한 발 내디뎠다.

곤이 연옥의 손목을 와락 붙잡았다. 연옥은 더 이상 앞으로 나가지 못하고 코앞에 당도한 혁주를 뚫어지게 보았다. 놀라기는 혁주도 마찬가지였다. 그는 얼음처럼 얼어붙었다.

"네놈이 여기 있을 때이더냐?"

심드렁한 말투와 달리 그들의 해후가 신경 쓰이는지 곤의 눈빛에 날이 섰다. 연옥이 곤의 손을 풀기 위해 손목을 꿈지럭거렸다. 혁주가 눈을 내려 맞닿아 있는 곤과 연옥의 손을 응시했다.

"무슨 일로 산채까지 왔는지 묻지 않느냐?"

눈길을 거두고 필첩을 꺼내 들었다.

「거사 일이 당겨졌사옵니다.」

"혹여 무슨 눈치라도 챈 것이 아니냐?"

「대비의 거취가 모호하니 불안하여 앞당겨 일을 치르고자 한 듯하옵니다.」

"표적은?"

「한양과 문경을 오가는 은상(銀商)이 있사옵니다. 이번에 궐에 들어갈 은을 가지고 고갯길을 넘는다 하옵니다.」

"어지간히 똥줄이 탄 모양이군. 급히 먹는 밥이 체하거늘."

「계주와 단둘이 있도록 해 주시옵소서.」

곤이 눈총을 쏘며 혁주의 얼굴을 살폈다. 연옥의 손목을 놓아준 그는 정당 쪽으로 몸을 돌렸다. 넓은 그의 등이 쓸쓸했다.

혁주는 산채 뒤편, 인적이 느껴지지 않는 산속으로 연옥을 인도했다. 산채 군사 들의 기합소리가 메아리처럼 울리고 바람에 스치는 수풀과 푸드득 날아오르는 산새의 기척이 산속의 공허함을 채워 주었다.

걷다 보니 오동나무가 눈에 띄었다. 이름을 모르겠는 잡다한 수풀들 사이에서 오동나무는 위용 좋게 솟아 있었다. 마디 없이 미끈한 껍질을 가진 늘씬한 나무는 쭉 뻗어 햇살을 뚫을 듯 자라 있었다.

연옥은 오동나무 기둥을 짚고 섰다. 혁주가 돌아서서 연옥을 바라보았다. 연옥의 기억이 돌아 왔는지 가늠하는 듯 보였다.

연옥이 희게 웃었다.

"잘 지냈어?"

혁주의 눈이 커다래졌다. 반가우면서도 복잡해 뵈는 심사가 동자에 그대로 투영되었다. 수풀을 헤치며 혁주에게로 걸어간 연옥은 손을 들어 수염이 거슬한 그의 턱밑을 천천히 쓰다듬었다. 굳어 있는 혁주의 모습에 어색해지고만 연옥이 공연한 소리를 했다.

"수염이라도 깎지. 아이처럼 맨들맨들한 턱이었는데 말이야."

혁주가 연옥의 손을 잡아 내렸다. 움찔한 연옥의 눈썹이 살풋 일그러졌다.

혁주는 산길을 마저 걷기 시작했다. 혁주에게 손을 잡힌 연옥은 종종걸음으로 부지런히 따라 걸었다. 걷다가 어느 좁은 계곡 앞에서 혁주는 걸음을 멈추었다.

맨 땅에 주저앉은 혁주가 가만 서 있는 연옥을 올려다보며 앉으라는 듯 제 옆을 탁탁 두드렸다.

혁주 옆에 나란히 앉은 연옥은 계곡을 보았다.

"어디를 가도, 어느 상황에 처해 있어도 내가 너를 잊거나 홍지를 잊는다는 건 말이 안 되는 거겠지. 결코 너희 두 사람을 잊지 않겠다고, 평생 내 피붙이와 같다고 늘 그리 말 했는데 말이야. 이상도 하지. 널 잊고 말았어. 홍지를…… 잊고 말았어."

연옥이 주절주절 떠드는 소리를 혁주는 묵묵히 듣고만 있었다. 혁주를 건너다본 연옥은 다시 계곡 물을 보았다. 물비늘이 햇빛을 받아 반짝거렸다.

"미안해. 정말 미안해."

혁주는 맞잡은 손을 하릴없이 만지작거렸다. 고개를 숙인 그는 꿈틀거리는 제 손가락을 응시했다.

사람이란 참으로 가증스러웠다. 연옥의 기억이 돌아오기만을 바랄 때는 언제고 기억이 돌아온 그녀를 향해 미운 마음이 스멀스멀 기어 올라왔다.

세월이 벼슬이었다. 연옥과 함께한 세월이 혁주가 부릴 수 있는 유일한 유세였다. 남녀의 지정이 아닌들 그것이 뭐 어떻단 말인가. 함께 지나온 세월이 있는 한 연옥과 자신의 연은 무엇보다 탄탄하고 질길 것이라 생각했던 것이 오만은 아닐 것이다. 오직 그 세월만이 신분의 차이를 이길 수 있는 용기요, 연옥의 마음이 언젠가는 자신을 향할 것이라는 혁주의 희망이었다.

그러나 연옥은 그들이 공유한 세월마저 잊어버림으로써 혁주의 바람을 헛되이 만들고야 말았다. 그래 놓고 말갛게 다가와 잘 있었느냐고 묻는 상냥함이 혁주는 얄미웠다. 얄궂었다. 돌아온 연옥의 기억에 안도하면서도 원망이 되었다.

혁주는 이글거리는 눈으로 연옥을 보았다.

"이곤…… 그를 죽이려 했어. 왕의 침전에 들어가 칼을 뽑았지. 그러나 나는 그를 죽이지 못했어. 내 몸에 그의 칼이 비집고 들어왔을 때 차라리 기꺼웠어. 이대로 죽어도 괜찮은 결말일 거라 생각했어. 나 이제 죽으려나? 그러면 편안해질까? 나 이제…… 마음을 놓아도 되는 걸까?"

연옥은 고개를 돌려 혁주와 눈을 마주쳤다. 혁주의 심장 소리가 들리는 듯했다.

“난 그를 죽이지 못할 것 같아.”

혁주는 손가락으로 땅에 글자를 써 내려갔다.

「그새 그에게 연심이라도 생기신 겁니까?」

연옥은 침묵했다.

「그의 곁에 남을 생각이십니까?」

대답 없는 연옥을 혁주가 다그쳤다.

「아기씨를 괴롭혀 왔던 원과 한에 대한 망령으로부터 벗어나십시오!」

혁주는 무언가 마음에 들지 않는 듯 쓰던 글자를 지우고 다시 처음부터 써 내려갔다. 써 내려가다 지우고, 새로 쓰고 그러다 또 지우고 새로 쓰기를 반복했다.

「연심이라니 착각하시는 겁니다. 누군가를 해하는 것은 아기씨와 처음부터 맞지 않은 일이었습니다. 그의 칼이 아기씨의 몸을 헤집었을 때 차라리 기꺼웠다는 그 말씀처럼 말입니다. 그것은 측은지심입니다. 연심이 아니라! 그러니 그를 떠나십시오. 그의 곁에 남아 아기씨께 이로울 것이 무엇입니까? 그의 얼굴을 볼 때마다 되살아나는 감정의 찌꺼기들을 어찌 감당하시렵니까? 한 날은 원망에, 한 날은—」

미친 듯이 글자를 써 내려가던 혁주는 손가락이 땅에 박히기라도 한 것처럼 움직이지 않았다. 입술을 깨문 그는 손톱을 우그러트리듯 땅을 후벼 파며 남은 글자를 썼다.

「설혹 그것이 연심이 맞더라도 한 날은 원망이, 한 날은 연심이 아기씨를 괴롭힐 것입니다. 돌아가신 대감마님에 대한 죄책감이 이곤에 대한 분노와 원망의 자리를 대신해 아기씨를 밤마다 잡아먹을 것이란 말입니다!」

"그를 죽여도, 죽이지 않아도, 내가 그를 떠나도, 떠나지 않아도…… 그러니까 혁주야. 내가 말이야. 내가 무엇을 한들 행복할 수 있을까? 아마 난 그러지 못할 거야."

연옥은 무릎을 세우고 얼굴을 묻었다. 이러지도 저러지도 못하는 자신의 처지가 하도 답답하여 그녀는 그렇게 한참 동안 있었다.

느릿하게 몸을 일으킨 혁주는 물가로 걸어 내려갔다.

계곡은 요동치는 혁주의 마음과 달리 유유했다. 늘 그렇지 않은가. 세상은 그에게 관심이 없었다. 핏덩이를 내버린 강팍한 어미의 뱃속에서 났을 때부터 그랬다.

제 속으로 난 자식새끼 내다 버리는 주제에 그나마 고래 등 같은 대가 댁 앞에 버려두었으니 감사하다 해야 할까? 그 덕에 노비가 되어 마음 깊이 연모하는 여자에게 기껏해야 '아기씨'라고 밖에 부르지 못할 신세를 만들어 주었으니 고맙다 해야 할까? 아니면 그래도 그녀를 알게 해 주었으니 그것으로 만족한다 해야 할까?

혁주는 피 토하듯 외쳤지만 외침은 짐승의 울음소리와 다를 바 없었다.

세상은 원래 그런 거다. 천하게 태어나 헌신짝처럼 버려진 아자에게 누가 관심을 줄까. 천둥벌거숭이 같은 놈을 고사리 같은 손으로 잡아끌고 별당으로 들이던 그녀마저도 그렇지 않은가. 그녀는 그가 생전 본 적이 없는 달콤한 산열매 같은 입술로 하루 종일 종알댔다. 글자를 아느냐 물어보고 글자를 가르쳐 주마 으스대던 그 하얀 얼굴로.

말을 못 하는 것은 잘못이 아니란다. 말을 하지 못하면 글을 쓰면 되는 것이지. 진정한 잘못은 길이 분명 있을 터인데 찾지 않은 무기력함이야. 그러니 혁주야, 너는 길을 찾아. 내가 너의 길라잡이가 되어 줄게…….

그래 놓고서 그녀는 세상만큼이나 관심이 없다. 그의 마음이 지난 십수 년 동안 얼마나 무너졌는지, 무너지면 다시 세우고, 무너지면 또다시 세우고 그렇게 세운 마음이 얼마나 크고 거대한지 세상만큼이나 관심이 없다. 그저 제 아픔이 커서, 제 사랑이 버거워서 관심이 없는 게다. 그의 마음 따위 별것 아닌 게다. 그래 그런 게다. 있어도 그만 없어도 그만인. 유유히 흐르는 계곡 옆에 무수히 돋아난 풀처럼, 그것들 중 하나처럼 눈에 띄지도 않는…….

빌어먹을 세상이다.

혁주는 세상에 돌을 던지려 했다. 세상을 뒤집어 놓으면 될 줄 알았다. 모두가 자신을 주목할 줄 알았다. 그랬으면 그녀가 내게 시선을 주었을까? 그랬으면 그녀의 마음에 내가 들 수 있었을까?

뒤집어진 세상을 연옥에게 주고 싶었다. 단계옥에 간판을 걸고 연옥을 계주 자리에 앉히면서 혁주는 언젠가는 반드시 뒤집어진 세상에 자신의 간판을 걸어 연옥에게 주고자 다짐했다.

그러나 부질없었다.

손등으로 눈시울을 문질러 닦은 혁주는 연옥을 돌아보았다. 연옥이 무릎에 파묻고 있던 얼굴을 들었다. 연옥과 눈이 마주치자 혁주의 눈시울이 도로 주책없이 붉어졌다.

갖지 못하는 것일까?

기다리는 것조차 이제는 의미가 없는 것일까?

죽여 버릴까? 갖지도 기다리지도 못하면 그냥 죽여 버리고 평생 저 가슴에 품고 살까?

혁주는 몸을 돌려 계곡 물을 노려보았다.

차라리 내가 죽을까?

연옥이 달려왔다. 달려와 혁주의 등을 부둥켜 끌어 안았다.

"버리라고 했잖아. 잊으라고 했잖아. 왜 버리지 못해? 왜 잊지 못해? 왜! 왜!"

휘몰아치는 격정에 혁주는 연옥을 거칠게 밀어냈다. 힘없이 나가떨어진 연옥은 차마 일어나지지 못하고 멍하니 고개만 떨구었다. 혁주는 계곡물 안으로 들어갔다. 계곡물이 시푸른 칼날처럼 유난히 살을 에었다.

물 속 돌부리에 걸려 넘어진 혁주는 그 상태로 주저앉아 울었다. 어미를 잃은 짐승의 새끼가 어미를 부르듯 깊고 진하게 울었다. 울다 비틀거리며 일어나 점점 더 깊이 물속으로 들어갔다.

허둥지둥 쫓아간 연옥이 간신히 혁주를 붙잡았다.

"그러지 마, 혁주야! 너를 상하게 하지 마. 내가 나빠. 나쁜 건 나야!"

연옥은 무조건 자신이 나쁘다 했다. 혁주가 몸을 돌려 연옥의 어깨를 우악스레 움켜잡았다.

"나도 알아. 너라면 좋았을 거야. 내 마음의 주인이 너라면 너와 내가 이토록 괴롭진 않았겠지."

연옥은 떨리는 손으로 혁주의 눈가를 닦아 주었다.

"나는 왜 그랬을까? 나는 왜 그에게 물을 떠 주었을까? 왜 감나무 잎을 띄워 주었을까? 왜 광교에 나간 것일까? 그저, 왜, 왜, 왜! 그와 내가 만난 것일까? 혁주야……."

연옥이 혁주야, 라고 부르는 소리에 혁주는 참담했다. 심장이 계곡물처럼 차게 식었다.

"혁주야, 내 오라비 같은 혁주야……."

독한 여자다. 잔인한 여자다. 결국 이 여자의 선택이란 이런 것이다. 저렇게 울면서, 저렇게 가슴 아파하면서도 결국 그는 그녀에게 오라비 같은 혁주야, 다.

혁주는 연옥의 어깨를 놓아주었다. 지친 걸음으로 물속을 걸어 나왔다. 축 처진 어깨가 무거웠다. 눈물이 말라 갔다. 눈물이 마른자리가 뻑뻑했다. 푹신한 흙바닥이 발에 밟히자 마음의 요동이 거짓말처럼 가라앉아서 피로감만이 남았다. 격렬한 실망감 뒤에 찾아오는 묘한 평화가 느껴졌다.

혁주는 땅 바닥에 쓰러져 누운 채로 눈을 감았다. 얼마의 시간이 지났을까. 연옥이 머뭇머뭇 다가왔다. 벌을 서듯 한참을 서서 혁주를 내려다보았다. 연옥이 젖은 목소리로 겨우 물었다.

"왕과 무슨 일을 하는 거야?"

혁주는 연옥의 물음을 무시하고 몸을 모로 뉘였다.

"나 때문이야? 내가 그의 곁에 있어서? 나를…… 빼내려고?"

혁주는 고집스레 아무런 답도 하지 않았다. 연옥이 혁주의 등을 보면서 모로 누웠다. 그녀의 눈길이 그의 등에 박혔다. 그녀는 힘없이 작은 소리로 중얼거렸다.

"이제 그만 너의 길로 가. 나 같은 여자 마음 쓰지도, 돌아보지도 말아."

나 때문에 그 누구에게도 너의 인생을 저당 잡히지 말아. 김대감에게도, 왕에게도…… 그리고 나에게도.

* * *

창가에 선 곤은 연병장을 내려다보았다. 훈련을 마친 군사들이 휴식을 취하고 있었다.

"문경에는 학진과 작은노미를 보내시는 것이 좋을 듯하옵니다."

"그리하라."

"재빠른 자들로 몇을 딸려 보내겠사옵니다. 은상의 호위들로위장시키면 어떠시옵니까?"

이록이 물었으나 곤은 멀거니 창밖만 보았다.

"전하?"

"가 버린 것은 아니겠지?"

"무슨……."

"연옥이 말이다. 날 버리고 가진 않았을 게야. 그렇지?"

곤은 자문자답하며 초조히 굴었다. 조바심을 치던 그는 결국 문을 박차고 밖으로 나갔다.

"따라오지 말거라."

이록이 걸음을 떼다 말고 멈칫했다.

* * *

이마 위로 서늘한 그늘이 드리워졌다.

해가 저무는 것일까?

쨍한 햇빛을 기억하며 눈을 뜬 연옥은 자신이 깜박 잠들었음을 깨달았다. 한동안 사물의 식별이 흐릿했다. 눈썹을 몇 번 깜박인 후에야 이마 위로 드리워진 그늘이 인영(人影)임을 알았다.

점차로 또렷해진 시야에 들어온 사람은 곤이었다. 곤은 알 수 없는 얼굴로 거대하게 서서 연옥을 잠연히 내려다보았다. 연옥은 어쩐지 몸이 움직여지지 않았다. 부스스 일어난 혁주의 기척이 느껴졌지만 곤에게 사로잡힌 시선을 돌릴 수 없었다.

심상치 않은 분위기를 감지한 혁주는 신중히 몸을 일으켜 앉았다. 곤이 혁주를 싸늘하게 노려보았다. 속을 드러내지 않는 차가운 눈길에 혁주는 압도되었다. 옆을 보자 연옥이 오롯이 곤에게 집중하고 있었다.

끼어들 틈이 없다…….

이보다 더 확실하고 완고한 거절은 없었다. 혁주는 쓸쓸히 숲을 나갔다. 그의 빈자리가 공허하게 남았다.

"너와 저놈은 무어냐?"

연옥은 정신이 번쩍 들었다. 곤은 일어나 앉으려는 연옥의 어깨를 눌러 바닥에 밀착시켰다. 연옥의 코앞으로 자신의 얼굴을 바투 들이밀었다.

"내가 모르는 너의 시간 안에서 저놈은 대체 네게 뭐냔 말이다."

연옥은 마른 입술을 축였다. 숨을 깊게 내쉬었다.

해는 서서히 저물어 가고 있었다. 노을 진 숲 속, 계곡의 불그스름한 풍경을 뒤로하고 곤은 연옥을 옴짝달싹 못 하게 옭아맸다. 연옥은 고개를 옆으로 떨어트리며 눈을 감았다.

"말해!"

곤이 소리를 질렀다.

"저놈이 너를 무엇 때문에 안타까워하는지, 왜 그리 쉽게 보는지 말을 하란 말이다!"

곤은 폭압적인 자신의 분노에 당혹했다. 불에 덴 듯 소스라쳐서 연옥을 누르던 몸을 황급히 일으켰다. 옆으로 비켜 앉아 핏발이 선 눈으로 정면을 주시했다. 키 작은 산짐승이 그들 앞으로 후다닥 지나갔다. 침묵의 시간이 지나고 곤의 분노를 담담히 받아 내던 연옥이 일어나 앉았다.

"그의 이름은 혁주라 하옵니다."

"……."

"그 스스로는 집안의 가노였다 하지만 소인에게는 오라비와 다름이 없사옵니다."

"……."

"왜란 때는 소인을 업고 장구한 피난길을 걸었던 자이옵니다. 무술년, 가문이 닫히면서 헤어졌다가 다시 만나게 되었사온데 그날부터 혁주는 소인의 곁에서 한시도 떨어진 일이 없사옵니다. 소인을 위해서라면 무엇이라도 할 수 있는 그런 자였사옵니다. 그는…… 혁주는 소인에게 남은 혈육이나 마찬가지옵니다. 천한 담사리도, 아자도 아닌 소인의 오라비란 말이옵니다."

곤은 자신보다 훨씬 큰 혁주를 보호하기 위해 전신으로 그를 감싸 안던 연옥이 이제야 이해되었다.

오라비? 그거는 뭐가 다르더란 말이냐!

연옥의 뒤를 묵묵히 따르며 운종가를 거닐던 담사리 소년을 곤은 뒤늦게 생각해 냈다. 패악을 부리는 왈패꾼들로부터 용감하게 맞서 싸우며 협곡을 부랴부랴 내려와 주인 아기씨를 찾던 그 소년을…….

그랬구나. 너희의 세월은 그리도 오래되었구나. 혈육 같은 정의 끈끈함이 오죽할까. 남녀의 연이라면 억지로라도 끊어 놓을 것인데 끊어 놓을 명분이 없으니 무어라 덧붙일 말도 없었다.

연옥이 곤의 손을 제 손으로 지그시 눌렀다. 흠칫 놀란 곤이 그녀를 돌아보았다.

"환궁하시지요."

"너도…… 함께 갈 것이냐?"

곤은 불안해진 음성으로 물었다. 조금 전의 노성은 간데없었다.

"소인은 갈 곳이 없사옵니다."

복수의 칼날을 갈며 지난 무수한 날들을 숙명처럼 보냈지만 아비를 저버린 연옥은 무뎌진 칼날로 돌아갈 자리가 없었다.

곁에 남겠다는 연옥의 말이 곤은 서글펐다. 꽃길을 펼쳐 맞이하고픈 여인이건만 연옥의 길은 맨발로 걸어야 하는 가시밭길이고, 아비의 핏물이 스며든 진흙 길이었다. 그보다 더 슬픈 것은 연옥의 비참한 심정을 알면서도 아비의 피를 밟아 오겠다는 선언에 가슴 설레는 자신의 이기심이었다.

곤은 연옥을 끌어안았다.

"내가 이기적이구나. 너는 아마 매일 후회하게 될 것이다."

"……."

"어찌하면 네가 후회하지 않겠느냐."

연옥이 곤을 밀어내고 그의 품에서 빠져나왔다.

"후회하지 않게 해 주신다는 말씀이야말로 허망한 것이 아니오리까?"

"그럼 어쩐단 말이냐."

"소인은 늘 그랬던 것처럼 살 것이옵니다. 매일 밤 불면에 고통스러워하며 전하를 원망하겠지요. 왜 그때 전하께 복수하지 못했을까, 왜 나는 그토록 정에 나약했나, 수많은 나날 이 악물고 다짐하던 것들이 이토록 허무한 것이었나……."

"여태 복수가 너의 숙명이었듯 후회가 너의 숙명이 되겠구나."

"하오나 전하. 후회와 죄책감에 허우적거리다가도 용안을 뵈오면, 소인은 간밤의 고뇌와 번민을 잊고 가슴이 두근거릴 것이옵니다. 평생…… 그럴 것이옵니다."

"답이 없는 일이로다."

"답이 없다니요. 전하께서 소인을 죽이시든, 소인이 전하의 숨통을 쪼아 먹든 둘 중 하나 죽으면 되는 일이옵니다."

"그러나 너는 답을 구하지 않을 테지."

"답을 구하지 않은 대가는 평생의 후회와 고뇌로 대신할 것이옵니다. 그래도 소인이 좋으시옵니까?"

옷을 털며 일어난 곤이 연옥에게 손을 내밀었다. 산채로 돌아가는 줄 알았던 연옥은 곤이 전혀 다른 방향으로 가자 어디로 가느냐고 물었다. 곤은 대답 없이 걷기만 했다. 연옥은 마지못해 그가 이끄는 대로 걸었다.

산 정상에서 곤은 까마득한 낭떠러지 아래를 오래도록 응시했다. 손에 무의식적으로 힘을 꽉 주었다. 그러자 그에게 손을 잡힌 연옥이 움찔하며 그를 쳐다보았다. 노을 뒤에 찾아온 어둠이 산중을 뒤덮었다. 어둠을 잠시 마주하고 서자 자연과 자연의 부산물들이 어둠 속에서 나름의 존재감을 드러내며 희끄무레 양각되었다.

"보이느냐?"

"무엇을 말씀이시옵니까?"

"저기 저 산봉우리말이다."

"보이옵니다."

"허면 저 건너, 절벽에 아슬아슬 버티고 선 노송도 보이느냐?"

"보이옵니다."

"저 밑에 흐르는 계곡물은 어떠하냐? 어둠에 가리어진 물비늘이 기실 어둠 속에서 더욱 환히 빛나는 것을 알겠느냐?"

"예, 그 또한 알겠사옵니다."

"조선이 보이느냐?"

"……."

곤은 희미하게 웃었다.

"산중의 어둠은 아무것도 보이지 않을 것처럼 캄캄하지만 자세히 보면 저마다의 존재감을 드러내고 있음이다. 내가 세자 되었던 조선은 말이다. 내가 왕이 된 내 나라, 내 조선은……."

하던 말을 멈추고 잠시 숨을 고른 곤은 웃음을 걷었다. 무거워진 목소리로 말을 이었다.

"우리의 눈앞에 펼쳐진 이 산중의 밤처럼 암담하구나. 허나 산중의 밤이 이튿날의 해를 기약하며 미력하게나마 각자의 모습들을 보존하듯 조선도 그러할 것이다. 작금의 암담함 속에서도 이튿날의 빛을 기약하려는 움직임들이 있으니 말이다."

"가능한 일이겠사옵니까?"

"인재를 찾고, 방도를 찾을 것이다. 그것만이 나의 사명이다. 명일, 재명일, 삼명일…… 날이 갈수록 훤해지는 조선의 빛을 만들 것이다."

연옥의 시선은 낭떠러지 밑 어디쯤엔가 멈추어 있었다. 곤은 연옥의 어깨를 잡아 자신을 마주 보도록 돌려세웠다.

"무술년으로 다시 돌아간대도 나는 네 아비를 죽일 것이다."

"……충분히 그러시겠지요."

"허나 네 아비를 죽일 적에 나에게 사사로움이란 없었다. 내가 세자가 아니었다면 네 아비를 죽이는 일은 없었을 것이야. 나는 네 아비에게, 혹은 김직언이나 대비에게 죽임을 당할 수도 있었지만 살아남았다. 그것이 운명이다. 그리고……."

입을 다문 곤이 연옥의 얼굴을 감쌌다.

"네 아비의 죽음을, 당시 나의 판단을 헛되이 하지 않고 조선에 이로움으로 남기는 것이 살아남은 나의 운명이다. 그것이 이 땅을 지배하는 왕 된 자의 사명인 것이다."

"……."

"그러니 네 아비에 대한 죄책감과 나를 선택한 것에 대한 후회를 온전히 불식시키지는 못하겠으나 조선이 명일, 재명일, 삼명일…… 연연세세 빛나리라는 희망으로 마음의 어지러움을 조금이나마 대신할 수는 없겠느냐?"

연옥은 나직이 한숨 쉬었다.

왕이었다. 왕의 심법이었다. 사가의 필부와 달랐다. 필부의 마음으로 서운한 것, 부조리한 것, 모다 따지려 들자면 오히려 그것이 더 부조리하게 다가오는 왕의 심법이었다. 탓을 하려면 왕을 마음에 담은 자신을 탓할 수밖에 없었다. 종당엔 모든 것이 자신의 책임인 것이다. 멀리 뜬 달이 서러웠다. 연옥의 눈이 젖었다. 곤의 눈도 덩달아 젖어 들었다.

산채로 돌아가니 혁주는 벌써 길을 떠나고 없었다. 김직언이 연옥을 해하기 위해 혈안이 되어 있다는 사실이 곤과 혁주의 연대를 가능케 했다. 연옥이 기억을 잃은 채 곤의 수중에 있다는 사실 역시 혁주를 움직이게 하는 데 일조했음이 당연했다.

"혁주는 세상을 뒤집으려 했사옵니다."

"온갖 나쁜 짓들로 말이지. 장사는 허울이고 실은 검계 짓으로 탐관오리들의 수족 역할을 하지 않았더냐."

"그러지 않았으면 살아남지 못했을 것이옵니다. 도망자 신세인 역적의 손과 배운 바 없고 가진 바 없는 도망 노비가 무엇을 할 수 있었겠사옵니까? 소인은 아비에 대한 복수심으로 단계를 이용했지만 혁주에게는 꿈이 있었사옵니다. 꿈을 위해 그는 스스로 선을 긋고 선을 넘지 않으려 노력했사옵니다."

"꿈이라……."

"세상을 뒤집는 것 말이옵니다. 그것이 전혀 천하지 않은 그를 천하게 만든 세상의 불합리함을 없애는 유일한 방법이라 생각했을 것이옵니다."

"왕을 앞에 두고 역을 논하느냐?"

곤의 얼굴이 짐짓 엄격해졌다.

"전하께서는 전하께서 하시는 일이 꿈이며 이상이 아니시옵니까? 혁주에게는 세상을 뒤집는 일이 그의 이상이요, 세상이 밝아지는 일이었사옵니다."

"정말이지 하나같이 오만방자한 자들뿐이구나. 심지어 평생의 여인조차 말이지. 명색이 왕이건만 체면이 말이 아니로다."

평생의 여인.

곤이 무심하게 흘려보낸 단어에 연옥은 가슴이 두근거렸다. 기쁜 것인지 슬픈 것인지 구분되지 않았다. 여하간 이생을 떠날 때까지 가슴속에 공존될 감정들이었다. 요동치는 감정을 애써 담담히 하고 화제를 이어 갔다.

"혁주는 지금껏 소인 때문에 김직언에게 매여 있었고 이제는 전하께 매인 몸으로 보이옵니다."

"태평관에서 그놈을 잡아들였을 때 시키는 대로 일만 잘 하면 너를 보게 해 주마 했었다. 보는 순간 알겠더구나. 너 가는 곳이 그놈 가는 곳이요, 너 하는 일이 그놈 하는 일이니 너를 믿으면 그놈을 믿어도 될 것이라고 말이다."

"하여 소인을 약점 잡아 그를 부리신 것이옵니까?"

"탓을 하는 것이냐?"

능청스레 되묻는 곤의 눈빛이 장난스러웠다.

"새삼스레 구는구나. 필요하다 싶으면 무슨 일이라도 할 수 있는 인사가 나 아니더냐? 괴물 말이다. 네가 선택한 나는 괴물이다."

"괴물은 연민이 없사옵니다. 동정도 없사옵니다. 비인정이옵니다. 전하께서는 연민도 동정도 인정도 있으시옵니다."

"거참, 사람 민망하게 면전에서 무슨……."

"괴물이 되셔야 함을 알고 이해하고 있사옵니다. 전하의 자리가 그러함을 말이옵니다."

뜨끈한 무언가가 밑에서부터 올라와 가슴이 벅차올랐다. 곤은 누군가의 이해를 받는다는 사실이 이토록 따뜻하고 안도되는 일인 줄 미처 몰랐었다.

"내가 어찌해 주길 바라느냐?"

"혁주를 놓아주소서."

기다렸다는 듯이 연옥이 대답했다. 곤은 잠잠했다. 그는 연옥의 눈을 들여다보며 다시 물었다.

"그놈만 놓아주면 되겠느냐? 혹여 그를 따라나설 생각은 아니더냐?"

"소인은 갈 곳이 없다 이미 말씀 올리지 않았나이까? 마음을…… 예 두고 그를 따라 가겠나이까, 아비를 기리겠나이까? 그저 전하께 남는 방도 외에는 아무런 길도 자격도 없사옵니다."

곤이 그예 표정을 풀었다.

"이번 일만 마무리되면 그는 제 갈 길을 갈 수 있을 것이다. 그러나 그와 내가 가는 길이 다르다면 어느 때고 외길에서 만날 터. 나와 네 아비가 그러했던 것처럼 말이다. 그때가 되면 내게 자비를 구할 수는 없을게다. 나는 왕이니라."

연옥이 순종의 뜻으로 고개를 깊이 숙였다.

二.

해가 기울었다. 불어오는 바람이 스산했다. 홀로 대비전 뒤뜰에 서서 달빛을 보는 보현의 모습이 유달리 작아 보였다. 금방이라도 사그라져 버릴 빛처럼 아슬아슬했다. 사박사박 발걸음 가벼운 기척이 들렸다. 보현이 방문자를 알아보고 주위를 물렸다.

넓은 뒤뜰에 연옥과 보현만이 남았다.

"궐 생활이 길어질수록 저 달의 사무침도 깊어지는구나."

달을 향한 눈길을 거둔 보현이 연옥을 물끄러미 보았다.

"금상은 언제까지 너를 그리 두실 참이라더냐?"

연옥이 숙였던 고개를 들었다. 눈치가 빠른 이라, 보현이 곤과의 관계를 알아차린 것이 연옥은 크게 이상하지 않았다. 그보다 자신의 거취에 대해 보현이 각별히 신경 쓰는 듯 보여 그것이 송구했다.

"연옥아."

무연이 아니라 연옥이라 불렀다. 보현의 부름에 연옥은 울컥하는 심정이 되었다. 찬찬히 연옥의 얼굴을 살핀 보현이 입을 열었다.

"생각해 보니 너에게 못 할 짓을 하였다."

"마마."

"어린 너를 살인귀로 만들려 하였어. 내 자식이 귀해 네 인생 처량한 줄 몰랐던 게지."

"그런 말씀 마소서. 무슨 말씀을 하셔도 마마께오서는 소인의 은인이시옵니다."

"내가 너를 쓰고 버리려 하였다. 너도 알고 나도 아는 사실이다."

눈가가 젖어 들었다. 연옥은 황급히 고개를 숙였다.

"그런 줄 알고 스스로 움직인 일이옵니다."

보현은 뒤뜰을 하릴없이 거닐었다. 갈 곳이 없는 듯 서성였다. 그러다 건영헌으로 방향을 잡았다. 앞장서는 보현을 연옥이 뒤따랐다.

주인을 잃은 건영헌은 쓸쓸했다. 관리되지 않은 잡초가 마당에 제멋대로 자라나 바라보기 심란했다. 보현이 기단 위로 올라서자 연옥이 허연 먼지가 쌓인 대청마루를 소매로 쓸었다. 고맙구나, 작은 소리로 뇌인 보현이 연옥이 쓸어 준 자리에 걸터앉았다.

"너도 앉으려무나."

"소인은 이편이 편하옵니다."

보현은 더 이상 권하지 않았다.

"오늘이구나. 오늘이 지나면 많은 것이 달라질 게야. 이 밤이 영원토록 흐르지 말기를 바라야 하는 것일까, 차라리 빨리 지나가 악몽 같은 날이 끝나기를 바라야 하는 것일까?"

보현은 멍하니 중얼거렸다.

"선왕께서 건영헌을 문호에게 하사하셨을 적에 나는 내가 사가에 놓고 온 것들에 대한 보상을 받았다고 생각했다. 내가 놓고 온 것이 무엇인 줄 아느냐?"

보현의 넋두리가 길어졌다. 고개를 흔드는 연옥을 향해 허허로운 웃음을 흘린 보현이 치맛자락을 반듯하게 폈다.

"네가 내게 올 적에 버린 것들과 같단다."

"소인이 버린 것들이라니, 무엇을 말씀하시는지 모르겠사옵니다."

"첫째는 청춘이요, 둘째는 여인이요, 셋째는 연심이다. 모다 합치고 보니 인생을 통으로 잃었음이다."

"소인에게 어찌 인생을 논할 여유가 있었겠사옵니까? 이 일로 마마를 원망해 본 적은 한 순간도 없사옵니다."

항시 꼿꼿하던 보현의 허리가 굽었다. 둥글게 허리를 말아 무릎에 팔꿈치를 짚은 그녀는 지친 듯 손으로 얼굴을 가렸다. 그녀의 한숨이 건영헌의 바람 소리와 섞여 들었다. 빈집에 가슴이 아렸다. 연옥은 아장아장 뛰놀던 어린 대군의 모습을 떠올렸다.

"내 아이를 다른 이의 손에 맡기지 말거라."

고개를 든 보현이 마른 눈길로 연옥을 보았다.

"내가 너에게 못 할 짓을 한 것도, 그것을 후회하는 것도 사실이다만 어쩔 수 없이 나는 어미가 아니더냐. 내 자식을 위해서라면 나는 무슨 짓이라도 하련다. 그러니 연옥아, 네가 문호를 맡아야 한다. 다른 누구도 아닌 바로 네가 말이다."

성마른 목소리로 보현은 빠르게 중얼거렸다. 창에 대한 곤의 결심은 아직도 확고했다.

연옥은 금원에서 야생 멧돼지에게 공격당할 뻔했을 때 곤을 보고 세상을 얻은 듯 반응하던 창의 천진한 모습을 떠올렸다. 아이들은 저를 예뻐하는 이를 귀신 같이 알아본다고 하지 않던가. 냉혹한 정치의 패배자로 남게 될 어린 아우가 안타까워 잠행까지 나서서 철모르는 동안을 한참이나 바라보던 곤이다.

야박치 못하신 분이 그리하실 적에 어심이 얼마나 무너지실까? 사람의 마음이 그렇다. 이해하고자 마음먹고 나니 죽을 때까지 알지 못할 것 같던 이의 마음도 어느덧 내 마음처럼 훤히 들여다보이고 이해되는 것 같으니 말이다.

간사하다 해야 할지, 줏대 없다 해야 할지…….

연옥은 가타부타 말이 없었다. 무슨 말을 보태도 마음의 번민만 키울 터였다.

"내금위장은 금상을 믿으라 하더구나. 너도 그러하냐?"

"믿음을 무슨 수로 타인에게 강요하리까? 의지대로 하소서."

"내금위장 그이는 금상의 무엇을 보았을까? 너는 금상의 무엇을 보았느냐? 무엇을 보았기에 네 마음속의 불길을 잠재운 것이야?"

대답 없는 연옥을 물끄러미 바라본 보현이 피식, 실소했다.

"마음이 저 알아서 하는 일, 답을 하라면 무어라 답을 할꼬. 그만 물러가거라. 나는 이곳에 좀 더 있어야겠다. 내 아들이 이곳에서 먹고 자고 뛰놀았구나. 이곳에서 말이야……."

아들을 그리워하는 모성이 절절했다. 연옥은 쉽사리 자리를 뜨지 못하고 머뭇거렸다. 보현의 조붓한 어깨가 눈에 박혔다.

"오늘 밤은 마마의 곁을 지켜 드리라는 어명이 계셨사옵니다."

"어차피 경운궁으로 쫓겨날 신세 신경 쓸 것 없다."

이 밤, 보현에게는 길고 길 것이다. 연옥이 쉽게 발길을 떼지 못하고 미적거렸다.

"되었다지 않더냐. 혼자가 나으니라."

"내금위장을 부르오리까?"

어린아이처럼 다시 몸을 웅크린 보현이 화들짝 몸을 폈다. 커다랗게 눈을 뜨고 한참 연옥을 쏘아보던 그녀는 잦아드는 소리로 내금위장을 왜, 라며 중얼거렸다.

연옥은 보현과 내금위장의 일에 대해 아는 것이 없었다. 내금위장에 대해서 말을 할 때마다 굳어지거나, 하얘지는 보현의 안색에 저 혼자 어렴풋이 짐작하는 것이 전부였다.

보현은 고개를 살래살래 흔들었다. 그 모습이 엄격해 보이기만 하던 지난 모습들과 달리 여린 소녀처럼 보였다.

"가래도 그런다. 혼자 있을 시간이 필요하구나. 밤이 이리 애가 닳도록 쓰린 것을 뉘에게 보여 줄까."

보현은 연옥이 이미 자리를 뜨고 없는 듯 제 생각에 빠져들었다. 시무룩한 보현의 옆얼굴을 연옥은 한참이나 지켜보았다.

박 내관이 침방의 문을 열어 주었다.

방 안으로 들어오는 연옥을 어둠 속에 앉은 곤이 의아하게 보았다. 좌등의 불빛이 흔들렸다. 보던 책을 덮고 서안 앞에 꿇어앉은 연옥의 얼굴을 주시했다.

"대비의 곁을 지킬 수 있도록 허하여 달라 하지 않았더냐?"

"예."

"어찌 돌아온 게야?"

"소인이 잊은 것이 있었사옵니다."

"잊은 것이라니?"

"지고한 슬픔이 무엇인지 말이옵니다."

곤의 고개가 옆으로 기울였다.

"슬픔은 누가 대신해 줄 수도, 누군가에게 나누어 줄 수도 없음을 말이옵니다. 온전히 혼자만의 것이지요."

"대비가 혼자 있겠다더냐?"

"슬픔이 닥칠 때는 슬퍼하는 것 외에 아무런 방도가 없사옵니다. 대비마마께서도 홀로 계실 시간이 필요하실 것이옵니다."

연옥은 보현의 슬픔을 이야기했지만 곤은 보현이 아니라 연옥의 슬픔에 대해서 생각했다. 역시 홀로 아팠을 연옥이었다.

* * *

구중궁궐 사연 있는 자들이 각자의 심상에 빠져 있을 때, 너무 높아 새도 날아서 넘기 힘들다는 문경의 고갯길에는 수상한 기운이 감돌고 있었다. 험준한 고갯길에 깊어질 대로 깊어진 밤이었다. 산짐승이나 밤바람에 이는 수풀 소리가 아니고서는 인적이 극히 드문 시간에 무성한 수풀 뒤로 수십 쌍의 눈이 안채를 번뜩였다. 시커먼 산길을 예리한 눈초리들로 쏘아보고 있었다.

"이 길을 지나는 것이 확실한 것이냐? 기다린 지 한 식경이 지났는데도 여태 기척이 없지 않느냐!"

복면을 내린 민홍수가 기다림에 지쳐 벌컥 성질을 냈다. 혁주는 그가 그러거나 말거나 산길을 살피는 눈길을 거두지 않았다.

"등골이 싸한 것이 어째 일이 틀어질 분위기 아닌가?"

다른 이가 민홍수의 옆구리를 쿡 찌르면서 한 마디 보탰다. 민홍수도 불길함을 느끼긴 마찬가지였으나 일을 되돌리기엔 이미 늦었기에 부득이 표정을 감추었다. 언제 혁주에게 큰소리를 쳤냐는 듯, 걱정을 늘어놓는 이를 살살 달랬다.

"설마 그럴라고. 확실한 정보라지 않은가. 왕이 저도 서자인 주제에 외려 서자의 출사를 선왕 때보다 더 틀어쥐고 풀어 주지 않으니 별수 있나. 기위 시작한 일, 초 치는 소리 말고 은상이 오나 잘 살펴보시게. 이번 일만 성사되면 왕을 끌어내리는 좋은 징조가 될 것이니."

"쉿!"

누군가 조용히 하라는 신호를 보냈다. 일순 모두들 굳어서 산길을 뚫어지게 보았다. 숨소리조차 나지 않았다. 혁주는 수풀을 조심스럽게 옆으로 헤치며 몸을 조금 일으켰다. 아니나 다를까 수레를 여러 대 앞세운 은상이 멀리서 모습을 보이기 시작했다.

은상 행렬이 가까워질수록 민홍수와 서자들은 긴장했다. 제법 칼 좀 쓴다는 자들이었지만 생전 처음으로 저지르는 도적질에 반쯤은 혼이 나간 듯 보였다. 그들의 상태를 살핀 혁주는 입술을 틀어 올리며 비웃었다. 은상 행렬이 그들 앞을 지나칠 즈음, 혁주가 손을 번쩍 들었다.

와아아아!

혁주의 수신호에 맞춰 기합 소리 한번 우렁차게 내지르며 수풀 밖으로 뛰쳐나간 서자들이 은상 행렬을 에워싸고 다짜고짜 칼을 들이밀었다. 수레를 호위하던 자들이 칼을 꺼내 맞겨누었다. 놀란 은상의 대방(大房 조선 시대 상단의 우두머리)이 손을 들고 주춤주춤 앞으로 나섰다.

"왜, 왜들 그러시오? 우리는 대궐에 은을 대는 자들이오. 길을 비켜 주지 않으면 크게 경을 칠 것이니 어서 썩, 물러나시오!"

늙은 대방의 말에 민홍수가 코웃음을 쳤다. 막상 일을 치고 나자 아경(조금 전)의 긴장이 풀린 듯 큰소리다.

"우리는 새로운 세상을 열고자 하는 이들이다! 대의에 쓰고자 함이니 아까울 것이 무엇이냐? 은만 내려놓고 조용히 지나가면 목숨만은 살려 줄 터, 네놈들이야말로 지금 당장 꽁무니 빠지게 도망가거라!"

으하하하!

민홍수의 호령에 기가 산 서자들의 박장대소가 산을 울리며 왁자하게 터졌다.

"아니, 이 사람들이. 궐에 들어가 나라님께 진상될 은을 빼돌리겠다니, 말이 되는 소리요? 역적으로 몰릴 것이오!"

대방의 항변에 민홍수의 얼굴이 확 일그러졌다.

"홍. 실패하면 역일지 모르나, 그런 걱정은 말거라. 이 일에 관련된 고관대작 양반들이 어디 한둘인 줄 아느냐?"

"하이고. 도적질에, 역적질까지 죽으려고 환장들을 하시었소?"

"이놈! 어디서 장사치가 함부로 주둥이를 나불거리느냐. 세상을 뒤엎을 자금이 필요해 당장은 이리 도적질로 대의를 시작한다만 큰일을 하자면 그럴 수도 있는 일이거늘. 네놈이 암만해도 그냥은 안 갈 성싶구나. 아예 혼을 내 줘야겠다!"

민홍수가 주변에 포진해 있는 서자들과 눈치를 주고받더니 혁주를 돌아보았다. 앞장서서 공격을 개시해야 할 이가 뒤쪽에 넋 놓고 멀뚱히 서 있으니 속이 타들어 갔다. 표정과 손짓 발짓으로 움직일 것을 종용했으나 소용없었다. 마음이 급해진 민홍수는 에잇, 두고 보자! 뇌까리더니 저가 앞장서서 은상의 수레를 향해 달려들었다. 얼결에 다른 서자들도 싸움에 끼어들어 순식간에 어두운 산길은 아수라장이 되었다.

그때였다. 늙은 은상이 턱에 난 수염을 뜯고, 너풀거리는 도포 자락을 열어 젖혔다. 학진이었다. 동시에 은이 가득 든 상자가 있을 줄 알았던 수레의 모포가 확 걷히면서 작은노미가 훌쩍 뛰어내렸다. 등에는 여느 때처럼 젖먹이 진주가 업혀 있었다. 아이가 영특한 것인지, 본능적인 건지 아이는 숨어 있는 동안 '쌕쌕' 숨소리도 내지 않았다. 제 아비가 존재를 드러내고 나서야 저도 옹알거리며 저의 존재를 드러냈다.

뒤를 이어 수레 안에 무장하고 숨어 있던 범바위골의 다른 군사들이 차례로 튀어나왔다. 갑작스러운 전세 역전에 서자들은 당황했다. 그들 중 하나가 혁주에게 뛰어와 등 뒤로 숨었다.

"이보게, 이것이 어찌 된 일인가? 무슨 수라도 써 보시게. 겨우 어설픈 호위 몇 밖에 없다 하지 않았는가 말일세!"

그 불쌍하고 미련한 서자의 어깨춤을 잡아 냅다 내동댕이친 혁주가 그자의 목에 칼을 들이밀었다. 제 편이라고 믿었던 이에게 제압당한 서자는 동그란 눈을 하고 혁주를 쳐다보았다. 수세에 밀린 싸움에 망연자실하던 민홍수가 혁주를 보고 이를 으드득 갈았다.

"이놈…… 이 벙어리 놈!"

혁주를 향해 달려드는 민홍수의 목에 학진이 던진 붉은 오랏줄이 날아들었다. 힘 좋은 학진이 오랏줄을 주먹에 단단히 감아 잡아당겼다. 발을 버둥거리며 민홍수가 속수무책으로 학진의 발밑에 질질 끌려갔다. 제 목에 걸린 오랏줄을 벗겨 내려 용을 써 보지만 어림없는 일이었다. 핏기가 몰려 돗가비(도깨비) 형상처럼 새빨개진 얼굴이, 보고 있기 흉하고 공포스러웠다.

훈련된 군사들과 성질만 급한 오합지졸의 싸움이었다. 싸움은 금세 진정되었다. 민홍수와 서자들은 모두 오랏줄에 묶인 채 무릎 꿇려졌다. 멀리서 지켜보던 이록이 다가왔다.

“이들이 모두 저희들 입으로 역모를 작당했음을 자복했습니다. 고신을 하면 정자관 쓰신 대감마님들 줄줄이 엮여져 나올 듯합니다.”

학진이 민홍수의 머리를 탁 치며 호기롭게 말했다. 고개를 짧게 끄덕인 이록은 고개를 두리번거리며 혁주를 찾았다. 저만치 떨어져 길바닥에 주저앉아 무심히 풀을 뜯는 혁주가 눈에 들어왔다.

“나와 함께 대궐로 들어가자.”

다가와 말을 거는 이록을 흘긋 올려다본 혁주가 손을 탈탈 털며 일어났다. 필첩을 꺼내 글자를 휘갈겨 썼다.

「내 할 일은 이로서 끝이 났소.」

“일단 전하를 알현해야 할 것이다.”

「필요 없소. 내가 이 일을 도운 것은 계주를 볼 수 있게 해 준다는 약조 때문이었음을 잊은 거요? 계주께서 무사하신 것을 확인했고 또 스스로 왕 곁에 남기로 결정하셨으니 내가 더 할 일이 무엇이오?」

"그렇다면 중도에 빠졌어도 됐을 일, 왜 끝까지 한 것이냐?"

「그건—」

"서 소저 때문이 아니냐. 전하 곁에 있을 서 소저를 위함이 아니냔 말이다. 전하의 주변이 안정되어야 서 소저 또한 안정이 될 터이니."

「말이 많은 분이시오.」

"사람들은 나더러 말이 없다 한다. 어쨌거나 헤어짐에 있어서 마무리가 좋아야지 않겠느냐? 전하를 알현하는 것보다 서 소저를 만나 보란 이야기다. 헤어지더라도, 다시 보지 않더라도 작별은 제대로 고해야 후회가 없는 법이다. 내 경험이니 틀린 소리는 아니다. 나를 따라 궐로 들어가면 서 소저도 볼 수 있을 것이다."

혁주는 더 이상 대꾸하지 않았다. 그를 남겨 둔 이록은 다시 민홍수 일당에게로 돌아갔다. 그는 칼끝으로 민홍수의 턱을 들어 올려 분해 어쩔 줄 모르는 얼굴을 유심히 보았다.

"시세를 읽지 아니하고 기다릴 줄 모르는 너의 초조와 조급함이 너는 물론이요, 네 동무들과 지친들에게까지 화를 불러일으켰음이다."

칼을 거둔 이록은 학진에게 근처 오두막으로 민홍수와 일당을 끌고 가라 명했다. 저들을 의금부로 압송하기 전에 들어야 할 이름들이 있다며 그가 혼잣말처럼 뇌었다.

*　*　*

밤은 여전히 캄캄했다. 달조차 삼엄해진 밤을 이기지 못하고 빛을 잃었다. 궐문이 활짝 열리고 의금부 나장들이 쏟아져 나왔다. 의금부 도사가 말을 타고 먼저 출발하자 나장들이 전장에 나서듯 함성을 지르며 암로를 달렸다. 나장들의 발소리가 다다닥, 지천을 울렸다.

역적들은 오라를 받으라!

딱히 사건 사고 없이 심심하던 때였다. 나라의 태평성대는 지루하기 짝이 없었다. 움직일 일이 없어 찌뿌듯한 몸뚱이를 이리 비틀고 저리 비틀었다. 자리 지키고 있어 봐야 시간만 축내지, 무엇 하나. 궐 안 별감 나리들과 어울려 다니면서 술청이나 드나들던 나장들이 오랜만에 할 일을 만나 기세등등했다.

나장들은 갈래 길에서 혹은 삼거리나 사거리에서 갈라졌다. 길목으로 들어가는 이들이 있었고 대로변을 휘적거리며 달리는 이들도 있었다. 그들의 목적지는 여러 곳이었고 대개가 고관대작들의 고대광실이었다. 횃불에 비쳐 벽을 타고 넘실거리는 나장들의 그림자가 귀졸(염라대왕의 명을 받아 죄인을 다루는 옥졸)마냥 으스스했다. 밤은 순식간에 찢어지고 갈라졌다. 사방에서 대감마님들 정자관 나가떨어지는 소리가 들려왔다.

속곳 바람으로 끌려나온 마나님들, 저희 대감 가랑이 붙잡고, '아이고! 여보, 대감! 어찌 된 일이오?' 걱정하는 듯하더니 '나는 못 사오. 우리 친정이 어떤 집안인데 천것이 되어 산단 말이오. 목을 매면 맸지 노비가 되어 어느 집 여편네 고쟁이나 빨고 앉았을 내가 아니란 말이오!' 종당엔 제 걱정이 장했다.

고대광실 솟을대문이 활짝 열리더니 노비들이 우르르 몰려나와 담벼락 아래 줄지어 서서 수군수군했다. 노비 알기를 마소나 길바닥 굴러다니는 돌멩이보다도 못하게 여기던 주인마님 댁의 난리에 은근 고소한 모양들이었다. 오랏줄에 굴비 엮이듯 엮여 질질 끌려가는 주인마님 댁 식솔들을 보며 입술을 이리 꼼지락 저리 꼼지락, 씰룩거렸다.

암만! 천것이 양반되기는 힘들어도, 양반이 천것 되기는 쉬운 법이구먼! 누군가 쏘아 대는 말에, 또 다른 누군가가

말이라고? 긍께 시상이 여직 살 만허고, 공평하다는 것이 아닌가? 라며 맞장구쳤다.

김직언은 측근들의 청으로 태평관에서 연회를 거하게 벌린 차였다. 문경의 고갯길에서 잡힌 서자들의 아비가 모두 모여 있는 자리였다. 그들은 일이 어그러진 줄 모르고 김직언의 옆구리를 살살 긁어 주며 저희들의 왕을 술안주 삼아 씹고 또 씹는 중이었다. 흑립은 비뚤어지고, 도포는 어디다 벗어 두었는지 웃통까지 벗어서 늘어진 뱃살을 출렁이며 자랑이었다. 기생 치마 속으로 스멀스멀 음탕한 손을 집어넣으며 히죽히죽, 요년 봐라? 어이쿠야! 네년이 왕비 감이로다! 희롱했다.

나라의 정사를 책임지고 논한다는 자들이 어찌 몸 팔고 웃음 파는 기생년들 보다 천할까? 한심한 눈길로 주연을 지켜보던 설로화가 옆자리의 김직언을 보았다. 얼마간 취기가 돌아 붉어진 얼굴로 김직언은 말이 없었다.

"대감, 무슨 생각을 그리 골똘히 하시옵니까? 장부께서 주안상을 앞에 두고 몸을 사리시면 세간에서 비웃사옵니다."

"흥. 내가 조만간 마셔야 할 술이 수백 동이는 되니라. 아직은 취할 때가 아니지."

"좋은 일이라도 있으시옵니까?"

"기다려 보거라. 머잖아 새로운 해가 뜰 것이다. 축주는 그때 마실 것이니라."

호언장담한 김직언은 말과 달리 어딘지 찜찜한 얼굴이었다. 근원을 알 수 없는 불길한 예감에 이마를 구기며 공연히 혀끝만 찼다. 일이 잘 안 풀려도 답답하지만 너무 술술 풀려도 불안했다. 인삼으로 만들었다는 귀한 정과를 집었다가 '에잇!' 괜한 성을 내며 젓가락을 내동댕이쳤다.

갑자기 칭병을 하고 낙향하라던 보현의 말이 떠올랐다. 툭하면 조심해야 한다, 신중해야 한다, 징징대는 것이 질녀의 습성이라지만 낙향을 권하던 표정이 여느 때와 다르게 느껴졌다.

일이 되려니까 마음이 싱숭생숭하여 별 생각이 다 드는 게지.

설로화가 빈 잔에 술을 따라 주자 목이 탄 듯 벌컥벌컥 들이켰다. 그러고는 아예 술병을 빼앗아 목구멍으로 들이부었다. 술에 젖은 입술이 번들거렸다. 수염을 타고 흘러내린 술이 도포 위로 뚝뚝 떨어졌다. 소매 끝으로 입술을 쓱 문질러 닦은 김직언은 다시 생각했다.

혁주. 그 벙어리 놈을 쓰는 게 아니었나? 아니야. 아니지. 그놈은 무연이 아직 임금의 손아귀에 잡혀 있는 줄 알고 있으니 감히 딴 짓을 하진 못할 게야. 임금을 몰아내고 내가 무연을 풀어 주기만을 기다리는데 나를 방해하는 엄한 일을 할 이유가 없지.

머리를 흔들며 잡생각들을 떨쳐 낸 김직언이 상을 휘돌아 보았다. 그는 아부하는 이들을 향해 사람 좋게 웃어 보였다. 그가 권하는 술에 한껏 흥이 돋은 이들이 우리 좌상 전하 이제는 금상 전하가 되셔야지요! 라며 덩실덩실 꼽추 춤을 췄다.

문밖이 웅성거리며 소란스러웠다. 장지문에 일렁거리는 횃불의 그림자가 나타났다. 김직언은 술잔을 들다 말고 문에 비친 횃불을 쏘아보았다. 그가 눈짓하자 기생 하나가 얼른 달려가 방문을 열어 젖혔다. 혁주가 문턱 너머 꿇어 앉아 있었다.

"일은 마무리되었느냐?"

혁주는 그렇다는 듯 고개를 조아렸다.

그러면 그렇지! 저놈이 일 하나는 잘한단 말이야.

불안감이 일소되자 기분이 좋아진 김직언이 술병과 잔을 들고 자리에 일어섰다. 방을 가로질러 성큼성큼 혁주에게로 걸어갔다.

"수고했다, 이놈아. 자, 내 술 한잔 받아라."

혁주는 김직언이 내미는 술잔을 쳐다만 보았다.

"어허, 냉큼 받지 않고! 좌상대감께서 내려 주시는 술이니라. 그것이야말로 어주지, 다른 것이 어주겠느냐?"

기생 치마 속에 얼굴을 묻고 노닥거리던 치가 기생을 홱 밀치더니 근엄한 척 나무랐다. 그러고는 다시 곧장 기생의 치마 속으로 비집고 들어갔다. 그 꼴이 재미있다고 좌중에서 왁자한 웃음이 터져 나왔다.

혁주는 술잔을 받아 비우고 김직언의 발치에 내려놓았다. 김직언의 눈빛이 짙어졌다.

"왜 너 혼자이더냐? 민홍수들은 어찌 되었느냐?"

「마당에 있사옵니다.」

혁주의 필첩을 가만 내려다보던 김직언이 다시 물었다.

"은은 가져왔겠지?"

「직접 확인해 보시지요.」

허리를 쭉 핀 김직언은 수염을 쓰다듬으며 뜸을 들였다. 느릿하게 문턱을 넘었다. 대청마루로 나가 마당을 바라보고 선 김직언의 몸이 순간 얼어붙었다. 은괴와 민홍수들을 대신한 의금부 나장들이 마당을 가득 채우고 있었다. 어두운 하늘을 수십 개의 횃불이 밝히고 있었다. 나장들 사이에서 의금부 도사가 나와 자리를 깔고 어명을 받으시오, 외쳤다.

낮은 탄식을 흘린 김직언은 키득거렸다. 크게 웃음 터트릴 힘도 없는지 금세 조용해졌다.

"애초에 이럴 작정이었더냐?"

섬돌을 밟고 내려선 혁주가 그를 돌아보았다.

“임금과 네놈이 한편이었던 게야?”

「이놈은 오직 연옥 아기씨만을 따를 뿐이오.」

“금상이 너에게 무엇을 약조하더냐?”

「적어도 왕은 아기씨를 해할 사람이 아니었소. 단계의 계원들을 보내 운종가에서 아기씨를 해하려던 것도, 구창을 이용해 태평관에 계시던 아기씨를 습격한 것도 김직언 네놈 짓인 것을 내가 모를 것 같으냐!」

김직언의 수염이 파르르 떨렸다. 눈가의 자글자글한 주름이 몇 겹씩 겹쳐졌다.

“무연을 찾아 달라 하지 않았더냐. 무연을 임금에게서 빼내 달라 하지 않았어? 그 대가로 내가 시키는 무슨 일이든 다 하마, 내 발 앞에 사정하지 않았느냔 말이다!”

「그리했지.」

“그래서 내가 너에게 무연을 보내 주마 하지 않았더냐!”

「네놈에게 아기씨나 나 같은 놈은 한 번 쓰고 버릴 소모품이었거늘 잃어버린 신뢰를 무슨 방도가 있어 되찾는단 말이냐?」

김직언이 두 눈에 불을 뿜었다.

“그러니 네놈 말은 이 모두가 임금의 계획대로 이루어진 일이다, 이 말이렷다? 내 스스로 덫에 걸리도록 말이다.”

「패자는 김직언 네놈이다.」

“금상이 너에게 무연을 보낼 성싶으냐!”

「애당초 나의 여인으로 사실 분이 아니셨다. 나의 격이 아기씨를 따를 수 없음을 누구보다 내가 잘 알고 있으니 아쉬울 것 없다. 나 따위의 마음이 아니라 아기씨의 마음이 우선 되어야 하는 것이다.」

김직언이 혁주의 손에서 필첩을 빼어 화풀이하듯 찢어발겼다. 눈을 희번덕거리며 가소롭다는 듯이 입술을 짓뭉갰다.

"천한 것이 제법 경우 바른 척을 하는구나. 허나 너는 뼛속까지 노비다. 그놈의 노비 근성이 제 마음에 품은 여인조차 허무히 보내도록 하는 것이다. 근성 없는 놈 같으니!"

김직언은 너덜거리는 필첩을 혁주의 발 앞에 던지고 잇새로 으르렁거렸다. 의금부 도사가 김직언을 향해 어서 내려와 어명을 받지 않고 무엇 하느냐고 채근했다. 혁주는 짧은 목례로 인사를 대신하고 마당으로 내려섰다. 내가 대비의 숙부니라, 허망한 김직언의 호통 소리를 들으며 태평관을 나왔다.

먼동이 트고 있었다.

박 내관이 이록과 윤세준이 대령해 있음을 고하자 안으로 들라는 어명이 떨어졌다. 왕의 마음이 편치만은 않을 것이다. 이록과 윤세준의 조심스러운 걸음에서 긴장이 묻어났다. 엎드리는 그들을 곤이 우두커니 보았다.

"끝이 났느냐?"

"민홍수가 자복하였사옵니다."

이록이 머리를 조아리며 고했다.

"관련된 자들은 한 명도 빠짐없이 잡아들여야 할 것이다."

곤이 고개를 돌려 윤세준을 보았다.

"너의 계책이 쓸 만하지 않느냐."

미끼를 던지라는 윤세준의 말에 혁주를 생각한 것은 곤이었지만 구체적인 계책은 윤세준의 머리에서 나온 것이었다. 혁주의 역할이란 김직언을 찾아가 그 늙은이의 부아를 살살 돋우는 것이 전부였다.

"정법만 고집하는 줄 알았더니 의뭉스럽기는."

"전하를 닮아 가느라 그러하옵니다."

"그것이 어찌 내 탓이냐?"

"나라에서 가장 고매하신 지존께서 몸소 독이요, 거머리임을 자처하시는데 어찌 천신 나부랭이가 고고한 척을 하겠나이까? 소신은 전하를 따라가겠나이다. 순수는 전하의 다스림 아래 평화로울 백성들에게로 돌리소서."

곤은 침묵했다. 두런두런 하던 말소리가 뚝 끊기자 방 안은 대번에 고적해졌다. 협실이 있는 쪽을 바라보았다. 연옥의 그림자가 장지문에 어른거렸다.

"김직언을 보겠느냐?"

"보지 않겠사옵니다."

"풀어야 할 일이 있지 않느냐?"

"본들 무슨 말을 하오리까?"

"너를 기만하였다. 죽이려 하였어."

"살리기도 하였지요. 그 예전에 말이옵니다."

"하여 보지 않을 것이냐?"

"죽을 사람 붙잡고 무엇을 묻고 무엇을 따지오리까. 그의 뜻대로 된 바 없고, 오히려 가진 것을 모두 내놓아 빈손으로 저승길을 밟게 되었으니 그것이면 족하나이다."

"나는 또 달려가 욕이라도 한바가지 할 줄 알았지."

"전하께서는 전하께서 하실 일을, 소인은 소인이 할 일을 응당해 왔을 뿐이듯 대비마마와 김직언 역시 그러함이옵니다. 패한 자에게 달려가 구구절절 토해 낼 말이 없사옵니다."

"마치 선사 만종처럼 말하는구나."

곤은 연옥의 그림자를 한참 바라보았다. 그가 나직이 중얼거렸다.

"나도 너를 살리고 싶었다. 너만은……."

"……."

"그리고 나는 지금도 문호를 살리고 싶다. 김직언이 그런 무모한 인사만 아니었다면 문호를 위해 살려 두었을 것이다. 그자가, 그자의 지나친 욕심이 문호를 죽이는구나."

실소가 탄식처럼 흘러나왔다.

三章
그림자 되어

또 한 번의 옥사가 일어났다. 젊은 왕이 국본의 자리에 오를 수 있도록 힘을 보탰으나 권좌에서 밀린 앙갚음으로 역모를 꾀했던 서인당의 수많은 이들이 형장에서 사라져 갔음은 물론 은상을 습격하는 데 직접 가담한 서자들은 효수당해 그 머리가 각각 사대문 앞에 걸렸다.

곧바로 이번 역모 사건의 수괴로 지목된 창이 다섯 살 어린 나이로 강화에 위리안치 되었다. 백성들은 어린 대군을 태운 가마가 대군저를 나올 때 저 어린 왕자가 무엇을 알아 역모를 꾀하느냐고 왕을 욕했다. 즉위하고 두 해가 지나기도 전에 두 번의 옥사를 일으켰다며 폭군이라고 수군거렸다. 젊은 왕을 욕하는 백성들의 틈바구니 속에서 곤은 낡은 옷과 흑립을 걸치고 있었다.

가마를 호위하며 길을 재촉하던 연옥의 눈에 곤의 모습이 들어왔다. 연옥은 걸음을 늦추고 천천히 걸었다. 가마꾼들의 걸음걸이가 덩달아 느려졌다. 백성들을 헤치며 가마를 따라 걷던 곤이 어느새 연옥과 나란히 걸었다.

가마 옆에 딱 달라붙어 종종거리며 따라오던 석달이 곤을 보고 반색을 띠었다. 아는 체를 하려다가 옆에 선 유 씨 부인의 냉한 눈길을 받고 시무룩해져서는 터덜터덜 걸었다. 잠행을 나오신 분, 백성들 눈에라도 띄면 어쩌려고 함부로 나서는 게야! 누가 들을세라 잔뜩 눅인 소리로 엄히 야단치는 말을 고분고분 듣는 수밖에 없다.

가마 안에서 훌쩍거리는 창의 칭얼거림이 들렸다. 유 씨 부인이 창문을 열어 아이를 향해 무어라 얼렀지만 아이는 진정되기는커녕 더 크게 울었다. 어미와 떨어져 궐 밖으로 쫓겨 나와 저 큰 집에 홀로 적적히 사는 것도 안쓰러운데 언제 죽을지 모르는 살얼음 같은 귀양길을 떠나는 신세까지 맞이하다니, 아이의 호곡이 하도 구슬퍼 백성들은 저희들의 고통인양 애달파했다.

곤은 창의 울음소리를 들으며 호흡을 가다듬었다.

"믿고 맡길 만한 이가 너밖에 없구나."

고개를 돌려 넌지시 곤의 얼굴을 올려다본 연옥이 다시 앞을 보았다.

"네 속의 응어리는 무엇 하나 풀어 준 것이 없으면서 자꾸만 기대게 되니 무슨 할 말이 있으랴."

"대비마마께서도 대군 곁에 있어 달라 하셨나이다. 어명이 아니었으면 소인이 스스로 청하여 올렸을 것이니 성려치 마시옵소서."

말없이 가마를 몇 걸음 더 따라가던 곤이 걸음을 멈췄다. 연옥이 뒤를 돌아보았다.

"때가 되면 소식이 갈 것이니라."

알았다는 듯 연옥이 고개를 깊이 숙이고 돌아섰다.

창이 강화에 위리안치 된 직후 김직언의 능지처참이 결정되었다.

"어허! 금상이 미치지 않고서야 대비 사가에 하나 남은 혈육인 김직언을 죽이신단 말인가. 그로도 모자라 문호대군 그 어린 것이 무얼 안다고 강화에 위리안치를 한다는 것이야? 이는 계모를 핍박한다는 세간의 민심을 무시하는 처사가 아니냔 말일세. 민심을 모르쇠하고 잘되는 왕을 본 적 없으이!"

심일강은 북인들 중에서도 누구보다 보현과 김직언의 탄핵을 강력히 주장해 왔던 인물이지만 왕이 자신을 배제하고 독단으로 모든 것을 지휘한 것이 마음에 차지 않았다. 왕에게 더 이상의 주도권을 넘겨주었다가는 정말 왕권에 신권이 밀리고야 말 것이라고 계산한 심일강은 왕의 주도를 막아야 한다고 생각했다. 하여 탐탁지 않으나 일단은 김직언의 손을 들어 주려는 속셈이었다.

그러던 어느 날 밤, 심일강은 은밀히 왕의 침방으로 불려와 몸을 엎드렸다. 그는 눈을 굴리며 곤의 미끄덩한 턱을 보았다.

"근자에 장인께서 민심을 언급하고 다니신다는 소리가 들리던데……."

곤은 코끝에 찻잔을 대고 느긋이 향을 음미했다. 목소리가 나른히 감겨들었다.

"민심을 모르쇠하고 잘되는 왕도 없을 것이나 어심을 헤아리지 못하고 제멋대로 날뛰는 신하 또한 잘되는 것을 본 적이 없어서 말입니다."

"저…… 전하?"

"과인이 장인을 살려 두는 것은 쓸모가 있기 때문이오."

서늘한 경고에 모골이 송연해진 심일강은 아무런 반박도 항변도 하지 못하고 고개만 조아렸다.

"이번 김직언 무리들의 소탕 건은 장인도 모르게 과인이 홀로 과인의 사람들과 진행한 일이오. 그것이 무엇을 뜻함인지 알아야 할 터."

물론 심일강은 그 일이 어심에서 자신이 완전히 밀려났다는 단적인 증거임을 모르지 않았다.

"과인은 젊은 혈기만 믿고 까부는 애송이가 아니란 뜻이외다."

찻잔을 내려놓은 곤은 심일강이 일으키고 다니는 논란에 종지부를 찍듯 씩 웃었다.

* * *

머리를 산발하고 목에 칼을 찬 김직언의 모습은 비루했다. 고신에 몸도 마음도 상한 그는 바싹 말라비틀어진 낙엽처럼 진기가 빠져 보였다. 검어진 핏자국이 고의적삼 곳곳에 얼룩졌다. 누런 때가 끼어 본디 희었을 옷이 누리끼리해진 지 오래였다. 이마 위로 진득하게 달라붙은 머리카락이 눈앞을 갈신거렸다.

"문을 열거라."

보현이 명하자 옥사장이 머뭇거렸다. 엄히 쏘아보는 보현의 눈길에 기죽은 옥사장이 하는 수 없이 고를 따 문을 열어 주고 물러났다. 입 바람을 불며 이마에 붙어 갈신거리는 머리카락을 떼어 내기 위해 용을 쓰던 김직언이 보현을 핏기 차오른 눈으로 보았다.

"강의(곤의 군호)가 마마께는 아직 마수를 뻗치지 않은 모양이옵니다? 이리 돌아다니셔도 되는 것을 보니 말이옵니다."

손을 뻗은 보현이 김직언의 머리를 쓸어 넘겨 주었다.

"적지 않은 연세, 험한 고신을 어찌 견디어 내십니까?"

"마마, 지금 그리 한가한 말씀을 하실 때가 아니옵니다. 사람들을 모으소서. 어디든 남아 있는 자들이 있을 것이옵니다. 소북의 자손들을 찾아보면 반드시 때를 기다리는 이들이 있을 것이란 말이옵니다. 그들을 규합시키셔야 하옵니다."

"숙부님."

"강의가 이긴 것 같지만 그렇지 않사옵니다. 틈이 있을 것이옵니다. 소북과 서인당의 유생들에게 일러 상소를 올리게 하고 대궐 문 앞에 읍소토록 하게 하시옵소서."

"무엇 때문에 그리하리까?"

"당연이 이 숙부를 구명하셔야지요. 그래야 위리안치 된 대군을 살릴 길이 열리옵니다."

멈칫한 보현이 손을 내렸다. 그녀는 한동안 말이 없었다.

"마마?"

"……."

"강의는 분명 무슨 핑계를 대서라도 대군을 죽이려고 할 것이옵니다!"

초조해진 김직언의 언성이 높아졌다. 몸을 일으킨 보현이 마른 눈으로 김직언을 내려다보았다.

"그러게 칭병을 하시라 말씀드리지 않았습니까?"

"일이 이리될 줄 아셨다는 말씀으로 들리옵니다. 숙부의 짐작이 맞사옵니까?"

"저는 분명 금상을 피해 멀리 가시라 경고를 드렸습니다."

"……."

믿을 수 없는 눈길로 보현을 올려다보던 김직언이 헛웃음을 터트렸다. 고개를 절레절레 흔들던 그가 불길이 뚝뚝 떨어지는 눈으로 보현을 노려보았다.

"결국 마마를 조선에서 가장 고귀한 여인으로 만들어 드린 이 숙부를 믿지 못하시고 강의를 택하신 것이옵니까? 그런 것이옵니까?!"

"누군가를 믿고 못 믿고의 문제가 아니었습니다. 신념의 문제도 물론 아니었습니다. 생사의 문제였습니다. 그래도 내 자식은…… 살아야 하니까요."

굳은 김직언의 얼굴에 허탈감이 그림자처럼 드리워졌다.

"대군은 죽을 것이옵니다. 당연하지요. 강의는 필경 제 아우를 죽이고 말 것입니다. 숙부를 배신하고 강의를 택한 마마의 오판에 대한 대가는 대군이 받을 것이란 말이옵니다!"

말없이 돌아서던 보현이 옥문을 나서다 말고 주춤거렸다. 고개를 반쯤 돌린 그녀의 눈가에 눈물이 슬쩍 맺혔다. 그녀는 이내 눈을 깜박이며 눈물을 지워 냈다.

"내내 숙부님을 원망했더랬습니다. 연모하는 이를 떼어 내고 억지로 국혼을 시키신 숙부님이 미웠으니까요"

"예. 제가 마마를 내외명부의 수장으로 만들어 드렸사옵니다. 한낱 관료의 부인이 아니라 지존의 정비로 만들어 드렸사옵니다!"

"어찌 모르십니까? 누군가에게는 중궁전의 주인 자리가 황금으로 칠한 꽃방석일지 모르나 다른 누군가에게는 그저 가시덤불이라는 사실을요."

"……."

"강의가 저를 더 이상 대비 자리에 두지 못하겠다, 하더군요.

경운궁으로 가라고 말입니다. 대비가 아니라 선왕의 후궁으로 격하시킨다 하던데 차라리 잘되었습니다. 모든 것을 잃고 나서 보니 마음이 이리도 편한 것을 어찌 아등바등했는지요."

"……."

"끝내 능지처참 형이 내려졌다 들었습니다."

"대군을 잃어도 마음이 편하시다 말씀하실 것이옵니까?"

"그간 부족한 이 질녀를 살펴 주신다고 심려가 많으셨습니다."

"마마께서 아등바등하신 연유가 무엇이옵니까? 바로 대군 때문이 아니옵니까?"

생기를 잃은 지 오래인 보현의 얼굴이 바짝 늙어 보였다.

"문호를 위하는 일이 결국 그 아이를 사지로 몰아넣고야 말았습니다."

보현은 회한에 젖어 한숨을 내쉬었다. 그녀가 옥사를 나가자 옥사장이 졸린 눈을 비비며 옥문을 단단히 걸어 잠갔다.

곤이 대비전 앞뜰을 서성이며 보현을 기다리고 있었다.

"김직언을 보시고 오시는 길이옵니까?"

"숙부님이자 예까지 함께 온 동지가 아닙니까? 마지막 작별은 나눠야지요."

"명일은 경운궁으로 이거하시지요."

"그 때문에 거둥하신 겝니까? 괜한 걸음이십니다. 내관이나 하나 보내 전달하면 될 것을요."

보현은 곤을 스쳐 지나가면서 이록을 흘긋 보았다. 나란히 이록 옆에 서 있어야 할 연옥이 보이지 않았다. 보현은 잠시 비틀거렸으나 정 상궁의 부축을 마다하고 꼿꼿이 섰다. 천천히, 아주 천천히 이록을 지나쳐 걸었다.

* * *

이튿날, 김직언은 사지가 찢겨 죽었다. 양팔, 양다리 하나씩 새끼줄로 묶어 네 마리의 소더러 각기 끌도록 했다. 소들은 앞을 향해 직진했다. 하늘을 보고 누운 김직언은 사지가 찢겨져 나가는 고통에 기괴한 소리를 냈다. 소리는 천지를 울릴 만큼 크고, 괴물이 내는 포효만큼이나 잔혹하고 끔찍했다. 처형 장면을 지켜보던 이들은 잔인함에 고개를 모로 돌리고 어떤 이들은 토악질을 했다.

사람들 사이에 끼어 김직언이 죽어 가는 장면을 지켜보던 구창과 패거리는 왕이 자신들을 죽이지 않고 살려서 내보낸 것에 의아해하면서도 가슴을 쓸었다. 역신에 관련됐다 하여 저렇게 사지 육신 찢기는 벌이라도 받았으면 어쩔 뻔했느냐고 주절거렸다.

"그나저나 이대로 단계옥으로 갔다가는 혁주 그 자식이 죽자고 덤벼들 거고 이제 어디로 가나……."

구창이 사람들 사이를 빠져나와 두리번거렸다.

"일단 배부터 좀 채워야지 않겄어? 혁주고 뭐고 뭐라도 먹어야 기운이 나서 싸우든가 말든가 하지."

"그려. 가세, 가."

"돈도 없음서 뭘 어뜨케 먹어?"

"아, 우리가 언제는 서푼이라도 있어서 밥 먹었나?"

아닌 게 아니라 구창도 배가 고팠다. 등가죽이 뱃가죽에 들러붙어서 허리가 제대로 펴지지도 않았다. 참말, 옥이라는 곳은 두 번 갈 곳이 못 되었다. 누군가 사식을 넣어 주지 않으면 그대로 굶어 죽어야 할 판이었다. 치사한 놈들이 지들 입만 입이고 죄지은 놈은 그냥 굶어 죽으란 말이냐고 옥사 안에서 나졸들을 향해 소리를 고래고래 질러 봤지만 조밥 한 톨 던져 주는 놈이 없었다.

구창이 배를 문지르며 운종가 쪽으로 길을 잡았다. 건들건들 걸으며 험상궂은 애꾸눈을 이리저리 부라렸다. 행인들을 괜스레 겁주며 히죽거렸다. 오랜만에 나와 보는 바깥세상인지라 나중 일은 나중 일이고 일단은 신이 났다.

작은노미는 몇 번이고 눈을 감았다 뜨기를 반복했다. 등에 업힌 진주는 아비의 기색이 심상치 않음을 아는지 딸꾹질하던 것조차 멈추고 조용했다.

구창과 패거리가 피맛골의 주막으로 우르르 몰려 들어가는 것을 지켜본 작은노미는 꼬물거리는 진주의 체온을 느꼈다. 맑은 공기를 한껏 들이쉬었다. 아이 어미가 떠올랐다. 아이의 체온은 제 어미의 체온과 닮아 있었다. 아이에게서 나는 젖내는 아이 어미의 젖무덤에서 나던 비릿함과 비슷했다.

문경에서 민홍수 등을 소탕해 온 날, 곤은 작은노미더러 구창을 어찌할까나 물었다. 곤의 말뜻을 헤아리지 못한 작은노미는 작은 눈만 멀뚱거렸다.

"지은 죄가 많은 놈들 아니냐. 내가 죽이랴, 아니면 네놈 손으로 죽이련?"

"이놈 손으로 말이옵니까?"

멍청히 되묻는 작은노미를 향해 곤은 심드렁한 투로 말했다.

"네놈 손으로 그놈들을 죽인다고 죽은 식구들이 살아 돌아오지는 않을 테지만 네놈 속에 쌓인 한은 조금이나마 삭혀질 것이 아니냐. 살 놈 죽이라는 것도 아니고 죽을 놈들 죽이라는 것이다."

작은노미는 더 망설이지 않고 자신이 그들을 모두 죽일 수 있도록 허하여 달라 청했다. 옆에서 보던 이록이 개인의 원한을 사사로이 처결케 하시느냐, 하였지만

"그렇게라도 해야 저놈이 아니 미칠 것이다."

곤은 아무렇지 않게 내뱉었다.

아이를 추슬러 올리면서 작은노미는 입술을 질끈 깨물었다. 엽전 한 푼 가진 것 없이 주모에게 한 상 거하게 내오도록 한 구창과 패거리는 벌써 취기에 벌겋게 달아올라 있었다. 마당 안에 발을 들이민 작은노미가 칼집에서 칼을 꺼내 들고는 사립문을 걸어 닫았다.

툇마루에 앉아 국밥을 말아먹던 등짐장수 둘이 슬금슬금 자리에서 일어나더니 벗어 놓은 짚신까지 들고 방 안으로 들어가 방문을 걸어 잠갔다. 그래도 상황이 어찌 돌아가나 궁금했는지 침 묻은 손가락을 빙글빙글 돌려 방문에 눈구멍을 내곤 눈을 바짝 들이밀었다. 반빗간에서 아궁이 불을 들여다보고 나오던 주모가 에구머니나! 깜짝 놀라서 도로 반빗간 안으로 들어가 문짝 뒤로 숨었다.

삶은 닭고기의 살점을 쭉 찢어 입안에 밀어 넣던 구창이 작은노미를 발견하고 씹다 만 고기를 퉤, 뱉었다. 주섬주섬 평상에서 내려와 짚신을 욱여 신고는 콧등을 찡그리며 훌쩍였다.

"어이, 작은노미! 나 죽이러 왔나 보지?"

"죽을 짓을 했으면 죽어야지."

"쩝. 내가 뭐 자네 식구들을 죽이려고 죽인 것은 아니니까 너무 고깝게 생각 말……."

구창은 갑자기 포효와 함께 빠르게 달려드는 작은노미를 막아 내느라 미처 말을 끝내지 못했다. 수저를 내려놓고 득달같이 달려드는 패거리까지 합세해서 작은노미를 에워쌌지만 그들이 분노한 작은노미를 감당하기란 버거웠다. 그들은 옥사에서 지내는 동안 먹지 못해 허약해졌고 술까지 거나해진 상태였다.

반면에 작은노미는 범바위골에 합류하면서 칼 솜씨가 예전보다 월등해져 있었다. 그를 우습게 알고 덤벼들던 구창과 패거리는 작은노미가 더 이상 자신들의 상대가 아님을 알아차렸다.

진주는 제 아비 등에서 얌전했다. 한번 칭얼대지 않고 두 눈을 말똥말똥 뜬 채 아비의 칼과 주먹, 발길질에 나가떨어지는 자들을 쳐다보았다. 젖도 못 뗀 아이, 어미 죽어 동냥젖이나 얻어먹고 아비가 씹어 주는 암죽이나 받아먹는 아이가 무얼 안다고 초롱초롱 뜬 눈으로 깊게도 사려 보았다.

"이봐, 작은노미. 나도 다 시켜서 한 일이라니까? 사지 찢겨 죽은 대감, 그 노인네가 시켜서 한 일이라고."

"아가리 안 닥쳐? 닥쳐, 닥쳐, 닥쳐!"

"들어 보라니까? 우리네야 돈 주면 주는 대로 움직이지 언제부터 일 가려 받았다고 글쎄 그러냔 말이야. 그러니까 나라님도 우리를 죽이지 않고 풀어 주신 것이 아닌가."

하나둘 쓰러지고 도망치면서 마침내 작은노미와 단둘이 마주 서게 된 구창이 슬금슬금 사립문 쪽으로 걸음을 옮겼다.

"내가 구창이 네놈을 찢어발기지 못하면 이 자리에서 혀를 콱 깨물고 죽을 것이다. 내 새끼 안고 저 세상 간다고, 이 새끼야!"

"알았어. 내가 그 일은 참말 잘못했다. 그냥 돌아서려고 했어. 아니 근데 니 마누라가 나를 붙잡고 안 놔 주는데 뭔 수가 있어야지. 나도 모르게 당황해서……."

"당황해서 다 늙어 기력 없는 우리 엄니와 이제 겨우 너덧 살 된 내 새끼까지 잡아먹었냐? 그러고도 인간 소리는 바라지 않겠지."

"그래서 뭐, 진짜 결판내자고? 어쩔 건데? 응? 뭘 어쩔 거냐고!"

적삼 저고리를 풀어헤치며 구창이 소리를 바락 질렀다. 붉으락푸르락 오히려 저가 성을 내며 해 볼 테면 해 보라는 듯 배를 쭉 내밀고 성질을 돋았다.

지글거리던 작은노미의 눈이 구창의 말을 듣고 오히려 차갑게 식었다.

"궁금해? 내가 어쩔 건지? 잘 들어. 네놈을 소 새끼 잡듯이 뼈와 살을 자분자분 발라서 조질 것이다. 조진 그 살점과 뼈마디를 조선 팔도 사람이 가장 많이 다니는 길목 길목에 하나씩을 뿌리고 말 거라고. 기어이 그리할 테니까 기대하란 말이지. 내 손으로 직접 울 엄니, 울 마누라 내 자식 놈 한을 갚고야 말겠다고, 이 천하의 개 쌍놈 새끼야!"

"무섭네, 무서워."

짐짓 비웃는 투였지만 구창은 새파랗게 질린 얼굴로 입안이 바짝 말랐다.

어미와 마누라에 새끼마저 잃은 자가 제정신일 리 없고, 아무래도 정신 줄 놓은 놈이 세상에서 제일 무서운 법이었다. 이럴 때는 왕년의 잘 나가던 단계옥 검계 체면이라지만, 그 잘난 체면에도 불구하고 삼십육계 줄행랑이 최선이었다.

구창은 후다닥 사립문을 열고 뛰었지만 몇 걸음 떼기도 전에 작은노미에게 뒷덜미를 잡히고 말았다. 원체 힘이 좋은 작은노미였기에 그의 손에서 풀려나기란 극히 어려웠다. 구창은 속수무책으로 주막 안마당까지 끌려 들어갔다.

* * *

一.

정리된 듯하나, 정리되지 않는 것투성이다. 하나를 해치우면 또 하나를 해치워야 했다. 산재한 일들은 끝이 없고 하나가 없어지면 다른 하나가 빈자리를 메웠다.

끊임없는 일들이 일어나고 사그라지는 동안 금원의 녹음은 짙어지고 짙어졌다. 겨울의 발자취는 봄날이, 봄날의 따사로움은 완연히 들어선 여름이 집어삼키는 때였다.

곤은 봄에 일어났던 옥사를 일컬어 세간에서 '서자들의 난'이라고 부르는 것을 알고 있었다.

서자들의 난…… 서자들의…… 서자…….

곱씹고 되씹어 입속으로 중얼거렸다. 서자라는 단어를 씀으로써 민심이 역모의 가담자들을 우회적으로 동정한다는 사실을 모르지 않았다. 또한 똑같은 서자로 적자를 밀어내고 보위에 오른 자신을 향한 조롱과 비난이라는 사실도 인지하고 있었다.

곤은 서자가 서자를 죽인다며 비웃기를 마다하지 않는 사람들의 시선에 무심으로 일관했다. 그는 민심을 다잡기보다 관망을 선택했다. 함묵으로 시간의 흐름을 가늠했다.

사람들은 실상 나라님을 욕한다는 행위 자체의 희열에 차 있었다. 그들의 비난은 또 다른 희열을 위한 새로운 비난거리 앞에서 자연적으로 사그라지고 말았으므로 무의미한 것들이었다. 예를 들어 곤을 향해 아우를 위리안치 시키고 계모를 박대했다며 수군거리던 이들은 이제 곤이 선왕을 독살시킨 것이라고 떠들어 대고 있었다. 국상이 일어난 순간부터 야금야금 퍼지기 시작하던 괴소문은 점점 살이 붙어 거대하게 부풀고, 점점 더 멀리 퍼졌다. 모순은 있었다. 곤은 남의 허물로 나의 허물을 가리는 것이 아니라 자신의 허물로 자신의 허물을 가렸다. 그러니까 진실이든 아니든 상관없는, 남들이 허물이라 부르는 무의미한 것들로 말이다.

참으로 재미있는 일이었다. 곤에 대한 악의적인 소문이 퍼지면 퍼질수록 어리고 불쌍한 대군에 대한 동정심은 서서히 사람들의 마음속에서 옅어지고 있었다. 그것이 곤이 원하는 바였다. 창이 사람들의 뇌리에서 사라지는 것. 그것을 위해 곤은 사람들의 입에서 입으로 유영하는 '그' 무의미한 것들을 구태여 단속하려 하지 않았다.

금원의 좁은 계곡물 앞에서 멈춘 곤은 고개를 젖혔다. 우거진 수풀 사이로 하늘이 푸르렀다. 냇가의 물처럼, 면경의 유리처럼 맑고 깨끗했다. 금원을 이루는 자연의 부산물들을 각인시키듯 하나, 하나 유심히 들여다보던 곤이,

"하절이 돌아왔구나."

흐릿한 목소리로 뇌었다.

여름이 돌아왔으니 자하골의 너럭바위 위에 말갛게 앉아 있던 소녀 역시 돌아올 때가 된 것이다.

선정전으로 길을 튼 곤의 걸음이 빨라졌다.

* * *

부원군이자 일인지하 만인지상이었던 심일강이 한낱 지방의 부사 나부랭이로 떨어지게 되었다. 먼 친척의 사소한 청탁을 들어준 것이 빌미가 된 탓이었다.

심일강을 선정전으로 부른 곤의 질타가 매서웠다.

"사헌부에 탄핵이 올라올 정도가 되어서야 쓰겠소? 그것도 관리의 풍속을 감찰하는 사헌부로 말이오."

"송구하옵니다."

"대사헌을 역임한 바도 있으면서 일을 이 지경까지 끌고 오다

니 욕심이 과했소이다."

우렁우렁 호통을 친 곤은 심일강의 관모를 내려다보았다. 노기를 한풀 가라앉힌 그의 말이 이어졌다.

"사헌부에 발고가 들어간 이상 어쩔 수가 없게 되었소. 그나마 지방으로의 좌천에서 끝난 것을 다행으로 알아야 할 거외다. 조정의 신료들 중 장인을 벼르는 자들이 한 둘도 아니고 이번 일을 기화 삼아 아예 뿌리째 뽑으려는 것을 이쯤해서 무마했으니 말이오."

"성은이 망극하옵니다."

곤이 심상해진 투로 덧붙였다.

"잠시면 되오. 격무로 지친 심신을 달래기에도 더없이 좋은 기회가 아니오? 풍광 좋은 곳에 유람 다녀온다, 여기면 될 것이외다."

용상 아래 마룻바닥에 고개를 조아린 심일강이 입술을 자그시 깨물었다. 삼정승 육판서 자리에 있으면서 청탁 한번 받아 보지 않고, 들어주지 않은 벼슬아치는 눈을 씻고 찾아봐도 없었다. 어연간해서는 서로 간에 눈을 감아 주는 것이 이편의 관습이라 해도 과언이 아니었다.

아니 할 말로 일가를 이루고도 나이가 불혹이 되도록 번번이 과거에 낙방하는 친척이 딱하여 미관말직 하나 내준 것이 무에 그리 대수라고 유생들이 득달같이 달려들어 투서를 넣는다는 것인지 그는 믿기지 않았다. 말이 좋아 유생이고 선비지 기회만 되면 그들 역시 청탁을 넣어 보려 이곳저곳 기웃거리기는 마찬가지였다. 이는 필경 투서를 쓰도록 유생들을 조종한 곤의 모사라고 심일강은 짐작했다.

어디 한두 번 당한 일이라야지. 이번에는 또 무슨 일로 나를 이리 박대하나.

그의 속이 부글부글 끓어올랐다.

심일강의 속내야 어찌 되었건

"호가 입궐하여 문안을 든 것을 보니 부쩍 커서 의젓해 보였소."

곤은 별안간 화제를 돌리며 원자를 입에 올렸다.

"보양관이 심열을 기울여 살피고 있나이다."

"장모께서 애를 많이 쓰신 것을 과인이 모르겠소? 해서 말인데 건강도 좋아진 것 같고 하니 호를 그만 환궁케 하려고 하오. 어찌 생각하시오?"

원자를 환궁케 하자거나 저위에 올리자는 주장은 아예 입 밖으로 내뱉지 못하도록 중신들을 단속하던 곤이었다. 그런 그가 먼저 원자를 거론하고 나섰다. 더구나 사헌부에 발고를 당한 심일강의 거취에 대해 이야기를 하던 자리에서 말이다.

이는 원자의 피접 생활을 청산케 하고 대궐로 불러들이는 대신 심일강을 중앙 정계에서 내치겠다는 의중으로 보였다. 원자를 등에 업은 심일강이 활개를 치는 모습은 보지 못하겠다는 것을 뜻하거나 아니면 다른 속내가 있는 것이 분명했다.

제 속으로 난 자식 거두면서 유세가 하늘을 찌르는구나. 죽은 선왕과 무엇이 다를까? 씨도둑 못 한다더니 자식 박대하는 것이 참으로 닮지 않았더냐!

심일강은 긴장으로 바짝 마른 입술을 적셨다.

"전하, 신이 그렇지 않아도 칭병을 할까 내심으로 고심하던 차였사옵니다."

"칭병이라니? 어디가 불편하시오?"

"낮이 오면 밤이 오고 청춘 뒤엔 소추이듯 당연한 수순이 아니겠사옵니까? 삭신이 쑤시고, 머리가 맑게 돌아가지 아니하니 늙은이가 나라의 중책을 맡기에 무리가 있나이다."

"어허, 천하의 장인께서도 엄살이시오? 평생을 함께하다시피 한 정적이 죽고 나니 허전하기라도 하신 게요?"

"그, 그럴 리가 있겠사옵니까?"

"김직언의 죽음을 막기 위해 두 팔 걷어붙이고 나서지 않으셨소? 이해가 아니 되는 바도 아니오. 싸우다 드는 정이 무섭다더니 공연히 김직언의 빈자리에 약해지신 것이 분명하외다."

"정말 아니라는 데도 그러시옵니다."

"마음을 다잡도록 하시오. 장인께서 중심을 잡아 주셔야지 누가 그대를 대신하겠소?"

"전하를 보필하고 나라에 이바지할 훌륭한 동량들이 많사옵니다. 늙은 신은 이만 낙향케 하시고 젊은 그들로 하여금 가진 재주를 펼치게끔 하소서."

속으로야 어떻든 심일강의 말이 번지르르 했다. 대충 장단을 맞춰 주던 곤의 표정이 굳어지면서 지루한 기색을 띠었다. 자세를 바로잡은 그가 퉁명스레 물었다.

"자리를 내어놓고 낙향을 하면 했지 지방의 부사로는 체면이 상해 아니 가겠다?"

"당치 않으시옵니다. 그러한 것이 아니오라……."

심일강이 즉시 부정하고 나섰으나 그의 말은 곤에게 가로막혀 힘을 잃었다.

"오래도 아니고 잠시면 된다니까 그러시오."

심일강은 무언가 더 말을 하려다가 차갑게 내쏘는 곤의 눈빛에 그만 입을 닫고 말았다.

"긴말하지 않겠소. 강화에 가면 하실 일이 있지 않겠소이까?"

"할 일이라시면?"

심일강을 노려보던 곤이 쓴웃음을 지었다.

"그거야 새로 부임할 강화 부사께서 찾아야 할 일이 아니오. 도성 안 구중심처에 앉은 과인이 강화의 사정을 무슨 수로 안단 말이오?"

"따로 내리실 어명이라도 있으시옵니까?"

"현재 강화 부사로 있는 자의 평판이 좋지 않아 아무래도 하셔야 할 일이 산더미처럼 쌓여 있을 것 같아서 말이외다. 과인은 그저……."

곤은 말을 흐리며 시간을 끌었다. 심일강이 고개를 들어 그의 안색을 살폈다. 생각에 잠긴 곤의 동공이 먹을 들이부은 것처럼 검었다.

크게 숨을 들이쉰 곤이 정면으로 심일강을 쏘아보았다.

"아우가 어이 사나 궁금해서 말이오."

"문호대……."

아차, 싶은 심일강이 말을 급히 바꾸었다.

"이창을 말씀이시옵니까?"

곤은 마지못한 척 입을 열었다.

"서궁(창덕궁의 서쪽에 있는 후궁. 대비 보현을 격하시켜 부르는 호칭)의 사람들이 아직껏 아우를 찾아 드나든다는 말이 심심찮게 들리고 있소."

"서궁의 사람들이라 하시면……."

"딱히 뭔가가 잡히는 것은 아니외다. 저위에 있을 때부터 워낙 살얼음판을 걸어 왔던 과인이라 그런지 노파심이 낼 모레 죽을 노인장만큼이나 과하다오. 차마 아우라 더는 어찌하지 못하고 살려는 두었으나……."

짐짓 감겨드는 목소리며 말투가 의미심장했다.

"하여 강화로 가시라는 것이오."

나를 살려 두는 것은 쓸모가 있기 때문이라고 했던 말이 이것을 말함이구나!

심일강은 곤의 뜻을 곰곰이 헤아렸다. 창이 살아 있는 한 그는 끝끝내 곤에게 정치적 부담으로 따라붙을 것이 자명했다. 선

왕과 보현을 따르는 소북의 구심점이 창이었다. 그가 성인으로 자라기라도 한다면 또 한 번의 파란을 피할 길이 없었다. 세간의 이목과 민심이 부담스러워 아우를 대놓고 죽이진 못했으나 이제는 때가 되었다는 말이었다.

곤은 원자에 대한 이야기로 돌아왔다.

"과인이 젊기는 하지만 성장해 가는 원자를 두고 언제까지나 저위를 비워 둘 수도 없는 일. 제왕학을 가르쳐야 할 때가 되기도 하여 곁에 두려는 것인데 아무래도 장모께서 섭섭하실지 모르겠소."

그는 수심이 깊은 얼굴로 심일강을 빤히 보았다.

"이 나라 조선, 장차 호가 이끌어 나가야 할 나라인 것을…… 자식의 앞길에 모난 돌부리 하나 없게 하고픈 것이 과인의 마음이오."

"지당하신 바람이시옵니다."

그러니 나더러 강화로 내려가 원자의 앞길에 방해가 될지 모르는 문호대군을 처리하라는 것이군. 제 손에는 피 한 방울 묻히지 않고 늙은이를 앞세우겠다는 게야.

심일강은 곤이 얄미우면서도 딱히 반대할 말을 찾지 못했다. 대동법 이후로 김직언의 능지처참까지 반대하면서 곤과의 유대관계에 금이 간 상황이었다. 곤은 누구보다 강력한 왕권을 주장하는 왕이었고, 자신보다 강한 힘을 가진 자를 참아 낼 생각도 없었다. 물론 참아 낼 수 있는 성정도 아니었다. 내자가 어여쁘면 처갓집 말뚝을 보고도 절을 한다던데 왕비와 금슬이 좋은 것도, 그렇다고 유일한 대군인 원자에게 애정이 크게 있어 보이는 것도 아니었으니 곤이 심일강을 탄핵하지 못할 이유는 전혀 없었다.

내가 저를 왕으로 만들기 위해 어찌했는데!

곤을 원망하면서도 심일강의 머리는 바삐 돌아갔다.

차라리 곤이 원하는 대로 따라 주고 외손인 원자를 한시라도 빨리 세자궁에 자리 잡게 하는 것이 그나마 유리했다. 물론 원자가 저위에 오르게 되면 이보다 심해질 외척에 대한 경계와 박대에 대해서는 말할 필요도 없었다. 허나 그렇다 해도 차기 왕의 외가였다. 세자의 외가를 건드리는 일이 마냥 쉽지만은 않을 테니 힘의 균형이 지금보다야 나을 것임은 틀림없었다.

생각이 거기에 미치자 심일강 입장에서도 선왕의 유일한 적자요, 금상의 정통성 논란에 기름을 붓는 격인 창의 존재가 지극히 부담스러울 수밖에 없었다. 왕의 장인이자 영의정인 자신이 허드렛일이나 하는 지방의 부사 따위로 내려가야 한다는 사실이 영 성에 차는 것은 아니었다. 다만 훗날을 기약하기 위한 일보 후퇴였다.

하기는. 뒷간에서 밑 안 닦고 나오면 쓰나.

다행히 민심이란 들불처럼 활활 타올랐다가도 뒤돌아서면 금세 고요해지기 마련이었다.

완연한 여름, 위리안치 된 창은 이미 백성들로부터 잊히는 중이었다. 곤을 향해 야박하다 매정하다, 폭군이네 어쩌네 하던 백성들은 당장 제 입에 풀칠하기도 바빴다. 기실 어린아이 하나 어찌 된다 해도 백성들의 삶에는 머리카락 한 올만큼의 영향도 끼치지 못할 것이다.

별 수 있나. 버르장머리 없는 사위 놈이 하자는 대로 해야지.

고심 끝에 심일강이 들었던 고개를 조아렸다.

"어명을 받드는 것이 신하된 자의 도리인 줄로 아옵니다."

"이해를 해 주니 고맙구려. 과인의 입장에서도 장인을 한직으로 밀어내는 일이 편하지만은 않소. 내전과 원자 보기도 면구하고 말이오. 허나 조정의 일이 어디 그렇소? 너무 조바심 내지 말고 편히 지내시다 오시구려."

심일강은 선정전을 물러나오면서도 어딘지 모르게 개운한 기분이 아니었다. 비단 좌천되어 지방으로 내려가거나 그곳에서 해야 할 일 때문만은 아니었다. 월대를 내려오던 그는 몸을 홱 돌렸다. 햇빛을 받아 오묘하게 빛나는 청기와를 올려다보았다.

무얼까? 본디 알 길이 없던 어심이건만 더욱 막막하구나…….

이글거리는 해에 맞서듯 심일강의 눈살이 한껏 찌푸려졌다.

* * *

"그가 나의 뜻대로 움직이겠느냐?"

막 선정전으로 들어서던 윤세준이 갑작스러운 곤의 질문을 받고 놀라 움찔했다. 용상을 향해 절을 한 그는 일어나 읍을 하고서 용상 옆에 시립 중이던 이록과 눈을 마주쳤다.

곤이 재차 물었다.

"말해 보거라. 심일강이 계획대로 움직일 것 같으냐?"

"자신을 향한 어심이 예전 같지 않음을 알고 있을 터, 성총을 되찾고 자신의 지위를 공고히 하기 위해 하지 못할 일이 없을 것이옵니다."

"그 좋은 머리가 나의 속내를 예단하고 앞지를 것이다?"

"조급증과 초조감은 일을 그르치게 만드는 법이옵니다. 더구나 손안에 쥐었다고 생각한 것을 빼앗기게 될 위기 앞에서는 더더욱 그러할 것이옵니다. 숙적이나 마찬가지였던 김직언이 죽고 서궁이 유폐까지 되었건만 심일강의 처지가 어떻사옵니까? 정작 자신은 승리감을 누리기는커녕 위태한 상태이니 불안과 화가 마음에 가득 찼을 것이옵니다."

곤이 용상에서 내려오자 고개를 공손히 숙인 윤세준이 자신하며 말했다.

"심일강은 스스로의 발목에 족쇄를 채워 옴짝달싹도 하지 못할 것이옵니다."

천천히 고개를 끄덕인 곤은 다른 말없이 윤세준을 지나쳤다. 선정전의 높은 문턱을 넘다 말고 문득 뒤돌아보더니 윤세준을 향해 뜬금없이 물었다.

"연모하는 여인에게는 무엇을 어찌해야 하는지 아느냐?"

느닷없는 질문에 윤세준은 당황했다. 이 문제에 대해서만큼은 아는 것이 없었던 그는 눈만 멍청스레 깜박거렸다.

"가원이는 패물 같은 물선을 하라 하고 내금위장은 칼이나 각궁 따위를 주는 것이 어떠냐 하더구나. 귤을 줬는데 사실 그것도 그다지 좋아하는 눈치가 아니더란 말이다. 윤 주서 너는 머리도 좋고 기취(旣娶 이미 장가를 듦)까지 하였으니 저 떠꺼머리 놈들보다 나은 답을 내 놓아야 할 것이다."

당혹한 윤세준이 도움을 청하듯 이록을 보았다. 이록이 그의 시선을 피해 슬그머니 고개를 돌렸다. 문밖에서 고개를 조아리고 선 박 내관 역시 윤세준과 눈이 마주칠까 몸을 슬쩍 틀었다. 집요하게 자신을 바라보는 곤의 시선을 느낀 윤세준이 귀밑이 달아올라서 더듬거렸다.

"무…… 물선을 싫어하는 여…… 여인도 있사옵니까?"

"싫어하더구나. 오히려 다른 이에게 줘 버리더라."

간난의 지저분한 옷고름에 매여 있던 호박나비 노리개를 떠올린 곤은 입술을 심술궂게 뒤틀었다.

"규…… 귤도 싫다 하였사옵니까?"

"맛있더냐 물었더니 대답도 없었다. 자꾸 묻지만 말고 답을 말하라지 않느냐!"

곤이 버럭 소리를 지르며 화를 내자 다급해진 윤세준이 떠오르는 대로 지껄였다.

"여…… 여인이 좋아하는 것을 주시면 될 것이 아니옵니까?"

기가 막힌 표정으로 윤세준을 보던 곤은 실소하며 고개를 저었다.

"그러니까 그것이 무어냐 묻는 것이다. 무엇을 여인이 좋아하는지 말이다."

"여…… 여인에게 하문하여 보시옵소서."

"뭐라?"

윤세준이 기어들어 가는 소리로 웅얼거렸다.

"실은 소신도 그 점에 대해서라면 아는 바가 없사옵니다."

"기취까지 한 놈이 기껏 한다는 소리가……."

그러자 윤세준이 발끈해서 항변했다.

"그리 말씀하시오면 소신도 억울하옵니다. 얼굴 한번 보지 못한 여인과 정혼해 초야가 되어서야 겨우 마주 앉았사온데 그마저도 어둑해 제대로 된 생김도 모르고 연을 맺었으니 무슨 정이 들었겠사옵니까? 소신은 소신의 내자가 무엇을 좋아하고 바라는지조차도 모르옵니다. 헌데 어찌 하문에 답을 고해 올리오리까?"

"하면은 너도 물어보거라."

"무슨 말씀이신지……."

"모르면 물어봐야지. 나도 내 여인에게 무엇을 좋아하느냐고 물어볼 터이니 너도 너의 내자에게 물어보거라."

그렇게 말한 곤은 얼떨떨해하는 윤세준을 남겨 두고 선정전의 문턱을 넘었다. 월대에 선 그는 두리번거리며 이록을 찾았다. 이록이 다가오자 그의 귀에 대고 낮게 속삭였다.

"너도 한 번 물어보든지."

이록이 차갑게 얼어붙었다. 대수롭지 않다는 듯 이록의 어깨를 토닥인 곤은 그를 남겨 두고 월대를 빠르게 걸어 내려갔다.

붉은 기둥 사이의 복도각을 지나는 왕의 거둥을 이록이 멍하니 보았다. 마찬가지로 멍해 있던 윤세준이 옆에 나란히 섰다.

"내금위장 영감."

이록이 고개를 돌려 윤세준을 보았다. 윤세준이 물었다.

"우리의 왕은 대관절 어떤 분이시오?"

답이 없는 이록을 향해 윤세준이 좀 더 길게 물었다.

"아니 뭐 이 사람이 주군으로 한평생 모실 분인 것은 확실하나 가끔, 아주 가끔은 알다가도 모를 분 같아서 말이오."

"모르겠소."

이록이 단호히 대답했다. 윤세준은 더욱 혼란스러운 표정을 지었다.

"십 년이 훨씬 넘는 세월을 섬기면서도 전하를 모른다는 말이오?"

"안다고 믿었소."

"그건 또 무슨 말이오?"

허탈한 웃음을 터트린 이록이 고개를 절레절레 흔들며 월대를 내려갔다. 윤세준이 허둥지둥 그를 좇았다.

"말을 하다 마는 것이 어디 있소?"

"정말 이 사람은 전하에 대해 아무것도 모르겠소. 세월만큼 안다 믿었는데 아니었다는 말이오."

이록은 보폭을 크게 해 홀쩍 가 버렸다.

뒤에 남은 윤세준은 괜히 하늘 한번 보고 땅 한번 보다가 일찍 퇴청하기로 마음먹었다.

서너 해 전에 혼례를 올린 내자의 얼굴을 똑바로 본 기억이 없었다. 몇 번은 봤겠지만 생김이 어떠했는지 도무지 떠오르는 것이 없었다. 윤세준은 아연 내자가 무엇을 좋아하는지 궁금해졌다.

어명이니 받들어야지. 암!

가서 물어보라던 곤의 말을 떠올린 윤세준은 퇴청 길을 서둘렀다.

二.

여름은 왕의 후원, 금원에만 드리워진 것이 아니라 전국 방방곡곡으로 찾아갔다. 매미가 우는 계절이 돌아온 것이다.

가만히 앉아만 있어도 땀이 줄줄 흐르는 날씨였다. 강화도의 초가집은 작았다. 드넓은 대궐에서 태어나 아흔아홉 칸 고대광실 대군저에서 누구 눈치 볼 것 없이 마음껏 뛰놀던 창에게 유배지의 초라한 가옥은 종들이 지내던 대군저의 행랑채보다도 못했다.

연옥은 그나마도 좁은 안마당에 무성하게 자라난 잡초들을 뽑다 말고 쪼그려 앉은 자세로 멍하니 회화나무를 올려다보았다. 회화나무는 이 집에 있는 유일한 사치나 마찬가지였다. 여름이 되어 연노랑 나비 모양의 꽃이 나무 가득 피었다. 한 번씩 지나가는 살랑바람에 비처럼 떨어진 꽃잎이 나무 아래 수북이 쌓였다. 툇마루에 앉아 바람에 잔잔히 실려 오는 꽃향기를 맡고 있노라면 고단하고 답답한 이곳 생활에 미미하나마 위안이 되기도 했다.

방 안에서 창의 울음소리가 들렸다. 아이는 갈수록 신경질이 늘었다. 여름이 짙어지면 짙어질수록 아이의 짜증도 늘어만 갔다. 석달이 창에게 꼬집히고 등짝을 두들겨 맞다 툇마루로 쫓겨 나왔다.

"아이 참, 대군마님도! 이번에는 왜 또 그러십니까?"

석달이 방문을 보고 팩, 성깔을 부렸다. 그래 놓고서 금세 한숨을 쉬며 시무룩해졌다.

빈말로야 대군마님이라 부르지만 엄밀히 말해서 창은 이제 대군이 아니었다. 서인으로 강등되어 위리안치 된 죄인 신분이었으니 저보다 나을 것이 없는 어린아이의 처지가 석달은 안타까웠다. 바뀐 환경과 처지에 아이가 적응하지 못하고 그러는 것을 포용하지 못하는 제 마음 씀씀이를 탓하며 석달은 공연히 자기 머리통만 쥐어박았다. 그러면서도 전하의 말씀만 아니면, 이라고 작게 투덜거렸다.

연옥의 시선이 회화나무를 지나 사립문을 향했다. 사립문은 창이 이곳에 위리안치 된 이후로 몇 달째 활짝 열린 적이 없었다. 필요하다면 연옥이 잠시 나갔다 들어오거나 아니면 봉보부인 유 씨가 나갔다 들어왔지 창을 위해 저 문이 열린 적은 단 한 번도 없었다. 사립문을 지키는 자들은 강화 유수부에서 나온 나졸들이었다.

창의 짜증은 대중없었다. 연유도 불명확할 때가 많았다. 위태로운 제 처지를 자각한 아이는 모든 것이 불안하고 무서웠다. 아이는 항상 공포에 차 있었다. 유 씨 부인이 엄히 달래는 소리가 방 밖으로 새어 나왔다. 이곳에 온 뒤로 아이는 유 씨 부인의 치맛자락만 붙들고 놓아주지 않았다. 어느 날, 유 씨 부인이 보이지 않으면 가느다랗던 제 생명 줄도 그길로 끝임을 철없는 나이에도 어렴풋이 예상하는 모양이었다.

땡볕에 꼼짝 않고 문을 지켜야 하는 나졸들이나 집 안에 갇힌 사람들이나 고생이기는 매한가지였다. 연옥은 근처 어디 냇가에라도 나가 창에게 발이라도 담그게 해 주고 싶었으나 어림없는 일이었다.

여름이면 동빙고에서 얼음을 가져다 식혜며 수정과에 동동 띄워 마시거나, 오미잣국에 각종 과일과 꽃잎, 잣과 함께 띄워 꿀꺽 꿀꺽 들이키던 창이었다. 그에게 이번 여름이 유독 덥고 힘들 것은 자명했다.

창은 제 속에 들어찬 두려움과 화를 토해 내면서 더위를 핑계대었다. 어린아이는 입만 열면 '더워, 더워, 더워'를 외쳤다.

흙 묻은 바지를 털며 일어선 연옥은 나졸들에게로 다가가 대군을 데리고 집 앞 냇가에 나가 바람이라도 쐬어 주면 안 되겠느냐고 물었다. 나졸들은 난처한 표정으로 저희들의 소관이 아니라며 어물거렸다. 하기는 그들이 무엇을 결정할 수 있는 입장은 아니었다.

연옥은 자신만이라도 내보내 달라고 했다. 강화 유수부의 동헌에 다녀올 참이었다. 강화부사에게 사정해서 얼음을 조금이라도 얻어 볼 요량이었다. 귀하디귀한 얼음을 선뜻 내줄 리 만무했지만 극에 달한 아이를 달래 줄 무언가가 필요했다.

나졸들이 사립문을 열어 주었다. 돌아오는 길에 뽕나무 열매나 다른 산열매라도 구할 수 있으면 좋을 거라고 생각했다. 새콤한 열매즙을 내어 얼음을 띄워 주면 타들어 가던 아이의 마음도 조금은 식을 것이라고 생각했다.

"봉보부인께서 찾으시면 동헌에 다니러 갔다고 말씀드려라."

뚱하니 툇마루에 걸터앉아 있는 석달에게 말하고 연옥은 사립문을 나섰다. 창의 투정 소리가 담 너머 멀리까지 그녀를 따라왔다.

* * *

살찐 강화부사는 얼음을 내주지 않았다. 관기를 끼고 대낮부터 홍청거리던 부사는 풀어진 옷고름을 여미며 대청마루로 나왔다. 그는 난데없이 들이닥친 연옥을 마뜩찮은 눈길로 노려보더니,

"거참. 언제 죽을지 모르는 죄인 좀 그만 싸고도시게. 목구멍에 조밥이라도 들어가면 감사한 줄 알아야지 아직도 대군이라서 얼음 타령인 것인가?"

호통을 쳤다.

"유달리 더위를 타시는 분입니다. 아직 철이 없어 그런 것이니 조금만 내주시면……."

"시끄럽다는데도! 나 먹을 것도 없는 그 귀한 걸 어디 죄인 입속으로 넣으려 하는 게야? 그만 가 보시게. 죄인을 지켜야 할 자가 죄인을 두고 어디를 쏘다니는 것인가. 당장 돌아가시게. 에헴!"

헛기침을 한 부사는 관기가 기다리고 있는 방 안으로 쏙 들어가 버렸다. 관기를 희롱하는 그의 목소리가 여과 없이 방문을 새어 나왔다. 사람 좋아 보이는 아전이 옆에서 지켜보다 민망한지 부사가 들어간 방문을 보고 혀를 끌끌 찼다.

동헌 밖까지 배웅 나온 아전은 찬간에서 얻었다며 약간의 먹을거리를 보자에 싸서 들려 주었다.

"대단한 것은 아닙니다요. 그래도 마른 조밥에 간도 안 된 풀만 장에 찍어 먹는 것보다야 입맛이 돌지 않겠습니까?"

"고마우이."

"어휴, 별것도 아닌 걸. 그나저나 어린 것이 고생이지요. 아닌 말로 코흘리개가 뭐를 알고서 벌을 받는답니까? 이게 다 왕이 제 권력 뺏길까 봐 계략을 꾸민 것 아니겠느냐 이 말입니다. 아무리 계모에 이복 아우라도 그렇지. 모후를 폐하고 아무것도 모르는 아우를 유배 보내다니, 쯧쯧. 폭군이에요, 폭군!"

"……."

연옥이 듣고만 있자 아전은 신이 나서 떠들어 댔다.

"왜란 때는 왕이 그래도 성군이 될 재목이라고 칭송을 받았었다지요. 군관께서는 그때 어려서 모르셨겠으나 백성들 사이에서는 소문이 자자했었단 말입니다요. 선왕도 저 멀리 위에 지방으로 도망을 가는 판국에 세자 신분으로 전장을 휩쓸고 다니며 앞장서서 싸웠으니 누군들 우러러 보지 않았겠습니까?"

말을 멈춘 아전이 그도 다 옛말이라며 고개를 절레절레 흔들었다.

"쩝. 그럼 뭐 한답니까? 작금에 와서야 보니 틀려먹었습죠. 그놈의 왕 자리 뭐가 그리 좋다고 아비까지 죽여 가며 억지로 올라가더니 이제는 아우마저 호시탐탐 해하려 하니 말입니다요."

"아비를 죽이다니?"

"군관께서는 여태 그 소문도 못 들으셨습니까요?"

"소문이라니, 무슨……."

"소식이 통 늦는 게지요."

주변을 두리번거린 아전의 목소리가 은밀해졌다.

"들어 보십시오. 글쎄, 왕이 보위에 오르는 것에 미쳐서 선왕을 죽였다는 소문이 돈다는 것 아니겠습니까? 선왕이 약과를 잡수다가 목에 켁, 걸린 일말입니다."

역시 그 이야기란 말인가. 연옥은 모르는 척 심상히 말했다.

"약과는 토해 내신 걸로 알고 있네. 선왕께서는 그 일로 승하하신 것이 아니야."

"에헤이. 그거야 저도 알지요. 중요한 건, 선왕이 어서 죽기만을 기다리던 당시 세자, 지금의 왕이 죽은 선왕을 독살했다는 말이 돈다는 것이지요. 선왕이 약과가 목에 걸려 기함을 하셨기로 내의원에서 탕약을 올렸는데 때는 이때다, 탕약에 독을 탔다는 겝니다. 그러고는 선왕이 너무 놀라 기력이 약해지는 바람에 다른 병세들까지 악화되어 승하셨다, 라고 말을 맞춘 거지요."

이미 도성은 물론 궐 안까지 파다하게 소문이 도는 그런 헛소리를 새삼스러운 내용이라도 되는 양, 열심히 이야기하는 아전의 얼굴을 연옥이 가늘게 노려보았다.

"내가 가까이에서 뫼셨네. 그런 분 아닐세. 발 없는 말이 천 리를 가는 탓에 풍문으로 실려 예까지 흘러들어온 모양이지. 허나 이보시게, 아전. 조심하는 것이 좋을 게야. 없는 이야기를 그리 퍼트리고 다니다가는 필경 경을 치고 말 터이니."

홱 돌아서서 걸어가는 연옥의 등 뒤에 대고 아전이 소리쳤다.

"어허! 쇤네가 무슨 말을 했다고 그러십니까요? 저도 그저 들은 이야기일 뿐입니다요!"

* * *

동헌으로부터 걸어 나와 동구 밖까지 온 연옥은 유배 가옥으로 돌아가기 전에 낮은 언덕 위, 아름드리 버드나무에 기대앉았다. 길게 늘어진 버들잎이 시원한 그늘을 만들어 주었다. 도성이 있는 쪽을 보며 그녀는 아전의 말을 곱씹었다. 불쑥 화가 치밀었다. 곤이 왜 그런 말도 안 되는 소문을 두고 보는지 이해되지 않았다. 그는 폭군이라는 말을 당연시하게 받아들였다. 자신을 괴물이라 칭하는 것처럼…….

곤은 그가 저지른 몇 가지 일들에 대해 그런 식으로 스스로에게 벌을 주고 있었다. 그러나 함부로 떠들어 대는 저들은 모른다. 그가 무엇을 위해 사는지, 그의 이상이 무엇인지…….

백성. 오직 백성이다. 백성을 위해 괴물이 되었고 폭군 소리도 기꺼이 감내하는 그였다. 그것이 그들이 말하는 잔인한 폭군이라면 그는 응당 폭군이었다.

아전이 챙겨 준 음식 보따리를 손에 들고 일어서는데 언덕 아래에서 누군가 올라오는 것이 보였다. 야산에 산나물을 캐러 가는 듯 대나무 바구니를 든 아낙이었다. 누런 때가 낀 무명천으로 머리를 감싼 아낙이 천을 벗어 바람을 휘휘 부쳤다. 아낙의 이마 위로 땀이 송글송글 맺혔다. 아낙은 연옥을 보더니 냉큼 물었다.

"저 아래 유배 가옥에 계시는 무연이라는 군관 분이 맞으십니까요?"

"그러하이. 무슨 일인가?"

아이쿠, 맞네, 하더니 아낙이 천으로 덮어 놓은 바구니를 열어 서찰을 한통 건넸다. 지난 몇 달 간 기다리던 소식이 드디어 오는가 싶어 연옥의 얼굴 위로 서찰을 펼치기도 전에 긴장감이 드리워졌다.

"누가 전해 주던가?"

"한양에서 왔다던 부상단의 등짐장수였습죠"

단계옥의 염알이꾼 조직원일 가능성이 컸다. 이런 은밀한 심부름을 하기엔 그만한 조직도 없는 탓이었다. 연옥은 왠지 모를 예감에 사로잡혔다.

문경에서 돌아온 날 밤, 곤과 마주한 혁주는 연옥이 있는 쪽으로는 눈길도 한번 주지 않았다. 그는 일의 진행과 결말에 대해 곤하고만 몇 마디 나누더니 이것으로 거래는 끝난 줄 알겠다며, 휑하니 돌아서서 나가 버렸다.

곤이 쫓아가 보라며 허하자 그때서야 급하게 혁주를 쫓아간 연옥이 그를 간신히 붙잡아 세웠다.

그러나 할 말이 없었다. 어찌 그리 매정하냐, 탓을 할 수도 없었다.

「아기씨를 다시 뵐 일은 없을 것입니다.」

"그래."

「오라비니 하는 소릴랑 말아 주십시오. 이놈은 아기씨 곁에 사내로서 있었지, 오라비로 있었던 적은 단 한 번도 없었습니다.」

"알아."

「그러니 더는 아기씨 곁에 머무를 수 없습니다.」

"그래."

「아기씨의 선택으로 인해 따르는 고뇌와 번민은 누구도 도와줄 수 없을 것입니다. 오로지 아기씨의 몫입니다.」

혁주의 필첩을 오래도록 들여다본 연옥은 마침내 고개를 들고 희미하게 웃었다.

"그래. 온전히 내 몫이지. 내가 고민하고 내가 스스로 이겨 낼 거야."

「단계는—」

"너 없으면 의미 없어. 나는 단계를 아버님의 복수 도구로 생각했고 너는 아니잖아. 너는 다른 하고 싶은 일이 있었잖아. 그러니까 네가 알아서 해."

그것으로 마지막이었다.

이록이 전해 준 소식에 의하면 연옥과 헤어진 혁주는 그길로 단계의 검계 조직을 와해시키고 염알이꾼 조직과 객주만 남겨 홍지에게 넘긴 후, 도성에서 완전히 자취를 감춰 버렸다는 것이다.

연옥이 역시 강화도에 묶여 있는 처지라 더 이상 혁주의 소식을 접할 기회가 없었다.

"이걸 자네에게 준 이는 지금 어디 있는가?"

"강 나루터에 있을 것입니다요. 곧 나룻배가 뜰 것이구만요. 아무튼 서찰만 전해 드리면 된다고 했습지요."

아낙은 연옥을 남겨 두고 야산으로 올라갔다.

* * *

음식 보따리와 서찰을 한 손에 쥔 연옥은 길을 따라 강 나루터를 향해 달렸다. 숨이 턱 밑까지 차, 헉헉거렸지만 멈출 수 없었다. 이윽고 멀찍이 나루터가 보였다. 초립을 쓴 등짐장수의 모습이 흐릿했다. 그가 혁주임을 직감한 연옥은 달리는 것을 멈췄다. 발이 딱 달라붙어 도무지 떨어지지 않았다.

곤이 구태여 혁주를 통해 인편을 보낼 이유가 없었다. 어쩌면 진정한 작별을 위한 그의 마지막 배려인지도 몰랐다.

나룻배에 올라탄 혁주는 강 주변을 한 바퀴 돌아보다 연옥이 있는 곳에 시선을 고정시켰다. 멀리서나마 그 역시 그녀를 알아보는 듯했다.

사공이 노를 젓기 시작했다. 나룻배는 시나브로 멀어졌다. 연옥은 멀어지는 나룻배를 끝까지 주시했다. 혁주는 망부석이 된 듯 흔들리는 나룻배 위에서 그녀를 하염없이 바라보았다.

배. 떠나는 배. 배 없는 나루터. 공허가 가득한 나루터…….

혁주와 연옥은 서로의 인생으로부터 이별을 고했다.

잘 가. 내 오라비. 잘 가. 내 벗이여.

나룻배가 완전히 사라져 시야에 보이지 않을 때까지 연옥은 움직일 줄 몰랐다. 불현듯 강 위에 아무것도 떠 있지 않음을 깨달은 연옥은 정신을 차렸다. 그녀는 음식 보따리를 내려놓고 서찰을 펼쳐들었다. 무거워진 눈길로 거기에 적힌 내용을 천천히 읽어 내려갔다. 대궐에서의 소식만 기다리던 그녀는 곤의 밀지를 여러 겹으로 접어 품에 넣었다.

* * *

유배 가옥으로 돌아온 연옥은 부엌으로 들어가 음식 보따리를 내려놓았다. 품속의 밀지를 꺼내 밥이 끓고 있는 아궁이 속으로 던져 넣었다. 밀지가 새까맣게 타서 재가 되어 가는 것을 확인한 그녀는 유 씨 부인을 찾아 뒤뜰로 이어진 문을 열었다. 작은 텃밭을 갈던 유 씨 부인이 그녀를 보더니 허리를 펴고 행주치마에 손을 닦았다.

"대군마님은……."

"좀 전에 오수에 드셨네."

그리 오래 투정을 부렸으니 피곤할 만도 했다.

"전하의 밀지가 당도했습니다."

유 씨 부인이 멈칫하더니 마른침을 삼켰다.

"심일갑이 강화부사로 부임할 것이라 합니다. 그때가 대군께서……."

차마 끝맺지 못하는 연옥의 말을 유 씨 부인은 굳이 알려 하지 않았다. 말하지 않아도 그녀 역시 무슨 내용인지 짐작되었다. 유 씨 부인의 시선이 창이 잠들어 있는 방을 향했다. 연옥의 시선도 유 씨 부인과 같은 곳에 닿았다.

부엌문을 연 석달이 고개를 내밀고 밥이 다 되어 가는 것 같다고 알려 주었다. 유 씨 부인이 아이고, 내 정신 좀 보라지. 화급히 부엌으로 들어갔다. 석달이 연옥에게 걸어와 무슨 일이 있느냐고 물었다.

이윽히 석달을 본 연옥이

"대궐에서 연락이 왔구나."

짧게 답해 주고 유 씨 부인이 갈다 만 텃밭을 이어서 갈았다. 석달이 긴장하며 물었다.

"그럼, 진짜로 그 일을 하는 것입니까? 대군마님을……."

연옥이 손가락을 입에 대고 조용히 하라는 눈짓을 주었다. 제 손으로 입을 확 틀어막은 석달의 눈이 동그래졌다. 그는 잔뜩 숨을 죽인 채 주절거렸다.

"무…… 무섭습니다."

"경거망동 말거라."

"그…… 그래도 대군마님이신데 어찌……."

석달이 몸을 비틀하더니 엉덩방아를 찧었다. 주저앉은 채로 일어날 줄 모르던 그는 덜덜 떨리는 눈으로 창의 방문을 바라보았다. 무서울 것 없이 운종가를 누비던 녀석이지만 이번 일만은 두려운 모양이었다.

"일이 잘못되기라도 하면 어찌 되는 것입니까?"

"잘못되어서야 쓰겠느냐? 그러니 모든 일에는 빈틈이 없어야 한다."

연옥이 나직하면서도 단호히 말했다.

三.

땀인 줄 알았으나 습기였다. 이마와 목덜미를 쓱 문질러 제 손을 가만히 내려다본 연옥은 고개를 들어 심일강의 얼굴을 보았다. 손가락 사이의 끈적거림이 느껴져 불쾌했다.

심일강은 강화 유수부의 부사로 부임하자마자 누옥으로 창을 보러 왔다. 연옥과 마찬가지로 그도 습도 높은 여름날에 진저리가 나는 모양이었다. 오만상을 찌푸리며 연신 손부채질을 하던 그가 툇마루에 걸터앉았다. 창을 보러 왔다던 그는 막상 문짝을 열어 얼굴만 스윽 들이밀고는 이내 문을 닫았다. 석달이 냉수 한 사발을 내오자 벌컥벌컥 들이켰다. 집 주변을 가늘게 뜬 눈으로 훑었다.

"습하군."

"그러게 말이옵니다. 이놈의 날씨, 습하지만 않아도 더워야 대충 참아 낼 만하데 말입지요."

심일강의 말에 아전이 맞장구를 치며 한마디 거들었다. 힐끗 아전을 본 심일강의 시선이 연옥을 향했다.

"내금위에서 군관 하나를 딸려 보냈다더니 자네로군."

"무연이라 하옵니다."

연옥을 보던 심일강의 눈이 예민해졌다. 손을 들어 턱 밑을 슬슬 문질렀다. 진기 빠진 수염의 감촉이 거슬거슬했다.

"성상께서 긴히 쓰실 일이 있어 심부름 보냈다는 이가 자네이던가? 하필이면 침전에 자객이 들었던 시기에 사라져서 내가 자네 때문에 골머리깨나 썩였으이."

"송구하옵니다."

"아니, 아니."

심일강은 손사래를 치며 허허, 웃었다. 올라간 눈초리는 내려오지 않았다. 웃지 않은 눈과 웃고 있는 입을 번갈아 본 연옥이 정중히 고개를 숙였다. 방 안에서 창과 함께 있던 유 씨 부인이 아이를 남겨 두고 밖으로 나왔다.

"이리 더운 날씨에 어찌 바깥바람 한번을 아니 쐰단 말이오?"

고집스레 방 안에만 있는 창을 두고 심일강이 유 씨 부인에게 물었다.

"어린 마음에도 속은 있는 게지요. 위리안치 되고부터는 통 툇마루에도 나와 본 적이 없습니다."

"봉보부인께서 폐서인 된 아이나 보시다니 거참, 성상께서도 무신경하시구려."

유 씨 부인에게서 딱히 돌아오는 답이 없자 심일강의 관심은 다시 날씨 이야기로 돌아갔다.

“날이 이러니 방바닥이 습하겠소이다.”

“아이고, 참말! 발바닥이 끈적끈적 달라붙는 것이 영 고역이옵니다.”

유씨 부인이 무어라 답을 하기도 전에 대뜸 끼어들어 나불거리는 석달의 어깨를 연옥이 꽉 움켜쥐었다. 흠칫 놀란 석달이 주변의 눈치를 살피고는 마른침을 꼴깍 삼켰다. 석달의 관복을 본 심일강이 언짢은 표정으로 혀끝을 찼다.

“쯧. 소환 내시 주제에 낄 데 안 낄 데 모르고 입이 저리 가벼워서야 어디 큰 내관이 되겠느냐? 이런 곳으로 내쫓겨 폐서인 된 아이나 보살피는 것을 보니 네놈도 알조(알 만한 일)인 게다. 고 주둥아리 때문에 말이다. 큰 내관 되기는 글렀으니 일찌감치 때려 치워라, 이놈아!”

발끈한 석달이 제 버릇대로 한 마디 쏘아붙이려던 차에 유수부의 건장한 관노 몇이 지게 가득 땔나무를 지고 사립문 안으로 들어섰다. 아전이 툇마루 밑에 땔나무를 켜켜이 쌓도록 지시했다. 땀에 흠빽 젖은 관노들의 움직임이 굼떴다. 아전이 서두르도록 관노들을 닦달했다.

유 씨 부인이 웬 땔감이냐고 물었다.

“궁한 살림에 땔감이라고 넉넉하겠소? 본디 위리안치 된 죄인에게 넉넉히 베푸는 법은 없으나 어찌 되었건 성상의 아우가 아니오. 땔감조차 없어 곤란을 겪는다면 부덕이 다 성상께로 돌아

갈 터. 두고 쓰도록 하시오."

선심 쓰듯 말한 심일강이 툇마루에서 일어섰다. 댓돌을 딛고 마당에 내려선 그는 닫힌 방문을 의미심장하게 돌아보았다. 석달이 한여름에 무슨 땔감이냐며 작은 소리로 종알거리는 소리를 들었는지,

"발바닥이 방바닥에 끈적끈적 달라붙는다고 네놈이 말하지 않았느냐? 불을 조금 지피면 나을 것이니라. 게다 땔감이 어디 방만 지피더냐. 밥을 지어 먹으려면 요긴할 것이다."

하고 말했다. 심속에 들어찬 생각들만으로도 머릿속이 복잡해 시건방진 소환 내시의 불손함은 크게 개의치 않았다.

"밥 지어 먹을 곡식이나 있어야지요. 불만 있다고 곡식 없이 밥이 어디서 뚝 떨어지옵니까?"

연옥이 한 번 더 석달의 어깨를 눌렀다. 입술을 악다문 석달이 뚱한 얼굴로 고개를 홱 돌렸다.

저, 저! 버르장머리 없는 놈 같으니라고!

"에헴!"

헛기침을 한 심일강이 석달을 노려보며 마당을 가로질렀다. 사립문을 나서기 전 유 씨 부인을 넌지시 건너다보았다.

"가까운 물가로 저들을 데리고 유영이나 다녀오시는 것이 어떻겠소? 듣자 하니 저 군관이 나졸들에게 냇가로 가 바람이나 쐬고 돌아오면 어떻겠느냐고 물었다던데 말이오."

심일강의 턱이 연옥을 가리켰다.

"유영을…… 허면 대군은……."

"아이야 죄인이니 어디를 가겠소? 그렇다고 아이 하나 때문에 이 불볕더위에 다른 이들까지 갇혀서 고생할 필요 없으니 아이는 두고 다녀오시구려. 하루 정도야 내 눈감아 주리다. 나졸들이 지키고 설 터이니 잠깐 새 무슨 일이 있겠소?"

유 씨 부인이 연옥을 쳐다보았다. 연옥이 고개를 끄덕이자 심일강을 보고 그리하지요, 대답했다.

* * *

유수부로 돌아간 심일강은 이튿날, 아전을 통해 유영을 가서 먹으라며 참외와 수박을 보내왔다. 왕비의 아비씩이나 되는 양반이 무슨 잘못을 저질러 이런 시골 지방의 부사로 좌천이 됐나 의심하는 마음이야 아예 없지 않지만 옆에서 지켜보니 이리 관대한 양반도 없더라, 며 아전은 줄곧 떠들어 댔다. 말 많은 이라 그러려니 하지만 도를 더해 떠드는 꼴이 영 이상스러웠다. 창의 방문을 힐끔거리던 그는 미적거리는 연옥과 유 씨 부인을 재촉했다.

"자자, 어서들 가시라니까 그러십니다. 시원한 냇물에 발도 담그고 참외도 잘라 드시면서 오늘 하루 잘 놀다 오십시오. 이런 기회가 또 어디 있겠습니까? 이놈이 대군은 잘 지킬 터이니 아무 걱정도 할 것 없습니다요."

떠밀리다시피 사립문 밖으로 나온 연옥과 유 씨 부인이 눈을 마주쳤다. 떨어지지 않는 발길을 억지로 떼면서도 자꾸만 뒤를 돌아보았다.

"그런데 말입니다."

두연 아전의 목소리가 그들의 발목을 붙잡았다. 연옥이 돌아보자 아전이

"그 어린 내시 있잖습니까. 시건방지기가 하늘을 찌르던 내시요. 아니 보이는데 어디 갔습니까요?"

하고 물었다.

"자리 좀 살펴 두라고 먼저 계곡으로 보냈네."

"그래도 신은 나시는 모양입니다? 하기는 옴짝달싹 못 하고 유폐된 아이나 돌보며 갇혀 지내는 신세가 오죽이나 답답했겠습니까."

아전이 알 만하다는 듯 고개를 끄덕거렸다. 도성에서 왔다는 이들이 대군을 지극정성으로 보살피는 것을 모르는 바 아니지만 지루하고 무료하기는 했을 것이다. 아이 얼굴만 바라보는 것도 하루 이틀이지 일상 같은 나날을 기약 없이 묶이는 것을 좋아할 이들은 없었다.

"아니라고 할 수 있는가? 이런 기회도 오래간만이니 잘 쉬다 오겠네."

"아무렴요. 잘 쉬다 오십쇼."

아전이 사립문을 닫자 연옥이 잊고 있었다는 듯 급히 주의를

주었다.

"대군마님께서는 중반을 드시고 오수에 드셨으니 깨우지 말게. 잘못했다가는 괜히 된서리 맞기 십상이니."

"예, 예. 걱정 마시라니까요."

아전이 손을 휘휘 저었다.

이윽고 연옥과 유 씨 부인이 멀어져서 완전히 사라지자 툇마루에 앉아 있던 아전이 방문까지 엉금엉금 기어가 문고리를 슬그머니 잡고 열었다. 더운 날씨에 두툼한 이불을 얼굴까지 뒤집어쓰고 잠에 빠져 있는 창의 모습을 확인한 아전의 표정이 착잡했다. 이불 밖으로 삐죽 나와 있는 아이의 댕기머리를 안쓰럽게 본 그는 내가 무슨 힘이 있나. 시키는 대로 해야지. 라며 혼잣말을 뇌고 조용히 문을 닫았다.

아전은 사립문 밖을 지키던 두 명의 나졸을 손짓으로 불렀다. 두리번거리며 집 주변을 경계하던 나졸들이 쭈뼛쭈뼛 걸어왔다. 아전은 창이 잠들어 있는 방을 보며 한참을 머뭇거리다가

"걸어."

했다. 나졸 하나가 부엌으로 들어가 놋쇠 수저를 가지고 나오기는 했으나 선뜻 어쩌지 못하고 서성거렸다. 나졸에게서 놋쇠 수저를 빼앗은 아전이 수저를 문고리에 걸고는 돌아섰다.

"어차피 해야 할 일이면 시간 끌 거 없이 빨리 끝내자고. 그게 나도 살고 자네들도 사는 길이야. 같잖은 양심 타령일랑 하지도 말아. 대감께서 이번 일만 잘되면 나나 자네들 식구까지 평생

굶지 않게 해 주신다고 하셨으니 가장 노릇 그만하면 잘하는 게지."

"그…… 그래도 어린 것 아닙니까?"

"죄 없이 죽어 나가는 사람이 어디 저 어린 대군 하나뿐이라던가? 불쌍하기야 하지만 우리가 아니라도 누군가는 나서서 죽일 게야. 그렇다면 우리 손으로 끝내고 식구들 입에 기름진 음식이나 넣어 주는 것이 이득이란 말일세. 마음 단단히 잡고 어서들 움직여."

나졸들이 느릿느릿 툇마루 밑에서 땔나무를 꺼내기 시작했다. 부엌문을 열고 불씨 없는 아궁이를 본 아전은 마른 입술을 초조히 적셨다.

* * *

연옥이 앞장서 걷고 유 씨 부인이 뒤를 따랐다. 뒷산의 계곡을 찾아가는 사이 그들은 말이 없었다. 냇물을 가로지르는 돌다리를 건너다 말고 돌아선 연옥이 과실 바구니를 한쪽 옆구리에 추켜올리고 유 씨 부인의 손을 잡아 주었다. 부인의 마르고 건조한 손이 긴장으로 떨렸다.

마침내 계곡에 다다르자 그 옆에 작은 토굴이 보였다. 토굴 입구에 서서 기다리자 이내 수척해진 석달이 햇빛에 얼굴을 일그러트리며 밖으로 걸어 나왔다. 손바닥으로 이마를 가린 석달은 고개를 쭉 내밀어 연옥과 유씨 부인의 어깨너머를 살폈다. 다행히 그들이 뒤를 밟히지 않았다는 사실을 확인하고 안도의 숨을 크게 내쉬었다.

*　　*　　*

귀를 기울였다. 마당쇠가 동헌 마당을 쓰는 소리가 들렸다. 비자 아이가 대청마루를 걸레질하는 소리가 쓱쓱 들렸다. 자박자박 사람들 오가는 발걸음 소리가 들렸다.

가얏고를 타는 관기를 가만 보던 심일강이 잔에 반쯤 차 있는 술을 홀쩍 삼켰다. 빈 잔을 내려놓은 그는 그만 되었다며 연주를 멈추도록 했다. 연초(煙草) 합을 끌어당겨 뚜껑을 여는 그에게 관기가 다른 것을 연주하오리까? 물었다. 네년 가얏고 소리가 네년의 치맛자락 펄럭이는 것만큼이나 가벼우니 무슨 운치가 있으랴. 괜한 핀잔을 주었다. 얼굴이 새빨갛게 달아오른 관기가 가얏고를 챙겨 도망치듯 물러나자 현의 울림에 뒤섞여 다소 모호하던 소리들이 명확해졌다. 이마에 팬 주름이며, 입가의 늘어진 주름이 바깥소리에 집중하면서 더욱 깊어졌다.

손가락으로 장침을 무심히 두드리며 심일강은 조마조마 아전의 기별을 기다리고 있었다. 마침내 방문을 어른거리는 인기척이 있자 심일강의 눈이 번뜩였다. 그는 연초를 태우던 대죽을 내려놓고 일어났다. 그가 방문을 벌컥 열자 옹송그리고 앉아 있던 아전이 화들짝 놀라며 숨을 크게 들이쉬었다.

"일은 어찌 되었느냐?"

"틀림없이 끝내기는 했사온데……."

아전은 식은땀을 흘리며 말끝을 흐렸다. 단박에 일이 틀어졌음을 안 심일강이 아전을 지나쳐 대청마루로 나갔다. 기둥을 부여잡은 그는 유폐 가옥이 있는 곳을 바라보았다. 시뻘건 불기둥이 저 멀리서 피어올라 하늘을 뒤덮는 것이 보였다. 그러고 보니 동헌의 분위기가 어수선했다. 관군들이 급하게 무리지어 유수부를 빠져나가고 있었다. 엉금엉금 기어 온 아전이 발밑에 무릎을 꿇었다. 설명을 요구하는 눈길로 아전을 쏘아보았다.

"불을 냈느냐?"

"아, 아니옵니다. 쇤네는 명대로 행한 것밖에 없습니다요."

납작 엎드린 아전의 이마가 마룻바닥에 닿았다.

"증살하라 하였다. 쪄 죽이라 하였어!"

"그리했사옵니다. 틀림없이 그리했사옵니다."

"그렇다면 말해 보거라. 몸에 상처 하나 내지 말고 방에 불만 지피라 하였거늘 저 불은 웬 것이란 말이냐? 돌연사로 마무리 지어야 한다고 내 몇 번이나 당부했건만 불을 내면 어쩌자는 것이야! 필시 세간에서 사람의 짓으로 몰고 갈 것이 아니냐?"

"그…… 글쎄 그것이 어찌 영문인지 소인도 잘 모르겠사옵니다."

"저것을 보고도 거짓을 말하는 게야!"

아전은 어쩔 줄 몰라 하며 변명하기에 급급했다.

"참말입니다요. 소인이 나졸들을 데리고 떠날 때만 하더라도 가옥은 참으로 멀쩡했사옵니다."

"이놈이 그래도!"

"아니옵니다, 아니옵니다! 길 중간에 나졸이 저기 좀 보라며 가리키기에 돌아보았더니 이미 불길이 치솟은 다음이었사옵니다. 하여 허둥지둥 돌아와 관군들을 보내 불을 끄도록 시킨 것이옵니다."

아전을 뚫어지게 본 심일강은 두 눈을 감고 부아를 다스렸다. 아전의 말이 거짓은 아닌 듯했다. 눈을 뜬 심일강은 난감한 눈길로 피어오르는 불길을 노려보았다. 끙, 하고 앓는 소리가 저절로 나왔다. 누가 부러 불을 냈는지 아니면 우연찮게 자연적으로 불이 붙은 것인지 알 길이 없었다. 한 가지 확실한 것은 저 불로 인해 강화로 내려온 자신의 처지가 더욱 곤란해질 것이란 사실이었다.

죽임의 방식을 증살로 택한 것은 돌연사로 죽음의 원인을 애매하게 만들 요량이었다. 그런데 불이 났으니 선정전에 득시글한 정적들이 화재를 두고 무수한 말들을 만들어 낼 것이 자명했다. 선왕의 유일한 적자가 죽었으니 그의 죽음으로 가장 이득을 볼 자가 누구인가에 대해 초점이 맞춰질 것이고, 말할 것도 없이 그 대상은 왕과 원자의 외조부인 자신이 될 터였다.

언감히 누가 왕을 향해 책임을 물을 수 있단 말인가.

모든 것은 심일강, 자신이 혼자 짊어질 가능성이 컸다. 한참을 망연자실해 있던 심일강이 고개를 돌려 아전에게 물었다.

"아이와 함께 있던 자들은 어찌 되었느냐?"

"유영을 보냈지 않으셨사옵니까? 지금쯤이면 불길을 보고 돌아와 당혹해 있을 것이옵니다."

"잡아들여라."

메마른 목소리로 심일강이 지시했다.

"불은 그들이 낸 것이니라. 누군가는 책임을 져야 할 일이니."

"대감?"

"이 일이 어디 네놈 목숨 하나만 내놓으면 될 성싶으냐? 모르쇠 하여라. 식솔들 뱃가죽에 기름칠도 하기 전에 목부터 댕강 잘려 몰살되고 말 터이니."

몰살이라니! 무슨 그런 무지막지한 말이 다 있을까. 아이고, 처자식 호강 한번 시켜 보겠다고 벌린 일이 도리어 위험하게 되었구나.

아전은 일이 커져만 가는 것이 두려웠다. 어린 아우를 핍박한다, 손가락질 하며 왕을 비난하면서도 재물에 눈이 멀어 그 어린 것을 앞장서서 증살한 것으로도 모자라 이제는 저가 살자고 죄 없는 이들에게까지 자신의 죄를 덮어씌우게 생겼으니 얄팍한 속내가 왔다 갔다 요동을 쳤다.

"아이의 시신은 어찌하오리까?"

"대역죄를 받아 위리안치 된 폐서인이다. 아무 곳에나 내다 버린들 누가 무어라 할까."

"그래도 그렇게까지 할 필요가……."

"시신이 남아 검시를 한다면 어느 눈치 빠른 오작이나 의율이 증살의 기미라도 알아낼지 모르는 일이다."

"그야 그렇지만……."

"명심해야 할 것이야. 불은 내금위 군관과 봉보부인 그리고 그 버르장머리 없는 소환 내시 놈이 낸 것이니라."

제 말을 강조한 심일강은 어찌 오늘 하루가 이리도 곤할꼬, 심드렁하게 뇌이더니 그대로 돌아서서 사랑으로 들어가 버렸다.

혼자 남은 아전은 멀뚱히 심일강이 사라진 방문을 쳐다보다가 고개를 절레절레 흔들며 일어섰다. 이미 일어나고 만 일, 혼자서 머리 싸매고 고민한다고 될 일이 아니었다. 왕의 장인이라는 부사의 말마따나 식구들 뱃가죽에 기름칠은커녕 목이 달아날 판이었다.

내가 어디 나만 살자고 이러나. 내 한목숨으로 끝나면 상관이 없지마는 나만 쳐다보는 내 식구들은 지켜야 할 것이 아닌가.

아전은 발에 짚신을 꾀며 한숨을 푹푹 내쉬었다.

* * *

해질녘, 산으로 강으로 나갔던 관군들이 숨을 헐떡이며 시커멓게 불타 재만 남은 유폐 가옥으로 모여들었다. 관군들은 그들이 찾는 이들을 찾을 수 없었다고 말했다. 마을로 내려가 샅샅이 뒤져도 터럭 한 올 보이지 않더라는 누군가의 말에 아전이 낭패한 얼굴로 잿더미가 된 집터를 노려보았다.

불에 그슬린 어린아이의 시신은 마당으로 내어져 멍석으로 덮여 있었다. 다가가 멍석을 들친 아전은 인상을 쓰며 고개를 돌렸다. 아이의 얼굴은 불에 녹인 쇳덩이처럼 녹아내려 본래의 생김을 알 수 없었다. 숯처럼 까맣게 타서 손끝만 가져다 대도 바스라질 것처럼 보였다. 작고 왜소한 아이의 몸뚱어리도 마찬가지였다.

아이의 얼굴을 멍석으로 가린 아전은 허리를 폈다. 아이의 손이 멍석 밖으로 삐져나와 있었다. 시신으로부터 고개를 돌리고 무명천으로 코를 틀어막았다.

아전은 시신을 인적 뜸한 곳에 버리라고 했다. 야산에 대충 묻든 물가에 흘려보내든 사람 눈에 띄지 않게 하라고 했다. 매캐한 연기 냄새가 코를 찔렀다. 관군들이 시신을 내가자 아이가 잠자던 방에 불을 뗀 나졸 둘이 슬며시 다가와 약속대로 셈을 해 주는 것이 확실하냐고 물었다. 남의 속도 모르고 제 잇속만 챙기는 꼴들이 가소로웠다. 모가지가 확 부러지고 싶지 않거든 입 다물고 조용히 지내라며 퉁을 주고는 불탄 집터를 나왔다.

잡아들이라는 자들을 잡아들이지 못했으니 부사의 노화를 어찌 감당하나, 느느니 한숨이었다.

*　　*　　*

밤이 깊었다. 길고 초조한 하루의 끄트머리였다. 소쩍새일까, 부엉이일까. 처량한 울음소리가 밤길 떠나는 이들을 스산스레 배웅했다.

밤배의 노를 잡은 늙은 사공이 천천히 물살을 갈랐다. 강물은 배가 앞을 향해 나갈 수 있도록 적당히 출렁거렸다. 횃불도 없이 달에 의지해 건너는 강이었다. 강물에서 올라오는 습기와 더운 여름밤의 허공을 떠도는 습기가 맞물렸다. 축축한 습기가 피부에 내려앉아 끈적거렸다. 벌레에 쏘인 듯 살갗이 따끔거렸다.

연옥은 멀어지는 섬을 보았다. 어둠에 묻힌 섬이 흐릿했다.

"하이고, 심장 쫄려서 살겠나. 노리개는 괜히 훔쳐서…… 참나, 이리 살 거면 차라리 들치기꾼이 속 편하지. 내가 우리 전하만 아니었어도……."

종알종알 구시렁대던 석달의 목소리가 가라앉았다. 고개를 뒤로 돌려 유 씨 부인의 품을 자꾸만 파고드는 어린 계집아이를 힐끔 보았다. 그는 시무룩해져서 연옥의 얼굴을 건너다보았다.

"이리하는 것이 최선이겠지요?"

"글쎄 모를 일이지. 세상에 속단해도 좋을 일이 있을까? 다만 처해진 일을 순간순간 헤쳐 나갈 뿐."

"에이, 왕이라고 다 좋은 것 아니고, 대군이라고 다 좋은 것도 아니네 뭐. 입에 풀칠만 한다면야 차라리 일반 백성들이 속 편하겠네."

점처럼 작아지는 섬이다.

입술을 비죽이는 석달의 얼굴을 물끄러미 본 연옥이 다시금 섬을 찾아 시선을 돌렸다. 섬은 그새 까만 어둠 속으로 사라져 버렸다.

"그러나 백성은 먹을 것을 고민해야 하지 않느냐."

연옥의 목소리가 나직했다. 석달이 그럼 높으신 분들은 먹을 것도 많으면서 왜 싸우느냐고 물었다. 고민하던 연옥이 피식 웃으며 고개를 떨어트렸다.

"그거야 더 먹고 싶으니 그렇지."

"그럼 우리 전하는요? 전하도 먹을 것 때문에 싸우시는 겁니까?"

자신의 왕이 배불뚝이 욕심 사나운 양반들과 다르다는 것을 알면서도 석달은 어린 대군이 가여워 이기죽거렸다. 세상의 복잡성과 정치의 양면을 온전히 이해하기엔 석달은 창보다 겨우 예닐곱 많을 뿐 미숙한 아이에 불과했다.

연옥은 한동안 침묵하다가 석달이 지쳐 대답 듣기를 포기할 즈음,

"괴물이라서 그렇단다. 우리 전하는 괴물을 잡아먹는 괴물이시지."

고적히 중얼거렸다.

고개를 갸우뚱한 석달이 어쨌거나 나쁜 괴물과 싸워 이기는

것이니 힘없는 백성들에게는 좋은 괴물이 아니냐며 자문자답했다. 괜스레 좋아서 히죽거렸다.

아이야, 스스로 된 괴물일지나 좋아서 된 것은 아니란다. 세상만사 온통 짊어지고 매일 밤 앓는 심장이란다. 괴물이…… 아니란다.

역설적이었다. 연옥은 속말을 입 밖에 내지 않았다. 문득 석달이 연옥의 턱 밑으로 얼굴을 들이밀고 그녀의 얼굴을 빤히 바라보았다. 연옥이 왜 그러느냐고 물었다.

"예쁘십니다. 사내가 어찌 그리 예쁘십니까? 여인네 복색이 이리 잘 어울리시다니 모르고 봤으면…… 히힛."

낯빛을 붉히며 말을 하다 만 석달이 웃음으로 얼버무렸다. 갑작스러운 칭찬에 덩달아 얼굴을 붉힌 연옥이 장옷을 바짝 당겨 얼굴을 가렸다.

"에잇. 전 이게 뭡니까? 근사한 도포나 입혀 주시지. 홑저고리에 초립이라니 누가 봐도 별당아기씨 모시는 종놈이지 뭡니까."

투덜거린 석달은 뱃전에 편히 기대어 밤하늘을 올려다보았다. 까무룩 잠이 들 것처럼 눈꺼풀이 내려앉았다.

입을 다문 연옥은 더 이상 말이 없었다.

익숙해진 밤과 익숙해진 습기였다. 열대야를 헤치며 그들은 밤을 건넜다. 늙은 사공의 노가 검은 강물을 저어 그들을 섬으로부터 멀리 멀리 떨어트려 놓았다.

* * *

전국에서 모여든 한량들이 굳게 닫힌 태평관의 솟을대문을 망연히 보았다. 나라에 큰일이 생겼다거나 선대왕과 왕비들의 국기일도 아니요, 미명의 새벽도 아니건만 불야성이어야 할 기방의 문이 닫혀 있으니 한량 짓이 아니고서는 딱히 할 일도 없는 인사들인지라 당황해서 웅성거렸다.

횃불을 든 청지기가 빠끔히 문을 열고 나왔다. 옳다구나 밀려드는 한량들을 두 팔 벌려 막아서면서 오늘 장사는 하지 않을 것이니 소란 피우지 말고 그만들 돌아가라며 손을 훠이 내저었다. 저 밑에 남도 어디쯤인가에서 왔다는 한 사내가 사람들을 밀치며 앞으로 나섰다. 그는 등에 매고 있던 두둑한 바랑을 벗어 툭툭 두드리며 청지기의 눈앞에서 흔들어 댔다.

"그게 뭐요?"

심드렁히 묻는 청지기를 향해

"이놈아, 여기에 화대가 옹골차게 들어 있단 말이다. 내가 기방이 없어 예까지 왔을까? 설로화, 행수기생 고년 얼굴 한번만 보고 가자. 얼굴 보여 주는 값으로 이만한 바랑이면 분에 차고도 넘치지. 어험!"

이쯤 유세를 부렸으면 제 놈이 알아서 길을 트겠거니, 사내는 튀어나온 배를 내밀고는 어흠, 어흠 목청을 높여 군기침했다.

돈 많은 나리들 한둘 보았을까.

마누라 고쟁이까지 팔아먹은 돈을 싸고 지고 왔을 사내의 허름한 차림을 청지기가 한심한 눈길로 훑어보았다. 지켜보던 다른 이들까지 저마다 엽전 꾸러미를 흔들어 대면서 기방 안으로 들여보내 달라고 아우성이었다. 저가 암만 잘나 봐야 기생년이지. 어디서 감히 콧대를 세우느냐며, 삿대질에 욕까지 한바가지 쏟아 붓는 이들도 있었다.

귀를 후빈 청지기는 난감하기가 이를 데 없었다. 팔도에서 오로지 행수기생 하나 보자고 몇 날 며칠의 노정을 마다하지 않고 씩씩거리며 왔을 터인데 가란다고 쉽게 갈 인사들이 아니었다. 청지기 뒤로 때마침 평복 차림을 한 건장한 범바위골 군사 서넛이 문을 열고 나왔다. 청지기는 냉큼 그들을 돌아보고 장사진을 친 한량들을 모두 쫓아 버리도록 했다.

"동네 시끄러워서 살 수가 있나. 멀찍이 쫓아들 보내시게."

청지기의 말에 군사들이 한량들을 향해 굵직한 팔과 손을 휘휘 저었다. 돌덩이처럼 단단해 보이는 팔뚝이 눈앞에서 왔다 갔다 하자 찔끔한 한량들이 서로 눈을 마주치며 물러나야 할지 말아야 할지 고민하는 눈치였다.

"이, 이놈들이 내가 누군 줄 알고!"

바랑을 흔들어 대며 유세하던 사내가 호기를 부렸다. 하지만 그는 곧 덩치 좋은 군사들에게 떠밀려 주춤주춤 밀려나고 말았다. 다른 몇몇 이들도 끝끝내 엽전 꾸러미를 흔들어 대며 버티기를 마다하지 않았으나 가진 것이라곤 힘밖에 없는 장정들을 당해 낼 재간이 없었다.

소란했던 대문 앞이 조용해지자 청지기가 속이 다 시원한 듯,

“아이고, 시러배 잡놈들. 저러다 딸내미까지 팔아먹고 화대랍시고 들고 오겠네. 한량이 뭐 대단한 벼슬이라고. 에잇, 퉤!”

침을 탁 뱉으며 구시렁거렸다.

청지기는 누군가를 기다리는 듯 고개를 좌우로 내밀고 대문 앞 주변을 서성거렸다. 한참을 그렇게 서성인 청지기가 행차를 아니 하시려나, 고개를 갸웃거리며 대문 안으로 들어가다가 밖으로 나오는 설로화와 마주쳤다.

“아직이신가?”

“그러게 말입니다, 행수어른.”

“이상하…….”

중얼거리던 설로화가 서둘러 말을 삼켰다. 이록과 박 내관을 대동한 곤이 기방 앞에 당도한 것을 발견하고 황급히 고개를 숙였다. 덩달아 청지기 역시 옆으로 비켜서며 이마가 발끝에 닿도록 허리를 숙였다.

“나와 있었더냐.”

“행차가 늦으시기에…….”

“들어가자.”

대문턱을 넘어 마당 안으로 들어가는 곤을 이록과 박 내관, 설로화가 차례로 따랐다.

제일 마지막으로 남아 대문을 닫아걸면서 청지기는 공연히

가슴을 쓸어내렸다. 벌써 한 십 여 년이나 되었을까? 어린 소저를 비 오는 밤에 놓치고 노발대발하던 왕의 모습이 지금까지도 잔상으로 남아 왕을 대면할 때마다 살이 떨렸다.

* * *

"모두 불러 모았느냐?"

누구에게라고 말하지 않아도 질문의 향방이 누구를 향하는 것인지 알 수 있었다. 설로화가 곤의 등 뒤에 바짝 따라붙었다.

"한 방에 모두 모아 두었으니 하나씩 불러 보시옵소서."

"마당에 멍석을 깔아라. 공술 마시고 나 몰라라 배 째는 도둑놈들 무에가 어여뻐 방 안으로 들일까."

대청마루에 간이 의자가 놓이고 마당에는 멍석이 깔렸다. 가리개로 얼굴을 가린 곤이 의자에 앉았다.

마루 밑에서 박 내관이 눈짓을 하자 젊은 청년에서 초로의 노인에 이르기까지 웬 사내들이 범바위골 군사들에게 끌려와 마당에 꿇어 앉혀졌다. 궐에서 퇴청하다 잡혀 온 자는 관복 차림 그대로, 집에서 잡혀 온 자는 정자관을 쓴 채로, 기방에서 놀고먹다 잡혀 온 자는 고의적삼 차림으로 복색도 각양각색이었다. 갑자기 들이닥친 장정꾼들에게 영문도 모르고 잡혀 온 그들은 자기들끼리 웅성거리며 대청마루를 흘끔거렸다. 내가 누군 줄 아느냐며 큰소리치다 가리개 너머 쏘아보는 곤의 눈빛에 슬그머니 목소리를 죽였다. 그들은 나이의 적고 많음이나 관직의 고하, 적서를 가릴 것 없이 모두 태평관에 술빚이 있거나 방탕하기로 소문이 난 자들이었다.

마당을 가득 채운 자들을 한 바퀴 휘돌아본 곤이 신호처럼 손을 들어 올렸다. 그러자 박 내관의 지시에 따라 사내들은 각각 붉은 패와, 파란 패, 노란 패를 받아 들고 따로 앉혀졌다.

붉은 패는 각종 비리와 방탕함으로 궐 안에 소문이 자자한 자들, 파란 패는 태평관에 공술을 받아먹고 빚을 갚지 아니한 자들, 노란 패는 과거에 급제는 하였으나 딱히 하는 일 없이 자리만 차지하고 녹이나 받아먹는 자들이었다.

누군가 대체 뭐하는 자들이오? 영문이나 알아야 날벼락을 맞아도 맞을 것이외다! 호기를 부렸다. 박 내관이 후다닥 달려가 그자의 귀에 대고 진짜 날벼락 맞고 싶지 않거들랑 나 죽었소, 납작 엎드리시오. 충고했다. 그러나 나이가 들어 꼬장꼬장해진 자는 눈치도 없이 도리어 이노옴! 어디다 대고 함부로 나서느냐! 호통을 쳤다.

"내관 박가원은 물러나라."

곤의 명령에 박 내관이 허둥지둥 옆으로 물러섰다. 의자에서 일어난 곤이 대청마루를 내려와 엎드려 있는 자들 사이를 느긋이 거닐었다. 내관이라니? 어리둥절한 자들의 눈길이 움직이는 곤의 걸음을 불안스레 좇았다.

기단 앞에서 멈춰 선 곤이 가리개를 풀었다. 왕의 얼굴을 알아본 자들이 숨을 들이켜며 입을 떡 벌렸다. 미처 왕을 알아보지 못했더라도 주변의 반응이 심상치 않음을 간파한 자들 또한 덩달아 숨을 죽였다. 누가 뭐라 하기도 전에 그들의 몸은 점점 오그라들었다.

"나는 이 나라의 왕이니라!"

조용히, 그러나 힘이 들어간 선언에 모두들 긴장했다.

"또한 나는 그대들의 빚쟁이니라."

곤은 박 내관으로부터 장부를 넘겨받아 거기에 써진 이름과 실제 그 인물을 찾아 일일이 대조했다. 빈틈없는 눈길로 이름의 주인을 면밀히 살피며 그들의 비리가 무엇인지, 그들이 저지른 패행이 무엇인지, 그들의 게으름은 무엇인지에 대하여 일거수일투족 요목조목 빠짐없이 읊었다. 하여 그들이 갚아야 할 빚에 대하여 패의 색에 따라 더하고 뺀 셈을 일러 주었다.

"어찌 갚을 것이냐?"

묻는 말에 여전히 어안이 벙벙한 자들이 어물거렸다. 소신들이 비록 방탕하게 놀기는 하였으나 전하께 빚을 진 적이 없으니 무엇을 어찌 갚을지 아는 바가 없사옵니다. 누군가 용기를 내어 고하자

"백성들이 나라에 낸 세금으로 녹을 받아먹었으면 밥값을 해야 할 것이 아니냐? 공돈만 받고 나랏일을 하기는커녕 어느 놈은 매관매직이나 일삼고, 어느 놈은 계집 치마폭에서 정신을 못 차리고, 어느 놈은 기방에 틀어 앉아 공술이나 받아먹고! 또 어

느 놈은 나는 모르겠소이다. 관망이나 하고! 이리 공사가 다망하니 너희들이 조정에 나와 하는 일들이 없지 않느냐? 그러니 너희 놈들이 세금 도둑이 아니고 무엇이랴?"

곤의 호령이 태평관 앞마당을 쩌렁쩌렁 울렸다. 엎드려 어쩔 줄 모르는 자들을 향해 장부를 거칠게 내던진 곤이 자리로 돌아가 앉았다. 그는 한참이 지나도록 말이 없었다. 맹렬한 기세로 그들을 노려보던 그는 한풀 누그러진 목소리로

"지은 죄로 보자면 당장에 벌을 받아도 시원치 않을 것이나 그러면 서로 간에 좋을 것이 무엇이냐? 하여 내 기회를 줄 터. 빚을 갚도록 하라. 빚은 나라에 이바지하는 너희의 공과를 치밀히 살펴 더하고 빼도록 할 것이다. 명심하거라. 나는 너희의 빚쟁이니라. 이자는 고리로 쳐야 제맛. 성에 차지 않을 시에는 몇 곱절의 이자를 붙일 것이다."

하고 말했다. 젊은 누군가가 성심을 헤아리지 못하겠사옵니다, 하자,

"나는 지금 정치를 하는 중이고 사람 장사를 하는 중이다. 정치란 무릇 치사한 것. 게다 쪽수 싸움이 아니겠느냐? 나는 나와 백성들에게 진 너희의 빚을 너희의 그 쪽수로 받겠다는 것이다. 당파와 노소에 상관없이 오늘부터 너희는 나의 사람이 되어야 할 터. 나의 사람이 되어 내가 원하는 세상을 위해 헌신해야 할 것이야. 그렇지 않으면 너희 앞에 던져진 그 장부에 적힌 대로 열 배, 백 배, 천 배 이자를 물어 너희의 가산을 몰수하고, 너희의

직첩을 거둬들이고 너희를 나락으로 떨어트릴 터이니 밥값 잘하고 빚 청산하는 일에 성심을 다하라."

했다. 그러자 그 젊은이가

"그리 붙잡아 두신 인심이 진정으로 전하의 것이 되겠사옵니까?"

되물었다. 총기가 흐르는 눈이 언뜻 즐거운 듯 반짝거렸다. 저자가 어느 집 서자라 하였던가? 올라갈 수 있는 자리는 한계가 있을지 몰라도 저자의 내면은 한계가 없을 것이다. 젊은이를 지근까지 부른 곤이 낮게 속삭였다.

"순진하구나. 이것은 거래다. 조건이 걸린 거래야말로 가장 믿을 수 있는 것이지. 나는 나를 받쳐 줄 자들이 필요하고 너희는 내게 너희가 가진 것을 빼앗기지 않도록 잘 지키면 되는 것이다. 언제고 수틀리면 저기 장부에 적힌 대로 모든 셈을 치르게 할 것이니."

한때는 진심으로 사람의 마음을 얻을 수 있으리라 생각했다. 그것이 허망한 일임을 아는 데는 그리 오래 걸리지 않았다. 정치가 아닌 다른 것으로라면 가능한 일일지도 모르지만 정치판 안에서는 불가능한 일임을 조정의 신료들이 손수 가르쳐 주지 않았던가.

지난 시간 곤은 궐 안에서, 범바위골 군사들과 태평관은 궐 밖에서 대소신료들에 관한 크고 작은 정보들을 하나도 빠짐없이 모았다. 그리고 그렇게 모은 정보들은 그들을 조이는 데 쓰일 튼

튼한 말고삐가 될 것이다.

곤은 마당에 엎드린 자들을 돌아보며 차게 미소 지었다.

* * *

별채의 중문을 지키던 학진이 곤을 보더니 문기둥에 기댔던 몸을 세워 예를 갖췄다. 툇마루에 발을 까딱거리며 나란히 앉아 있던 석달과 간난이 냉큼 일어나 허리를 숙였다. 슬쩍 고개를 든 석달이 오랜만에 만나는 곤을 보고 반색을 띠며 헤헤거렸다.

"예까지 오느라 수고가 많았겠구나."

석달의 어깨를 두드려 준 곤이 댓돌 위에 놓인 당혜를 보았다. 어린아이 것으로 보이는 조그마한 것 한 족과 검은 당혜, 붉은 당혜 세 족이 나란했다. 그는 시선을 돌려 문살에 어른거리는 그림자를 확인했다. 석달이 앞으로 나서며 으스대듯 종알거렸다.

"잘못되면 큰일 나는 줄 알고 엄청 긴장했사옵니다. 그래도 무탈하게 모셨으니 참말 다행이옵니다."

석달의 말이 귀에 들어오지 않았다. 곤은 급하게 마루 위로 올라섰다. 먼동이 트려면 멀었나 싶었는데 벌써부터 희뿌연 새벽 공기가 어슴푸레했다.

"전하."

목소리를 잔뜩 낮춘 석달이 은근한 투로 불렀다. 문고리를 잡다 말고 곤이 그를 돌아보았다. 손으로 입을 가린 석달은 대단

한 비밀이라도 되는 듯 속살거렸다.

"방 안에 납시면 깜짝 놀라실 것이옵니다."

"뭐가 말이냐?"

"무연 군관이요. 이놈은 세상에서 그리 아름다운 이는 처음 보았사옵니다. 사내가 그리 예쁠 수 있다니 참말 요지경이옵니다. 못난 계집도 많은데 사내가 그리 예쁘면 불공평한 것 아니옵니까?"

비뚤어진 초립을 바로 쓴 석달이 간난을 흘깃 보고 고개를 절레절레 흔들었다. 코를 훌쩍거리던 간난이 괜히 저를 쳐다본다며 입술을 실룩거렸다.

문고리에 손을 얹은 곤은 머뭇거렸다. 석달과 간난이 어서 납시지 않고 무엇 하시나 고개를 갸웃거렸다. 곤은 그들의 시선에 떠밀리듯 문고리를 확 잡아당겼다.

문가에 앉아 있던 유 씨 부인이 시원찮은 무릎을 짚으며 엉거주춤 일어났다. 부인 옆에 앉아 있던 젊은 여인이 고개를 모로 돌리며 부인을 따라 일어섰다. 연옥이었다. 보료 앞에는 이불을 깔고 어린아이가 쌔근쌔근 잠들어 있었다. 아이를 한동안 바라본 곤이 유 씨 부인더러 물러가 쉬라 하였다.

유 씨 부인이 방을 나가고 연옥은 혼자 남은 것이 어색하고 부끄러운 것처럼 보였다. 여인의 복색을 보인 것이 처음도 아니건만 그녀는 제 것이 아닌 남의 옷을 걸친 것처럼 서먹하게 굴었다.

양옆으로 벌어진 장지문 사이에 서서 연옥을 바라보던 곤은 하릴 없이 굳어 있었다. 정갈히 꼬아 얹은 어여머리를 가만 내려다보는 그의 눈길이 흔들렸다. 풍성한 가채 위에서 흔들리는 떨잠이 마음을 어지럽혔다. 향기가, 낯익은 향기가 코끝을 흘렀다. 분이나 사향에서 나는 향기가 아니었다. 인위가 아니라 자연 그대로 뿜어져 나오는 미향이었다.

곤은 연옥을 지나쳐 보료에 앉았다.

"가까이 오거라. 너무…… 멀구나."

아이가 누워 있는 자리까지 온 연옥은 곤의 시선을 피하며 몸을 틀어 앉았다.

"고개를 이리 돌려 보거라. 네 얼굴을 보여 다오."

마지못해 고개를 돌린 연옥이 아이를 사이에 두고 곤을 올려다보았다. 선 고운 치마저고리와 선명한 색들, 과하지 않는 야용에 빛을 발하는 단아한 미모. 곤은 연옥을 주의 깊게 보았다. 자하골의 소녀는 어느덧 완연해진 성숙함을 뽐내고 있었다.

"이제야 너의 모습이 바로 보이는구나. 보고 싶었느니라."

그 말이 또 쑥스러워 붉게 달아오른 얼굴로 연옥이 잠든 아이를 내려다보았다. 곤의 시선도 그녀의 눈길을 따라 아이에게 닿았다. 자줏빛 댕기를 어깨 위로 단정히 내린 어린 계집아이였다.

"용케 들키지 않고 빠져나왔구나."

아이의 이마를 쓸어내린 곤이 나지막이 중얼거렸다.

"마을 밖, 몹쓸 병에 걸린 자들의 사체를 따로 내다 버리는 곳이 있사온데 그곳에서 어린아이 시신을 한 구 구할 수 있었사옵니다."

"문호의 돌연한 죽음에 대한 장계가 날이 밝는 대로 올라올 것이다."

연옥의 시선은 여전히 아이의 감긴 눈에 고정되어 있었다.

"어린 생이 지난할 것이옵니다."

너처럼 말이더냐?

곤은 속에 있는 말을 내어 말하지 않았다.

세상일이 어디 뜻대로만 된다던가. 과거도 되짚어 보면 그 일이 어찌 그리되었는지 모를 때가 허다하고, 미래는 이 없는 아이의 암죽처럼 희멀건 하여 안개를 헤치듯 불분명했다. 그러하므로 희망이든 절망이든 선뜻 갖기도, 갖지 않기도 힘들었다. 알지 못하겠는 것이 미래였다. 좋든 나쁘든…….

연옥과 곤은 아이의 미래를 점치지 않았다. 아이를 향한 그들의 눈길은 담담했다. 그들이 과거를 헤쳐 왔듯 아이 역시 주어진 생을 어떻게든 헤칠 것이다.

고개를 든 곤의 시선이 강렬했다. 뜨거운 눈길이 연옥을 잡아먹을 듯 활활 타올랐다. 더 이상 외면하지 못하고 연옥이 그를 마주 보았다. 어둠의 장막이 걷힌 그녀의 눈이 소싯적 여름처럼 맑고 투명했다. 곤은 시리도록 맑은 그 눈에 사로잡혔다. 놀라우리만치 아름답고도 아름다운 눈이었다.

저 눈이, 청아한 저 눈이 그간 그토록 우울했더란 말이냐…….

곤은 가슴 한구석 시큰거림을 애써 무시하며 흐릿하게 웃었다.

"이제는 어디에도 가지 말거라. 내 곁에서 내 손을 잡거라. 살면서 나를 향해 기뻐하고 나를 향해 분노하여라. 가시지 않을 분노를 일평생 내게 쏟아 내거라."

모순. 모순. 모순…….

그들의 만남도 모순이요, 연모하는 마음은 더욱 모순이었다. 한쪽 무릎을 세운 연옥은 무릎 위에 놓인 제 손에 지그시 힘을 주었다. 곤은 한참이 지나도록 말이 없는 그녀가 무슨 생각을 하는지 알 길이 없었다. 궁금하고 불안하여 입술을 강하게 깨물었다. 찌릿, 통증이 느껴지면서 비릿한 핏물이 배어 나왔다.

"마음을 두고 간다면 소인의 몸이 어디에 있든, 무엇을 하든 전하의 곁이 아니겠는지요?"

연옥의 차분한 얼굴을 보며 곤은 고개를 저었다.

"선문답이다. 나를 놀리려는 것이냐? 아니라면 너 스스로 네 말의 모순을 알 것이다. 곁에 없는데 어찌 곁에 있다 하겠느냐?"

"시작부터 모순인 관계였사옵니다."

"바로잡을 것이다."

"소인이 전하를 마음에 뫼신 순간부터 모순을 바로잡을 기회는 없어졌나이다."

"떠나겠다는 것이냐? 나를 떠나지 못할 것이라 하지 않았더냐?"

"떠날 것이옵니다. 허나 떠나지 않을 것이옵니다. 곁에 머물러도 머무르는 것이 아니옵니다. 그러나 소인이 결코 전하로부터 멀어지는 일은 없을 것이옵니다."

곤은 답답했다. 도무지 연옥이 하는 말을 이해할 수 없었다. 자리를 차고 일어선 그는 그녀의 어깨를 잡아 일으켰다. 떨잠의 떨새가 요동을 쳤다. 그녀의 손목을 움켜쥐고 소매를 걷어 올렸다. 한 몸이 되어 버린 듯 으레 가죽 끈이 그곳에 매여 있었다.

"나는 네가 하는 말이 무엇을 뜻하는지 모르겠다. 그러나 네 손목에 매인 이 끈이 우리 사이를 증명하지 않느냐? 너는 나를 벗어날 수 없다. 네 심속에 남아 있는 분노와 자책감이 충돌한다 하여도 너는 나를 벗어나지 못할 것이야!"

눈을 감은 연옥은 가슴을 울리는 곤의 말에 몸을 떨었다. 낮고 진득한 한숨이 가늘게 흘러나왔다.

"소인, 역신 서자성의 여식이옵니다. 역신의 손이 무슨 수로 전하의 곁을 지키겠사옵니까?"

"바로잡을 것이다. 신원시킬 것이다."

"전하께서는 괴물이기를 자청하셨사옵니다. 뜻하신 바 있으시기에 스스로 괴물이 되시려 하신 것 아니시옵니까? 원하옵건대 소인으로 인해 스스로의 결단에 오점을 남기지 마시옵소서. 소인의 아비는 역신으로 남아야 하옵니다. 그래야 전하께서 완전무결하게 조정에 서실 수 있으시옵니다. 신하를 음해하고 죽였다는 소리를 들으시려 하시옵니까?"

곤은 아무 말도 하지 못했다.

"전하, 소인을 전하의 내금위 군관으로 남겨 주시옵소서. 평생 그림자로 살겠나이다. 남들 앞에 나서지 못하고 당당히 전하의 여인이라 주장하지 못할 것이나 아무려면 어떻사옵니까?"

"되도 않는 소리다."

"이도 벌이라면 벌이겠지요. 전하를 소인의 손으로 죽이지 못하고 사사로운 연정에 매여 아비를 신원시켜 드리지 못하는…… 소인이 치러야 할 대가 말이옵니다."

곤을 향한 연옥의 목소리가 부드러웠다.

"소인은 그림자로 남아야 하옵니다. 아비의 원수를 연모하고 그 곁을 지키고자 하는데 어찌 낯을 들고 볕을 보겠나이까?"

"나를 비웃는 것이냐……."

"더불어 전하의 뜻을 지켜 드리려 함이옵니다. 전하와 소인의 이야기는 두고두고 추문이 될 것이옵니다."

"남의 말이 백 년을 간다더냐, 천 년을 간다더냐?"

"발 없는 말이 천 리도 가더이다."

"살기 어려운 세상이다. 누가 얼마나 남의 이야기에 관심을 갖겠느냐? 살다 보면 잊힐 이야기다."

"흔한 필부의 이야기라면 그렇겠지요. 허나 전하께서 필부는 아니시지 않사옵니까? 그러니 전하, 욕심내지 마시옵소서. 그림자는 드러나지 않으나 평생 전하의 곁에 머무는 존재가 아니옵니까? 소인은 죽은 듯이 전하의 곁을 지킬 것이옵니다."

곤은 탄식하면서도 반박할 말을 찾지 못했다. 모든 것을 버리고 너 하나만 보고 살겠으니 우리 이대로 떠나자, 빈말조차 건네지 못했다. 그럴 입장조차 되지 못하는 자신의 처지가 새삼 구차했다.

곤은 연옥의 얼굴을 하염없이 응시했다. 꽃보다 아름다운 여인이었다. 화향보다 향기로운 여인이었다. 지극히 여성스럽고 단아했으며 여전히 봄볕 같은 따사로움을 간직하고 사는 여인이었다. 칼을 쥔 손에 박인 굳은살마저 섬세한 여인이었다.

"우린 모다 그림자가 되겠구나."

곤은 힘없이 뇌었다.

치마저고리를 입고 댕기를 두른 창, 시커먼 수염이 듬성듬성 난 사내들 사이에서 칼을 쥔 연옥. 그리고 여전히 괴물의 그림자로 살아야만 하는 곤.

연옥은 곤이 자신의 뜻에 동의했음을 알았다. 그녀는 손을 들어 곤의 얼굴을 더듬었다. 서로의 심장 뛰는 소리가 가까이 들렸다. 설레고 두려웠으며 죄책감이 일었다. 불현듯 아비의 머리가 뎅강 떨어져 나가던 순간을 떠올린 연옥은 두 눈을 질끈 감았다.

설레고 두려웠으며 죄책감이 일었다.

새벽이 오고 해가 뜨는 일과 같았다. 해가 지고 밤이 오는 이치와 다를 바 없었다. 일평생 반복될 일이었다. 그럼에도 감내해야 할 일이었다. 설레고 두려웠으며 죄책감이 일었다.

後章

나는 이기는 왕이 될 것이다

왕의 장인이면서 왕비의 친정 아비인 강화 유수부의 부사, 부원군 심일강이 선왕의 적자를 증살해 죽였다는 소문이 돌았다. 부랴부랴 올린 장계에 그는 돌연한 화재로 문호대군 창이 죽었다, 고했지만 이를 믿는 자들은 없었다. 이 일로 왕을 탓하는 조정 신료들 또한 없었다. 그들의 속내야 모를 일이지만 적어도 겉으로 나서서 왕을 겨냥할 만큼 무모한 자들은 아니었다.

심일강에게는 스스로를 변호할 기회조차 주어지지 않았다. 왕은 그에게 대군 살해에 대한 혐의를 물었다. 왕비와 저위에 오를 원자 호의 처지를 헤아려 죽음은 면해 주었으나 파직과 유배형이 내려졌다.

유배지에서 심일강은 자신의 억울함을 간하는 상소를 여러 번

올렸다. 왕의 밀명을 받고 행한 일, 모른다 하시면 신더러 어찌하라는 말씀이옵니까? 묻는 말에, 곤은 과인이 아우가 걱정된다 하였지 아우를 해하라 하였는가? 되물으며 매번 올라오는 상소문에 같은 답으로 일갈했다.

일대 파란에 중궁전은 숨소리조차 내지 않고 쥐 죽은 듯이 고요했다. 오로지 원자 호의 안위에 매달리는 왕비였다. 왕의 눈 밖에 날까 두려워 그녀는 아비의 구명에 적극 나서는 것을 꺼려 했다.

* * *

곤은 역사에 없는 왕이었다. 어떤 왕보다 진취적이었으며 단호했고 독단적이면서 잔혹했다. 명과 후금은 대륙의 패권을 두고 기로에 서서 불화했다. 그들의 불화는 조선의 평화를 위협했고 조정 신료들을 불안케 만들었다. 조선은 강국에 끼인 연약한 존재였다.

'명에 군대를 보내소서.'

'오랑캐가 대국을 탐하는 것을 가만히 보고만 계시니 이를 불의하다 하지 않으면 무엇을 불의하다 하겠나이까?'

'상국의 어려움을 나 몰라라 하시는 것은 아비의 고초를 자식이 모르쇠 하는 것과 다름이 없나이다!'

습성처럼 사대에 젖은 조정의 대소신료들이 한목소리로 청했다. 그들은 명의 해가 저물 것이라곤 꿈에도 생각지 않는 듯했다.

과거도 모호한데 미래인들 명확할까.

명과 후금을 양편에 두고 곤은 고심했다. 기꺼이 비굴해지기로 했다. 대륙에서 벌어지는 영역 싸움에 조선의 백성들이 고초를 겪게 두어서는 아니 되었다. 조선이 싸움터가 되는 일은 없어야 했다. 곤은 원군을 요청하는 명을 거스르지 않으면서도 청에는 밀서를 보내 그것이 조선의 뜻이 아님을 명확히 했다.

구관보료에 앉아 연초나 피우고 어흠, 어흠 헛기침이나 하던 자들이 상국에 대한 배은망덕이라며 이구동성으로 난리였다. 이때껏 곤의 그늘 밑에서 숨죽여 엎드려 있던 자들이 슬금슬금 몸을 펴고 일어났다. 상국에 대한 의리를 명분으로 내세웠지만 실상을 들여다보면 딱히 그렇지도 않았다. 그들은 기실 왕에게 빼앗긴 권력을 되찾을 기회라며 좋아라 했다. 감히 상국에 대들다니 유교를 숭상하고 예를 중시하는 나라의 왕이 어디 그래서야 쓰겠는가! 번지르르한 말로 서로가 서로를 홀리며 그들은 반역을 꾀했다.

*　*　*

깊은 밤, 경운궁의 문이 열렸다. 후궁으로 격하된 보현의 초라한 거처였다. 기단을 오르내리며 서성이던 정 상궁이 사람의 눈을 피해 들어오는 검은 가마를 보고 기다렸다는 듯이 달려와 엎드렸다.

"진즉부터 기다리고 계시옵니다."

가마꾼들 외에 칼을 찬 무인 둘이 가마를 호종하고 있었다. 가마의 색과 마찬가지로 온통 검은색 일색의 복장이었다. 무인 중 젊어 보이는 자가 검은 삿갓 들어 주변을 휘돌아보았다. 무성하게 자라난 잡초며 허물어져 가는 담, 깨진 기왓장 등 마당 구석구석을 살피고 나서야 그는 가마의 문을 열었다.

가마 안에서 골몰해 있던 곤이 눈을 번뜩였다.

"당도하였사옵니다."

가마에서 내리는 도중 곤의 손이 무인의 손을 스쳤다. 따뜻한 온기에 숨을 헉 들이쉰 무인이 서둘러 손을 거둬들였다. 불에 덴 듯 손이 화끈거렸다.

연옥은 공연히 멀쩡한 삿갓만 눌러썼다.

* * *

곤이 방으로 들어가자 소복 차림의 보현이 자리에서 일어나 그를 맞이했다. 대조전이나 대비전의 호화로움이 한낱 꿈에 불과했던 듯 여느 집 규방보다도 단출한 살림의 방이었다. 남색 치마에 옥빛의 저고리를 입은 새앙각시가 이 빠진 서안 옆에 앉아 있다가 그를 보고 새파랗게 질려서 부복했다.

두려워하는 새앙각시와는 달리 곤의 시선은 너그러웠다.

"잘 지냈느냐?"

새앙각시는 바닥을 짚은 손을 떨었다. 입술을 달싹였지만 차마 무어라 답하지 못 하고 다물어 버렸다.

"나가 있어라. 나중에 부르마."

보현의 말에 주춤주춤 일어선 새앙각시가 뒷걸음으로 물러났다. 방문이 열렸다 닫히고 방문 너머 다다다, 대청마루를 굴러 내려가는 소리가 들렸다.

"아이의 안색에 그늘이 보이옵니다."

"나이가 들고 철이 드니 현실이 보이는 게지요. 장부가 되어 여인의 치마폭을 둘러쓰고 숨죽여 있으려니 그 속인들 아니 울적하겠습니까?"

보현이 내준 보료에 자리를 잡고 앉은 곤이 눈썹을 꿈틀거렸다.

혀 짧은 소리로 형님, 마마! 부르며 안겨 들던 어린아이는 더 이상 존재하지 않았다. 아이는 두려움을 알아 버렸다. 두려움을 안 순간 훌쩍 커 버렸다. 커 버림과 동시에 아이는 어둠으로 파고들었다.

곤은 합죽선을 펼쳐 들고 바람을 부쳤다. 찬바람이 마음에 스몄다. 목소리가 거칠게 갈라져 나왔다.

"죽을 아이 살려 놓았습니다. 어떠한 모습으로 자랄지는 스스로의 몫이지요."

보현은 서안 옆에 미리 준비된 다탁을 가까이 끌어당겼다. 다탁 위에는 비록 낡았지만 깔끔하게 관리된 다구가 용도에 맞게 구비되어 있었다. 그녀는 아무 말 없이 찻잎을 다관에 떨어트렸다. 손길이 가늘게 떨렸다. 입술을 자그시 깨물었다.

"서궁께서 이곳까지 청하신 데는 연유가 있으실 것이 아니옵니까? 말씀하시지요."

찻잔을 서안에 올린 보현이 곤의 얼굴을 물끄러미 주시했다. 한참만에야 입을 열었다.

"문호를 기어이 죽이고자 하셨다면 죽이셨을 테지요. 허나 죽이지 않으셨습니다. 죽이지…… 않으셨어요."

그녀는 말끝을 흐렸다.

살린 것이 아니라 죽이지 않았을 뿐이다? 말 한마디의 차이가 미묘했다. 공연한 신경전이라는 듯 곤이 고개를 흔들었다.

"한번은 이 사람도 보답을 해야겠지요."

보현이 자신의 잔에도 차를 따르며 말했다.

"서인당이 근래에 자주 회합을 가진다던데 혹여 알고 계셨습니까?"

찻물을 한 모금 삼킨 곤이 눈썹을 치뜨고 보현을 보았다.

"명에 군사를 보내는 것을 두고 말들이 분분하기는 하더이다."

알 만하다는 듯 그의 말투가 심드렁했다.

"후금과 화친을 맺으려 하신다지요?"

보현의 물음에 피식 웃음을 흘린 곤이 찻잔을 빙글빙글 돌렸다.

"이기지 못할 싸움에는 낄 생각이 없어서 말이옵니다. 눈치가 있어야 괜한 불똥을 피하는 법입니다."

"세간에서 금상을 두고 무어라 하는 줄 아십니까?"

곤이 찻잔을 움켜쥐었다.

"설마 몰라 물으시는 것입니까? 부왕과 아우를 죽이고 계모를 폐한 폐륜 군주란 말이 장하더이다."

"거기에 상국을 배신하고 오랑캐에게 굽실거린다는 비웃음까지 들립디다."

찻잔을 소리 나게 내려놓은 곤이 코웃음을 쳤다.

"그게 무어 대수랍니까? 조선은 아직 연약하기 짝이 없사옵니다. 어떤 위협에도 강건히 맞설 수 있을 때까지 사리고 사려야지요. 쓸데없는 명분에 사로잡히다 한 번에 확, 무너지는 수가 있으니 말이옵니다. 때로는 비굴이 그 자체로의 비굴이 아니라 최선의 공격 혹은 방어가 될 수도 있음을 유념하소서."

보현이 빈 찻잔에 차를 한 잔 더 따라 주었다.

"반역이 일어날 것입니다."

곤은 찻잔에 출렁이는 찻물을 멀거니 보았다. 찻잎의 쌉쌀함이 혀끝에 감돌았다. 보현이 다관을 내려놓고 계속해서 말했다.

"서인당의 당수가 이 사람을 찾아왔어요. 용상을 뒤엎을 계획이랍니다. 비단 서인만이 아니에요. 남인은 물론 남아 있는 소북의 사람들과 심지어 대북에서도 지지하는 자들이 있다 합니다. 이번에는 지난번 옥사와 양상이 달라요. 좀 더 치밀하고 구체적이더이다."

"실리는 모르고 명분만 앞세운 어리석은 자들이 아닌가……."

곤은 혼잣말을 중얼거렸다. 그를 가만 보던 보현이 마저 말을 이었다.

"저들에게 실리가 무엇이겠습니까? 곳간에서 술술 새 나가는 곡식들을 지키기 위해 대동법을 타파하는 것과 나날이 강해지는 왕권을 저지하는 것. 이 두 가지가 그들의 실립니다. 명과 후금 건은 말 그대로 명분에 불과하지요. 기실 겁 없이 달려드는 애송이 왕의 버릇을 차제에 고쳐 놓겠다는 것이 아니겠습니까?"

보현은 안타까운 듯 한편으로는 고소를 머금었다.

"이제 어찌하시겠습니까?"

곤은 남은 찻물을 홀짝 삼켰다. 소매를 들어 입가에 묻은 물기를 문질러 닦았다. 탄식 같은 한숨을 쉬고 합죽선을 거칠게 접었다.

"제게 반대하는 자들의 피로 예까지 왔사옵니다. 한 번 더 보태지 않을 이유가 없지요."

소름 끼치도록 냉담한 말이었다. 곤은 입꼬리를 비틀어 냉소했다.

"그렇지 않아도 찾아 뵐 생각이었사옵니다."

"나를 말입니까?"

보현이 휘둥그레진 눈으로 되물었다.

"물 샐 틈은 항시 있기 마련이지요. 서궁께서 그 틈이 되어 주십사 청하려 했는데 이리 먼저 염려를 해 주시니 마음이 한결 편하옵니다. 들어오너라."

명이 떨어지자 연옥과 함께 가마를 호종한 무인이 방 안으로 들어와 엎드렸다. 검은 삿갓을 벗어 고개를 들자 세월이 켜켜이 쌓인 무인의 늙은 얼굴이 드러났다.

"무연이 지밀에 들던 날, 요금문을 지키던 수문장입니다. 기억나시옵니까?"

정 상궁을 통해서만 연통을 주고받았으니 수문장의 얼굴에 대해서는 당연히 기억나는 것이 없었다. 보현은 애써 평정심을 되찾고 곤의 심속을 가늠해 보았다. 늘 그렇듯 보현은 곤의 심속에 대해 아무것도 알아내지 못했다.

"벌하셨다는 소식이 없어 이상타 하였지요. 성정에 그냥 넘기지는 않으실 터인데 하면서요."

"이자의 주변인들이 워낙에 칭송들을 해서 말이옵니다. 벌도 사람을 봐 가면서 주어야 효율적이지 않겠습니까? 심신이 미약한 손녀가 안쓰러워 한 순간 잘못된 선택을 한 자입니다. 동료와 부하들의 인심을 받는 데는 그만한 됨됨이가 있을 것이니 한번은 기회를 주자, 하였지요. 제 사람으로 말이옵니다. 조만간 훈련대장의 소임을 맡길까 하옵니다."

"그러십니까?"

"서인당의 당수를 자주 불러 보시지요. 저와 서궁의 반목이야 다들 의심치 않을 테고 여기 이자는 서궁께서 오래전부터 제 곁에 심어 놓은 세작쯤으로 말을 맞추시는 것이 나을 듯합니다."

반역의 기미를 미리 알고 있었다?

쓸데없는 오지랖을 피운 사실에 보현은 허탈했다. 마음을 비운 지 오래였다. 권력이나 영화 따위 아무래도 좋았다. 창만 제 명대로 살다 갈 수 있다면 어미로서 못할 짓이 없었다.

곤에 대한 보현의 오래된 공포심은 서인당의 당수가 은밀히 찾아왔을 때 극에 달했다.

앉아서 모든 것을 꿰뚫어 보는 존재, 결코 지지 않는 존재, 하여 이길 수 없는 존재…….

하시라도 창을 죽일 수 있는 자.

보현의 두려움은 창이 느끼는 그것과 다를 바 없었다. 지난날 곤과의 싸움으로 그녀가 얻은 교훈은 엎드릴 때는 납작 엎드려야 한다는 사실이었다. 곤의 말대로 비굴이 최선의 방어였다.

"말씀드린 대로 해 주시겠사옵니까?"

곤의 물음에 보현은 고개를 끄덕였다. 미세하게 떨리는 두 손으로 찻잔을 모아 잡고 뜨거운 차에 혀끝을 가져다 댔다.

*　　*　　*

곤이 돌아간 후 보현은 오래도록 잠들지 못했다.

소쩍새 울음소리는 대궐의 깊은 곳에서도 유독 서글프더니 누옥에서도 매일반이었다. 한참을 뒤척이다 이불을 걷고 일어나 호롱에 불을 붙였다. 질 좋은 한지를 두른 좌등의 호사스러운 불빛을 본 지가 까마득했다. 고혈에 곁방에 머무는 정 상궁을 불러 말이나 몇 마디 나누려다 그만두었다.

대궐을 쫓겨 나오면서 부리던 궁관들 대부분이 뿔뿔이 흩어져 다른 전각들로 배속되는 바람에 경운궁까지 함께 온 이들은 소수였다. 일손이 부족한 덕분에 정 상궁의 일도 많아질 수밖에 없었다. 대비전의 지밀을 책임지고 아래 상궁나인들을 호령하던 상궁마마님 체면에도 불고하고 바느질부터 마당의 잡초 뽑는 일까지 하지 않는 일이 없었다. 그렇게 하루 종일 고된 일을 하고 나면 이불에 머리를 맞대기가 무섭게 곯아떨어지기 일쑤였다. 웃전의 잠자리를 지켜야 하는 것이 도리지만 그런 격식을 차리기엔 이곳의 상황이 너무나 열악했다. 정 상궁은 매번 송구해했지만 그때뿐이었다. 할 일은 많고 그녀는 나이 든 몸이었다. 심지어는 코 고는 소리가 곁방 문을 타고 새어 나오기도 했다.

머름창에 달빛이 어른거렸다. 보현은 홀린 듯 창가로 다가앉았다. 지창을 휠쩍 열고 둥그렇게 솟은 달을 올려다보았다.

참으로 곱기도 하지…….

언제부터인가 고운 것을 보아도 고운 줄 모르고 향기로운 것을 맡아도 향기로운 줄 몰랐었다. 보현은 창틀에 턱을 괴고 멍하니 밤하늘을 응망했다. 시간이 얼마나 흘렀을까 방문 밖에 인기척이 들렸다. 본능적으로 고개를 돌린 보현의 눈이 긴장으로 흔들렸다.

커다란 그림자가 문창지에 비쳤다. 간혹 조용히 왔다가 밤을 지키고 가는 그림자였다. 긴장이 풀린 보현이 희미하게 웃었다 그녀는 다시 고개를 돌려 달을 올려다보았다.

흰 매화 같은 하얀 도포 자락이 달 속에서 너울거렸다. 무사는 달을 채운 회화나무 아래서 춤을 추고 있었다. '징' 하고 울어 대는 칼의 노래가 가슴에 박히었다.

환한 태양 아래서 무사는 허무한 가면을 쓴 모습이었다. 웃지도, 울지도, 분노하지도 않았다. 아무것도 드러나지 않은 하얗디하얀 가면이었다.

그 무사가 이제는 달 속으로 들어가 가면을 벗어 던졌다. 무사는 한 번 들어간 달에서 나오는 법이 없었다. 무사는 늘 같은 춤을 추었다. 칼은 늘 '징' 하고 울었다. 그러나 달 속에서 가면을 벗어 던진 무사는 그녀를 향해 웃고 있었다. 저 달처럼 멀고 먼 미소였다. 잡지 못해 서글프고 안타깝지만 더 이상 하얗디하얀 가면이 아니었다.

당면한 문제는 경운궁 안마당에 자란 잡초만큼이나 많았다. 그 일들의 대부분은 죽느냐 사느냐에 대한 문제였지만 잠시 잠깐 달의 향기에 취한들 그것이 대수일까.

보현은 달에서 시선을 떼지 못했다.

* * *

곤은 대궐로 환궁하는 대신 빈 가마와 늙은 수문장만 돌려보냈다. 그는 연옥의 삿갓을 벗겨 내고 땀에 젖은 머리를 쓸어 주었다.

"이제 좀 볼 만 하구나. 내 기필코 언젠가는 반드시 네게서 이 흉측한 것들을 벗겨 내고야 말 것이다."

장난처럼 혹은 진담인 듯 말한 곤은 연옥의 손을 꺅지 쥐고 천천히 걸었다. 다른 쪽 손에 들린 제등이 흔들거렸다. 연옥이 저가 들겠다며 달라 했지만 한사코 자신이 들었다.

인적 드문 길을 그들은 자유로이 거닐었다. 보는 눈도, 수군거리는 입들도 없었다. 휑한 야로에 휘영청 밝은 달만이 그들을 훔쳐보는 유일한 눈이었다.

걷는다.

걷는다.

걷고 또 걷는다.

그들은 수월재의 솟을대문 앞에 서 있었다.

"이리 오……."

목청을 돋우는 곤의 팔을 연옥이 흔들었다. 왜 그러느냐며 돌아보는 그에게 그녀는 집 안의 사람들이 잠에서 깰 것이라며 머리를 흔들었다.

그러자 곤은 순식간에 담을 넘어 마당으로 뛰어내렸다. 대문을 열어 주면서 별것 아니라는 듯 익살맞게 어깨를 으쓱거렸다.

어둠이 내려앉은 집 안은 쥐 죽은 듯 조용했다. 떨어져 나간 문짝도 담과 나무와 잡초를 잇던 거미줄도, 뿌옇게 쌓인 먼지도 없었다.

마침 행랑방에서 홍지가 하품을 하며 나오다가 그들을 보고 아이고, 엄니! 소스라치게 놀랐다.
"쉿!"
귀신이라도 본 듯 놀라 자빠지는 홍지의 어깨를 잡고 연옥이 조용히 하라는 시늉을 했다. 눈을 함지박만 하게 뜬 홍지가 짧은 눈썹을 연신 껌벅거렸다. 곤과 연옥을 번갈아 본 그녀는 보고 또 봐도 도무지 적응이 안 된다며 고개를 내저었다. 주춤주춤 바닥에 엎드리는데 그만두라는 곤의 말에 냉큼 허리를 곧게 폈다.
"오밤중에 여는 먼 일로 오셨당가요, 애기씨?"
곤의 눈치를 흘끔흘끔 보며 홍지가 연옥에게 딱 달라붙어 물었다.
"그냥. 헌데 너는 왜 그 방에서 나오는 게야? 아이들 자는 방 아니었어?"
"쬐끄만 아가 하나 있는디 어쩐다고 기침을 콜록콜록 해 쌌드만 열도 쪼까 있는 것 같고 해서라."
"혜민서 조 의관께는 데려가 봤고?"
"별것도 아닌디요. 거기도 환자가 득시글거려 갖고 일손이 부족하다더만요. 뭣 헌다고 쟈까지 보태것어라? 인자 엥간해서 지도 한숨 붙이려고 나왔당께요."
"그래도……."
"아따, 애기씨도! 갈만 하믄 가지 말래도 간당께요. 어찌케 뭐라도 자실랑가요?"
곤이 연옥의 손을 잡아끌며 홍지에게 됐으니 너는 그만 들어가 쉬어라, 했다.

별당으로 향하는 곤과 연옥을 보며 홍지는 사람 마음이란, 알다가도 모를 것이라고 중얼거렸다.

어떤 이들은 부모 죽인 원수와 어찌 다정할 수 있느냐 손가락질할지도 모르지만 그녀는 그러고 싶지 않았다. 남녀지정이라는 것이 마음대로 되는 것도 아니고 그 마음이 오죽하면 저럴까 이해되었다. 저마다의 사정은 누구나 있다고, 저토록 독살을 부리게 된 나라님 사정도 장히 있겠지 했다. 일반 백성도 아닌 나라님인데 커도 어디 보통 큰 사정이겠는가, 했다.

"굶어 죽는 그지 아들 데고 와서 맥이고 재우고 입혀 주는 것만도 어디여. 나가 오래 살지는 않았어도 나라님이 직접 비렁뱅이들 거둬 맥인다는 소리는 듣지를 못했네. 긍께 우리 애기씨가 저래 맴을 주시제. 칼 들고 살벌하니 안 다니시는 것만도 천만다행이여. 안 그븐 이년은 애기씨 걱정으로 말라비틀어졌을 것인께."

홍지는 어느 날, 불쑥 연옥과 함께 단계옥으로 미복잠행을 나와 내가 왕이다, 하고 귓속말로 속삭이며 씩 웃던 곤의 짓궂은 얼굴을 떠올렸다. 몇 번을 생각해도 이 왕이 저 왕이 맞나 싶을 정도로 직접 마주한 왕은 세간에 떠돌아다니는 왕의 모습과 너무 달라 아직도 얼떨떨했다.

"그래도 그렇지. 머시냐. 내금위장인가 머시긴가 하는 그 양반한테 그날 밤 질질 끌려가서 내쳐진 것만 생각하무…… 아이고 겨우 찾은 애기씨 또 잃어 버렸나 싶어서 한동안 얼마나 걱정을 했게. 내 한번은 저 양반한테 따져 물어도 야물딱지게 따져 물을 것이랑께."

구겨 신은 짚신을 질질 끌며 마당을 가로지르다 말고 홍지의 눈이 솟을대문을 향했다. 돌아올 때가 되었건만 여전히 감감무소식인 혁주가 떠올라 한숨이 저도 모르게 푹 흘러나왔다.

염병할 놈. 소식이나 한 자 보내든가. 나가 이라고 늙어 가는디 뭣허고 있다냐. 머리는 올려 줘야 할 것이 아니대! 캬악, 퉤!

*　　*　　*

별당 역시 본채처럼 깨끗하게 수리되어 관리되고 있었다. 홍지가 날이면 날마다 쓸고 닦고 할 것이 불을 보듯 훤했다. 예전에는 정릉동 초가의 좁은 툇마루 하나 닦는 것도 구시렁대더니 이제는 단계옥만으로도 힘들 텐데 수월재까지 먼지 한 톨 없이 관리해 내는 것이 고맙고 대견했다.

연옥은 어릴 적 제 방으로 들어와 이 층 화초장을 열었다. 집 안의 다른 곳은 모두 아이들과 아이들을 돌보는 자들의 형편에 맞게 개조되었지만 이곳은 쓰던 가구까지 본래의 모습 그대로 보존되어 한 번씩 다니러 오는 연옥 말고는 출입이 금지되고 있었다.

"이곳을 너에게 돌려주려 한다."

"소인은 그저 내금위에 불과하옵니다. 무슨 명분으로 돌려주시려는지요?"

"부모 잃은 아이들에게 이곳을 개방하면 어떻겠느냐?"

어느 날 습사 중이던 연옥의 손을 붙잡고 잠행을 나온 곤이 폐허로 남아 있는 수월재를 돌아보며, 이곳을 부모 없는 아이들을 보살피는 곳으로 만드는 것이 어떻겠느냐고 물었다.

운종가를 거닐며 어려운 이들의 편이 되어 주고 살뜰히 보살펴 주던 연옥의 모습을 기억한 곤은 칭찬을 바라듯 어린아이처럼 으쓱해했다.

가문의 구택으로 어차피 돌아오지 못할 집이었다. 어리고 힘없는 아이들에게 보금자리가 되어 주면 그보다 뜻 깊은 일은 없을 것이라고 연옥은 기뻐했다.

정기적으로 산에서 내려온 만종선사가 아이들의 글공부를 담당했으며 혜민서로 옮겨 간 조웅래는 아픈 아이들을 자주 들여다보았다. 사라진 혁주를 대신해 단계옥을 지키던 홍지 또한 연옥의 부탁에 보름에 한 번 정도 단계옥을 들여다보는 것을 제외하고는 수월재에서 아이들을 돌보았다.

개중에 따로 품은 뜻이 있어 보이는 아이들을 추려 범바위골로 올려 보내기도 했지만 그렇지 않은 대부분의 아이들에겐 각종 분야의 일을 가르쳐 세상 밖에 나가서도 홀로서기를 할 수 있도록 훈련시켰다.

예전의 정결함은 아닐지라도 수월재가 활기를 되찾은 사이 별당은 연옥이 아는 그 모습 그대로였다. 오직 연옥을 위한 연옥의 공간으로 남아 있었다. 연옥을 위한 곤의 배려였다.

화초장 안에는 운종가에서 곤이 억지로 사서 떠안긴 패물과 비단이 가득했다. 설로화가 태평관 별채를 정리하며 보내 준 것들이었다. 비단은 아이들 옷감으로 내놓고 패물은 가지고 있다가 어려울 때 수월재 살림에 보태야겠다고 생각했다.

마침내 패물들 사이에서 푸른 비단보에 쌓인 함을 찾은 연옥은 그것을 안고 대청마루로 나왔다. 대들보에 기대앉아 있던 곤이 옆에 와서 앉는 연옥을 다정하게 보았다.

"무엇을 생각하셨사옵니까?"

"너를 생각하였다."

"소인을 말이옵니까?"

"예서 먹고, 자고, 웃고, 울고 했을 너를 떠올려다 보았느니라."

연옥이 함을 내려놓았다.

"이것이 무엇인 줄 아시옵니까?"

기억나지 않는 것을 기억하려는 듯 곤의 미간이 찌푸려졌다.

"전하께서 소인에게 주신 귤이 들어 있던 함이옵니다."

연옥은 푸른 비단보를 풀고 함 뚜껑을 열었다. 오래되어 낡긴 했지만 여전히 고급스러운 태사혜 한 족과 그녀가 태평관에서 지내던 그 해, 동짓날 만들었던 복주머니가 가지런히 보관되어 있었다.

곤은 태사혜를 보면서 한동안 말이 없었다. 입가엔 미소가 잔잔했지만 쉽사리 입을 떼지 못했다.

"진작 버릴 것이지……."

겨우 입을 연 그는 마음에도 없는 소리를 중얼거렸다.

"어찌 버리오리까? 무술년 때 소실되어 버린 줄 알았는데 이곳, 소인의 방에 용케 남아 있더이다."

연옥은 함 속에서 태사혜를 꺼내 제 발에 신었다. 열두 살 어린 날에도 그랬듯 태사혜는 여전히 그녀의 발에 크기만 했다. 대청마루 아래 발을 늘어트리고 흔들자 커다란 태사혜가 그녀의 발끝에 매달려 덜렁거렸다.

"너는 어찌 그만큼 컸어도 여전히 작은 게냐."

연옥의 발을 내려다본 곤이 재미있다는 듯이 말했다. 발 장난을 멈춘 연옥이 곤을 건너다보았다. 한참 그를 바라본 그녀는 작은 소리로 중얼거렸다.

"그야 전하께서 크시니 그러하지요. 소인은 전하에 비하면 작고도 한없이 작은 존재이옵니다."

나지막하게 웃음을 터트린 곤이 돌연 표정을 굳혔다. 그가 물었다.

"지금도 악몽을 꾸느냐?"

"아니 꾼다면 거짓일 것이옵니다."

"무엇을 꾸느냐?"

"한 날은 머리가 떨어져 나간 아비의 두 눈이 소인을 찔러 대옵니다. 한 날은 아비의 깨끗한 도포 자락이 소인의 눈을 어른거리옵니다. 전하께서도 여전히 악몽을 꾸시옵니까?"

"내가 죽인 자들이 어디 한둘이어야지. 말해 무엇하랴?"

그들은 침묵했다. 연옥이 고적을 깨트렸다.

"하나를 죽이시고 열을 살리시옵소서. 열을 죽이시고 백을 살리시옵소서. 백을 죽이시고 천을 살리시옵소서."

"모다 사는 길은 없겠느냐?"

"언젠가는 모다 사는 날이 올지 모르겠으나 지금이 그러한 때가 아니라면 전하의 소임은 열 명, 백 명의 양반들을 위한 것이 아니라 그보다 수십, 수백, 수천 배 많은 백성들을 위한 것임을 잊지 마시옵소서. 그로 인한 죄책감은 별수 없이 감내해야 할 것이옵니다. 소인이 전하의 고통을 함께하겠사옵니다."

연옥은 함 속의 복주머니를 들어 곤의 허리춤에 매어 주었다.

"소인의 손목에 매인 끈이 전하와 소인을 이어 주는 줄밥이라면 이것은 소인의 마음을 한껏 담아 드리는 주머니옵니다. 놓지 마소서. 잃지 마소서. 소인의 마음이 항시 이 주머니와 함께 전하를 지켜 드릴 것이옵니다."

부끄러운 듯 연옥의 목소리가 가늘게 떨렸다.

연옥의 말이 곤의 마음을 덥혀 주었다. 숙명처럼 텅 빈 가슴을 안고 사는 그였다. 아이처럼 눈시울이 붉어졌다. 눈물이 눈가를 메웠다.

곤은 연옥이 자신을 볼 수 없도록 그녀의 머리를 끌어안았다.

작지만 큰 계집이로다. 작디작은 네가 죄 많은 나를 보듬어 주니 정녕 몸 둘 바를 모르겠구나.

곤은 미미하게 풍기는 연옥의 살 냄새에 빠져들었다.

밤은 누구에게나 공평히 깊었다. 달 역시 누구에게나 공평한 빛을 나누어 주었다. 흐르는 밤을 부유하는 이 땅의 정인들이라면 누구에게라도…….

*　*　*

달이 차오르다 이지러지기를 반복했다.

계절이 바뀔 즈음, 창의문 너머 아득한 곳에서 수를 헤아릴 수 없는 커다란 함성과 땅을 구르는 군홧발 소리가 들렸다. 하늘이 울리고 땅이 흔들렸다.

"머리카락 한 올까지 온전해야 한다."

곤의 목소리가 음산했다. 비장했고 결의에 차 있었다. 흑색 융복을 입은 모습이 세상 누구보다도 크고 거대해 보였다. 군학장생도가 그려진 맹장지문을 휠쩍 열어 제친 곤이 뒤돌아 연옥을 쏘아보았다.

때 모르는 욕망이 꿈틀거렸다. 당장이라도 껴안고 싶은 것을 주먹을 쥐며 참았다. 붉어진 얼굴이 꿈틀거렸다.

"들었느냐? 머리카락 한 올까지 온전해야 한다고 했다."

답을 요하는 곤의 눈은 정염과 전의가 뒤섞여 혼돈한 상태였다. 연옥은 답을 하는 대신 고개를 숙였다. 유난히 깨끗하고 하얀 목에 숨을 크게 들이쉰 곤은 그길로 곧장 침전을 나섰다. 연옥은 그의 뒤에서 그의 발자취를 따라 걸었다.

칼이 노래를 부르자, 한다. 춤을 추자, 한다. 연옥은 울어 대는 칼을 달래며 움켜쥐었다.

피를 몰고 다니는 왕.

늘 배신당할까 두려워하는 왕.

사랑에 목말라하면서도 사랑을 주지 못해 안달하던 왕.

피가 뜨거워 그 열기를 어쩌지 못하던 왕.

왕.

왕.

왕.

꿈꾸는 왕. 꿈을 꾸기에 한없이 불쌍하기만 한 왕.

연옥은 그 왕을 위해 칼을 쥐었다. 너무 무르지도 너무 단단하지도 않은 중도의 벼루가 되어 그가 먹인 듯 받아들였다. 하여 향 좋은 먹물을 타고 사계절 푸른 난 같이 피어나리라 했다.

한때는 순간을 지나치는 편련의 대상이었고 한때는 죽이고자 하는 대상이었으며 어느 순간부터는 애증을 넘어선 숭배의 대상이었다. 지극히 현실적인 세상에서 지극히 이상적인 왕. 실재하는지 그저 허상이었는지도 모를 모호의 대상…….

홀연 연옥을 돌아본 곤이 환영처럼, 환시처럼 환하게 웃었다. 웃으며 나지막하게 뇌었다.

아느냐? 나는 이기는 왕이 될 것이다.

문득 사방이 고요해졌다. 짙은 어둠과 적막감 속에서 흑색의 융복을 입은 거대한 왕, 이곤밖에 보이지 않았다.

이기는 왕. 그가 이기는 왕이 되겠다고 한다. 그가…….

연옥은 희열처럼 흐르는 눈물을 감추기 위해 미소 지었다. 바다 속 심연처럼 저 깊은 곳에서부터 벅차오르는 감정이 들끓었다. 심장이 쿵쾅거렸다.

나의 왕을 위하여…….

〈왕이 길들인 새 완결〉

외전

춘설春雪 나리실제

겨울이 가고 이른 봄의 서늘함마저 저만치 사라진 한양 땅에 춘색(春色)이 완연했다. 베어 낸 나무 등걸 틈바구니로 풀 한 포기가 일광(日光)에 고개를 삐죽 내밀었다. 겨우내 메말라 있던 매화나무 가지 끝에 꽃봉오리가 꽃을 피울 듯 말 듯 애를 태웠다.

이처럼 봄날의 온화한 시절이 도래했건만 어쩐 일인지 대전의 분위기가 심상치 않았다. 삼동의 추위를 견디던 때보다 경직되어 살얼음판을 걷는 듯했다.

부산한 걸음으로 희정당에 들어선 금군별장이 두리번거리며 상선을 찾았다. 왕의 침방 앞을 지키던 상선이 그를 발견하고 재빨리 다가가 속삭였다.

"별장 영감, 소식은 들으셨습니까?"

닫혀 있는 침방 문을 흘긋 본 금군별장의 얼굴이 도무지 믿기지 않는다는 표정이다.

"도적 떼라니 될 법이나 한 소린가?"

"그러게 말입니다."

"내금위장일세."

"예. 내금위장입죠. 어디 그냥 내금위장입니까? 전하의 정……."

"이 사람 상선!"

상선의 말을 화급히 막은 금군별장은 긴장한 눈길로 주위를 살폈다. 다행하게도 궁인들은 그들이 있어야 할 자리에 정물처럼 있을 뿐이었다. 상선의 말을 주워들은 자들은 없어 보였다. 자신의 실수를 깨달은 상선이 아차하며 입을 합 하고 닫았다.

금군별장이 입시하기 위해 옷매무새를 다듬자 상선은 이미 포도대장이 들어 있다며 기다려야 한다고 말했다.

"한동안 잠잠하던 궐내가 다시 뒤숭숭해지겠습니다. 앞전의 반란이 진압된 지 얼마나 됐다고…… 도적이 들어도 하필이면 내금위장 사가라니. 역린(逆鱗)을 어찌 감당한단 말입니까?"

"포도대장은 뭐라도 아는 눈치던가?"

금군별장의 물음에 한숨을 푹 내쉰 상선이 고개를 절레절레 흔들었다.

서안 건너 왕은 말이 없었다.

간밤에 일어난 사건의 경위를 고해 올린 포도대장은 두려움에 몸을 떨었다. 전립 위로 날아든 매서운 눈길에 모골이 송연했다.

내금위장 무연이 퇴청을 한 후 자신의 집에서 감쪽같이 사라졌다. 살림을 맡은 비자의 신고를 받고 출동하여 살폈더니 과연 비자의 말이 사실이었다. 세간이 흐트러지고 비록 얼마 되지 않는 재물이지만 함께 없어진 것으로 보아 도적이 들었던 것이 분명했다. 족흔(足痕)이 하나가 아니고 여러 개였으므로 무리를 지은 도적 떼의 소행일 가능성이 컸다.

"도적 떼가 들었단 말이지?"

이윽고 왕이 입을 열었다.

포도대장은 고개를 슬며시 들었다. 내금위장은 왕이 각별히 총애하는 자였다. 왕의 친병으로서 한시도 옥체에서 떨어져 본 적이 없는 자였다. 암암리에 왕이 남색을 탐하는 것이 아닌가 하는 소문이 돌 정도였다. 그런 내금위장이 변고를 당했다는 데도 옥음은 생각 외로 담담했다. 왕의 분노를 예상하고 두려워하던 포도대장은 얼떨떨했다.

"찾을 수 있겠느냐?"

언뜻 왕의 말투가 의미심장했다. 마치 넌 결코 찾을 수 없을 것이다 말하는 것 같았다.

"종사관과 부장에게 일러 수사토록 하였으니 곧 무어라 상신(上申)이 있을 것이옵니다. 송구하오나 당장은 아뢰올 말씀이 없나이다."

아뢸 말이 없다 하니 더 들을 말도 없었다. 눈썹을 미세하게 꿈틀거린 왕은 포도대장더러 그만 물러가라 했다. 주춤주춤 일어나는 포도대장을 홉뜬 눈으로 보던 왕은 눈을 감았다. 낮은 한숨이 새어 나왔다.

* * *

곤은 자꾸만 몸을 뒤척였다. 급기야 이불을 젖히며 앉은 그는 머리맡에 둔 자리끼를 벌컥벌컥 들이켰다. 몸 안의 더운 피가 부글부글 끓어올랐다. 야장의를 펄럭거리며 숨을 거칠게 몰아쉬었다.

사라진 연옥은 머리카락 한 올, 보이지 않았다. 포도대장은 매번 아직은 밝혀진 것이 없어 아무것도 아뢸 것이 없다며 송구하다는 말만 반복했다.

번뇌에 울적해진 마음을 금할 길이 없어 벌떡 일어나 지창을 열었다. 서늘한 밤공기가 훅하니 몰아치면서 폐부 깊숙이 침투해 들어왔다.

닫혀 있던 협실 문이 열리고 연옥을 대신해 숙위 중이던 이록이 고개를 조아렸다. 문밖에 대령해 있던 박 내관이 기척을 듣고 침방 안으로 들어왔다.

"전하, 어찌 침수 듭시지 못 하시나이까?"

하나 마나 한 물음이었다. 연옥이 사라진 시점부터 찾아온 곤의 불면은 당연한 것이었다. 곤은 대답 없이 지창 너머 어둠에 시선을 고정했다. 멀거니 저편 어딘가를 헤매는 눈길이 정처 없었다.

참말 이상도 하시지. 저리 그리워하시면서 어이해 찾지 않으시고 그저 계시기만 하실까?

무능한 포도대장이야 그렇다 치더라도 예전 같으면 이록이나 산채 군사들을 당장 풀어 전국을 뒤지게 할 왕이었다. 그저 매일같이 입시하는 포도대장의 무력한 보고에만 의존해 있는 것은 왕의 방식이 아니었다. 더욱이 도적 떼에게 잡혀갔다면 생사조차 확신할 수 없는, 급박한 상황이 아니던가. 박 내관은 암만 생각해 봐도 당최 이해되지 않았다. 그는 별수 없다는 듯 고개를 가볍게 저었다. 내관 나부랭이 따위가 어심을 낱낱이 알기란 어려웠다. 한낱 소환일 때도, 내시부 최고 관직인 상선이 된 지금도 그것은 마찬가지였다.

"허면 전하, 주안(酒案)이라도 올리라 하겠사옵니다."

불면의 밤은 언제나 길고 깊은 법이다. 따듯하게 데운 온주가 왕의 적적함을 조금이나마 달래 줄 것이다.

"입하(立夏)가 지났느냐?"

수라간에 주안상을 들이라 이르기 위해 물러나던 박 내관이 움찔하며 멈춰 섰다. 맥연히 시절을 묻는 곤의 말이 뜬금없었다.

"아니옵니다."

"허면 곡우(穀雨)는 지났더냐?"

"그도 아니옵니다. 춘분(春分)을 지나 이제 청명(淸明)이옵니다."

"겨우 그것밖에 아니 되었더냐?"

"낮이 길어졌으니 금세 하절(夏節)이 올 것이옵니다."

세월이란 무심하고도 야릇한 것이었다. 멀리 돌아오라 이르면 어느새 코앞이고, 왜 이리 더디냐고 어서 오라 이르면 유유자적 부지하세월(不知何歲月)이었다.

"참으로 심술궂은 것이 세월이란 놈이구나. 어찌 이리도 늑장일까."

곤은 혼잣말을 중얼거리더니 야장의 차림으로 침방 문을 나섰다. 어디로 가자는 말도 없이 홀로 휘적휘적 걷는 모양새가 흡사 몽유증을 앓고 있는 자처럼 보였다. 이록이 퉁기듯 일어나 급히 좇아 나갔다. 박 내관이 부랴부랴 담자(毯子 담요)를 챙겨들었다.

되짚어 보면 귀띔이 없었던 것도 아니었다. 걸음을 멈춘 곤은 금천교 아래, 개울에 비친 달그림자를 가만 들여다보았다. 잔잔히 퍼지는 윤슬이 반짝거렸다.

* * *

"안정(眼精)을 감으소서. 전하께서 술래가 되시는 것이옵니다."

사라지기 전날 밤, 연옥은 산보하자 졸랐었다. 살펴야 할 상소문이 산더미니 잠시 기다리라 말 하려던 것을 그만 그리하자, 하고 말았다. 유난히 희게 웃던 홍안에 대고 차마 거절하기 어려웠다.

수행궁관들을 피해 희정당을 빠져나와 반야의 궐내각사를 단 둘이 거닐었다. 닿을 듯 말 듯 손가락 끝이 맞부딪쳤다. 이따금 궐내를 순찰하는 순라군이나 내관들을 마주치면 언제 그랬냐는 듯 저만치 떨어져 딴청을 피웠다. 고개를 갸웃거리며 의심스러운 기색으로 지나쳐 가는 그들의 모습에 장난스럽게 키득거렸다.

금천교에 이르자 연옥은 곤의 손을 슬며시 놓았다. 걸음을 멈추고 돌아보는 곤을 향해 눈을 감으라 했다. 눈을 감고 술래가 되어야 한다며 부드럽게 미소했다. 느닷없는 말과 미소였다. 미소란 사람의 마음을 가리는 가장 유용한 방패임을 누구보다 잘 아는 곤이었다. 곤은 미소하는 그녀의 입술을 한참 바라보았다.

"엉뚱한지고."

그는 피식 웃음으로써 까닭 모를 기이함과 불안함으로부터 벗어나고자 했다. 연옥의 허리를 끌어안고 곡선을 이루며 휘어진 목덜미에 얼굴을 묻었다. 그녀의 말을 듣지 못한 척 천하의 한량마냥 실없이 지분거렸다. 코끝에 스며드는 그녀의 체취에 정신이 아득해졌다.

연옥은 그로부터 벗어나 다리 난간에 기대었다. 성큼 다가선 곤이 손을 뻗어 난간을 짚었다. 퇴로가 막힌 채 연옥은,

"누가 볼까 두렵사옵니다."

중얼거렸다.

곤은 연옥의 입술을 향해 고개를 숙이다 말고 멈칫했다. 눈을 들어 그녀의 얼굴을 쏘아보았다. 연옥은 찬물처럼 맑고 시린 눈으로 그의 시선을 빨아들였다.

"보면 어떠하냐. 왕이 남색을 탐한다는 풍문을 듣지 못한 자가 없거늘."

"허니 더 두렵지요. 소인의 존재가 전하의 치세에 오점이 될까 두렵사옵니다."

"나는 미친놈이다. 부왕의 계비를 내치고 배다른 아우를 죽인 폐륜 군주다. 거기에 남색이라는 오명 하나쯤 더한다고 뭐 다를 성싶으냐? 어차피 미치광이 왕인 것을."

왕이 고집불통이듯 반대편에 선 신료들 역시 끈질겼다. 신료들은 매번 모였다 흩어지기를 반복하면서 왕에게 싸움을 걸었다. 지리멸렬한 싸움이 지속되는 동안 단 한 번도 왕을 제압하지 못한 신료들은 그들 자신의 무능을 인정하기보다 왕을 광인으로 몰아가는 것을 선택했다. 지켜야 할 것을 지키기 위한 왕의 투쟁은 어느덧 미치광이의 난장쯤으로 치부되었다. 신료들은 금상의 치세가 난세임을 주장했다. 미친 왕에 대한 이야기는 노회한 신료들의 입을 타고 가랑비처럼 백성들 사이로 스며들었다. 허나 이상한 일이었다. 난세를 부르짖는 백성들 입속에 들어가는 밥알의 수가 다른 어느 때 보다 풍족했다. 부른 배를 두드리며 구들장에 누운 백성들은 윗동네 무슨, 무슨 대감네 종놈이 자기네 대감한테서 들은 이야기를 해 주더라며, 미치광이 왕에 대한 이야기를 신나게 지껄였다. 미치광이가 다스리는 난세의 배부른 백성들이라니. 이상하다 하지 않을 수 없었다.

연옥은 고개를 돌렸다. 다리 밑, 윤슬을 멍하니 응시했다. 개울에 어른거리는 달빛이 표표했다. 암암한 주변을 휘돌아보았다. 그녀는 다시 곤을 돌아보았다. 돌연 그의 품속으로 파고들었다. 두 팔을 벌려 아름드리나무처럼 강하고 단단한 허리를 질끈 끌어안았다.

"어찌 그러느냐?"

결국 묻지 않을 수 없기에 곤은 묻고 말았다. 연옥은 그의 품을 더욱 파고들었다.

"네가 지금 나를 불안하게 하는 걸 아느냐."

"전하……."

칼을 차고 칼을 휘두르며 땀범벅이 되어 군관들 사이에서 가쁜 숨을 몰아쉬던 연옥의 모습이 보기 싫었다. 크게 웃음 터트리며 수염 덥수룩한 부장의 어깨를 호탕하게 두드려 주던 모습이 눈에 거슬리고 또 거슬렸다. 당장이라도 저들 무리에서 끌어내고 싶었다. 그토록 싫다 했건만 부득불 사내 노릇을 고집하던 연옥이었다. 잠행을 나가지 않으면 궐 안에서는 저가 여인이라는 사실조차 잊어버렸다. 누구에게 들킬세라 전전긍긍 한시도 긴장을 놓지 않았다. 그런 그녀가 사방이 훤한 대궐 앞마당에서 여인 본연의 모습으로 돌아와 스스로 안겨 들었다. 전에 없던 일에 곤은 혼란스러웠다.

연옥은 충동적인 자신의 행동을 무색해하며 곤을 밀어냈다.

"송구하옵니다. 천것이 감히 옥체를……."

"네가 어디 천것이라더냐? 내게 가장 어렵고, 가장 애달픈 이가 너다. 세상천지 어디에 너만큼 귀한 이가 또 있을까? 그러니 알지 못할 말, 알지 못할 행동…… 그런 거 하지 말거라. 나를 불안하게 하지 마."

"전하……."

"오늘 밤 너는 참…… 이상하구나."

연옥은 입을 다물었다. 고개를 떨군 그녀는 제 손목에 묶여 있는 가죽 끈을 만지작거렸다. 시간이 얼마나 지났을까. 꿈을 꾸듯 나직이 중얼거렸다.

"이 봄이 지나 다시 찾아온 봄날, 자하골에 참꽃이 지천으로 피면 말이옵니다. 봄눈이 붉게 물든 꽃잎 위로 흩날리면…… 전하, 그때가 되면 소인을 찾으시옵소서."

"어이해 나를 버리고 어디라도 떠나 버릴 것처럼 말을 하느냐."

곤은 잇새를 악물며 연옥을 노려보았다.

"허면 내 이 금천교 바닥에 대자로 누워 주마. 네가 나를 지르밟고 갈 터이냐?"

연옥은 심술부리는 아이를 어르듯 점점 일그러지는 곤의 얼굴을 지그시 보았다. 곤은

"너는 대체……."

라며 말끝을 흐렸다. 불안과 혼란에 떠밀린 그는

"어찌 이리 알 수 없이 군단 말이냐!"

고함을 치며 연옥의 팔을 와락 붙잡았다. 당혹한 듯 움찔한 연옥이 자신의 팔을 붙잡고 있는 곤의 손 위로 다른 쪽 손을 살며시 얹었다. 그녀의 온기가 그의 혈관 속으로 스며들었다.

"전하께서 술래시라니까 그러시옵니다."

조그만 소리로 웅얼거린 연옥은 실제로 품속에서 흰 손수건을 꺼내 곤의 눈을 가렸다. 홀연히 터트리는 그녀의 웃음소리가 청아했다. 곤은 일순간 안도되었다. 네가 나를 놀리려 한 것이구나. 괜한 소리에 마음만 철렁하였다며 허허거렸다. 한 걸음, 두 걸음, 세 걸음…… 멀어지는 연옥의 걸음 소리에 집중했다. 허공을 더듬으며 연옥을 찾아 조심스레 걸음을 내디뎠다.

그날 밤, 술래가 된 곤은 끝내 연옥을 잡지 못했다. 한참 어둠 속을 헤매며 연옥을 찾다 에잇, 아니 하련다. 손수건을 홱 풀었다. 멀찍이 서서 저를 보고 웃는 연옥을 향해 재미없다. 이딴 것 아니 한다 퉁바리를 주었다. 그리고 정말 그녀는 사라져 버렸다.

거짓말처럼…….

* * *

어찌하여 몰랐을까? 왜 나는 그날 밤 너를 잡지 않았을까? 잡았다면, 그랬다면 너는 아직 내 곁에 있었을까? 내게서 사라지는 것을 막을 수 있었으려나…….

몇 번을 곱씹어 생각하지만 지나간 일을 되돌릴 방도 따윈 없었다.

근래에 연옥은 함께 있으면서도 멍하니 혼자만의 생각에 빠져 있기가 부지기수였다. 무엇을 생각하느냐고 물어봐도 그저 눈만 껌벅일 뿐, 그녀는 전혀 다른 세상에 가 있는 듯 굴었다. 그 까만 눈이 무엇을 감추고자 마음을 먹는다면 알아낼 길이 없었다. 곤은 지난 얼마간의 연옥을 떠올리며 그녀가 부초 같았음을 기억해 냈다. 흐르는 강물을 따라 언제가 훌쩍 떠내려가 버릴 부초.

전조는 얼마든지 있었다. 다만 알아채지 못했을 뿐.

박 내관이 조심스레 입을 열더니 내금위장을 찾지 않으실 작정이시냐 물었다. 매양 허탕 치는 포도대장만 믿을 것이 아니라 금군별장이나 산채 군사들을 풀어야 할 것이 아니냐 했다. 곤은 새삼스러운 눈길로 박 내관을 빤히 쳐다보았다. 그는 침묵 끝에 글쎄, 또 다른 봄이 아직이구나 했다. 도래한 봄이 미처 지나기도 전에 다시 도래할 봄을 찾는 그를 보며 박 내관은 고개를 갸웃거렸다. 이록과 눈을 마주치고 별장께서는 왕언을 이해하시겠느냐, 눈빛으로 물었다. 이록이 숨을 크게 들이쉬었다 뱉으며 고개를 내저었다.

* * *

사라진 내금위장의 일로 궐 안에 숙덕거리는 소리들이 요란했다. 조선 제일검이라는 왕의 유일한 적수, 금군별장 최이록에 못지않은 내금위장이었기에 뒷소리들이 유난했다. 도적 떼 몇 놈이 쳐들어왔다고 힘없이 당할 이가 아니었으므로 의심쩍어 하는 이들이 많았다.

어느 날 떡하니 나타나 왕을 지근거리에서 호위하던 내금위장은 나타났을 때와 마찬가지로 홀연히 사라져 버렸다. 나타남도, 사라짐도 참으로 덧없었다. 덧없는 존재는 으레 사람들의 상상력을 자극하기 마련이었다. 왕의 총애가 다하자 그에 실망한 내금위장이 배를 타고 대국으로 건너가 버렸다는 것이 가장 흔한 이야기였다. 어떤 이들은 왕의 밀명을 은밀히 수행하는 중이 아니냐고 했다. 혹자는 왕비가 대국에서 고수를 불러 내금위장을 암살한 것이라고 했다. 왕이 여색을 탐하는 것이야 왕비 입장에서도 어쩔 수 없는 일이겠으나 남색이라면 이야기가 달라진다는 거였다. 왕실의 체통은 물론이요, 왕비의 체면도 걸린 문제니 결코 그냥 두고 볼 수는 없었을 것이라 했다.

가납사니(쓸데없는 말 하기를 좋아하는 수다스러운 사람) 같은 젊은 궁인들이나 내관들은 삼삼오오 모여 말을 만들고 퍼트리기를 마다하지 않았다. 각전 감찰 상궁들의 엄한 감시에도 좀체 수그러들 기미가 보이지 않았다. 포도대장이 도적 떼의 꼬리조차 잡지 못하고 수사를 헤매는 것도 와설(訛說)을 부풀리는 데 한몫했다.

"이년들! 네년들이 지금 무어라 추잡한 말을 지껄이는 게냐?

정녕 물고(物故)가 나야 그 입들을 다물겠느냐?"

감찰 상궁의 호통 소리가 대궐의 담을 넘을 정도로 쩌렁쩌렁했다. 담벼락에 모여 머리를 맞대고 조잘대던 대조전의 지밀나인들이 바닥에 엎어져 죽을죄를 지었다며 살려 달라 빌었다. 저것들을 당장 잡아들이라는 감찰 상궁의 명령에 그들의 몸에 굵은 홍줄이 지워졌다.

지창 밖 소란에 귀를 기울인 왕비는 침자(針刺 바늘)를 내려놓고 둥그런 수틀을 옆으로 밀었다. 고운 천에 십장생이 수놓이다 말았다. 시녀상궁이 왕비의 눈치를 살피더니 열어놓은 지창을 얼른 닫아걸었다. 심기가 불편해진 왕비의 이마가 가늘게 주름졌다. 연신 마른기침이 토해져 나왔다.

"내금위장의 행방은 여태 오리무중이라더냐?"

목소리가 갈라졌다. 냉수를 바쳐 올린 상궁이 물러나 앉으며 답을 고했다.

"그렇다 하옵니다. 형조까지 나선 모양이온데 일의 진척이 영 더딘 듯하나이다."

"그래서야 쓰겠느냐. 어서 찾아야지."

"하온데 정작 전하께서는 내금위장의 부재를 심상히 대하신다 하옵니다. 혹여 전하께서 내금위장을 포기하신 건 아니신지……."

왕비가 엄한 눈길로 노려보자 찔끔한 상궁은 하던 말을 멈추고 입을 닫았다.

"전하께서 중히 여기시어 곁에 두신 이니라. 귀한 신하를 잃으신 어심이 오죽이야 상하셨을꼬."

왕비는 물 대접을 멀거니 보았다. 물 한 모금 넘기는 것도 버거운 듯 대접을 힘없이 내려놓았다. 상궁이 걱정스레 왕비의 면부를 올려다보았다. 핏기 없이 창백한 얼굴이 해쓱했다.

"마마, 괜찮으시옵니까?"

"무엇이?"

"옥체가……."

"하루 이틀이더냐. 자주 골골하다 보니 이제는 습성인 듯하여 괜찮다."

"받잡기 송구하옵니다. 어의를 한번 들이시옵소서."

상궁의 말을 듣는 둥 마는 둥 왕비는 조금 전 나인들을 호되게 혼내던 감찰 상궁의 말을 되짚었다.

"네년들이 지금 무어라 추잡한 말을 지껄이는 게냐?"

추잡한 말들. 말들. 말들…….

왕비는 궐내에 도는 가당치 않은 와설들에 대해서 곰곰이 생각했다. 듣고 흘려버릴 가치 없는 이야기들이었다.

"내가 내금위장의 암살을 사주하였다지?"

낮게 뇌는 말에 상궁이 황망히 고개를 조아렸다.

"물색없는 자들의 괜한 표설(漂說)이옵니다. 마마께서는 심려치 마소서."

어지럼증이 일었다. 왕비는 이마를 짚으며 숨을 깊게 내쉬었다. 괜한 표설이라고 치부하기엔 내심 찔리는 구석이 있었다. 내금위장을 죽이는 일에 대해 진지하게 고민한 적이 있는 것은 사실이었다.

왕과 내금위장이 서로 남색을 즐긴다는 소문이 대조전 월대위까지 올라왔을 때 여인으로서 느낄 수밖에 없었던 수치와 모멸감이 떠오르자 왕비는 당시의 분노가 다시금 솟구치는 듯했다.

그 즈음 대조전은 왕의 발길이 닿지 않는 냉궁이나 마찬가지였지만 생과부와 다름없는 처지가 꼭 나쁘기만 한 것은 아니었다. 왕비는 자신의 처지가 어찌 되었든 제 속으로 난 원자가 저위에 올라 왕통을 잇게 되었으니 왕실에나 친정에나 저 할 도리는 다 했다며 자부했다. 세자가 무탈하게 보위에 오르기까지 마음을 놓을 순 없지만 왕에겐 세자 외에 다른 자식이 없었으므로 자리를 위협받을까, 크게 전전긍긍할 일도 없었다.

그처럼 왕비는 누군가 자신의 지위와 세자의 입지를 흔들지 않는다면 비록 왕에게 냉대받는 처지라 할지라도 나쁘지 않다 여기고 있었다. 늘 편치 않은 몸이기에 왕을 부족함 없이 모실 자신도 없었다. 그저 이대로, 순리대로만 세월이 흘러 주기를 바랐다.

헌데 대명천지에 남색이라니!

말도 안 되는 낭설이라 했다. 왕이 누구란 말인가. 뼛속까지 정치적인 인물이었다. 티끌 하나 흠 잡힐 구실을 만들 리 없었다. 그런 왕이 여색도 아니고 남색이라니 도무지 말이 안 된다 했다. 참담하기 그지없는 와설을 입에 담는 것들은 모두 잡아들이라 했다. 그러면서도 왕비는 순간의 분노를 참지 못하고 희정당으로 걸음 했다.

왜 아니 그럴까. 왕은 비단 왕비만이 아니라 유일한 후궁인 임숙용은 물론 다른 어떤 여인에게도 관심을 두지 않았다. 이는 왕비가 왕의 냉갈령을 묵묵히 참아 낼 수 있었던 근거 중 하나였다. 얼마간 왕이 궐 밖에 여인을 두고 잠행을 다닌다는 소문이 돌기도 했지만 오래가지 않았다. 하여 왕비는 여인으로서의 자신이 왕의 마음에 차지 않는다기보다, 왕이 사내로서의 삶이 아닌, 왕으로서의 삶에 그의 정력을 더 쏟는 탓이라 여기며 자위했다.

어차피 타고난 성격이 강단지지 않았기에 왕의 관심을 요구할 깜냥도 안 되었다. 가납사니들이 대조전을 가리켜 버림받았느니, 어쨌느니 장히도 떠들어 댔지만 무시하면 그만이었다. 그편이 왕의 애정을 갈구하는 것보다 훨씬 편했다. 오히려 왕도 사내이거늘, 여인이 되어 지아비 하나 어쩌지 못하느냐며, 야단하는 친정 아비의 꾸지람이 더 참기 힘들었다. 왕비는 왕을 사내로서 보지 않고 왕으로서 보자 쓸쓸한 자신의 삶이 납득되었다. 어느 여인도 왕의 마음을 비집고 들어갈 수 없다 여겼을 때는 그것이 위안이었다.

그러나 추문은 기어이 왕비의 허를 찌르고 말았다. 와설의 대상이 차라리 여인이기를 바라는 지경이었다. 적어도 여인이라면 우아하게 왕비의 소임을 내세워 직첩을 내리고 발밑에 무릎 꿇려 체면치레라도 할 것을. 사내를 어찌 하겠는가. 궐 안 지천에 꽃이 만발한데, 만개한 꽃은커녕 사내에게 밀려 꾸어다 놓은 보릿자루마냥 숙덕거리는 말들을 잠자코 듣고만 있어야 했다. 지아비에게 사내보다 못한 대접을 받는 여인이라니…….

* * *

부원군이 문호대군 창의 죽음에 연관되어 유배를 떠나게 되었을 때, 왕비는 세자라도 지키자는 마음으로 더더욱 대조전 깊숙이 숨어들었다. 혹여 왕의 눈 밖에 날까 숨소리조차 내지 않았다. 허나 기실 그녀의 이면은 아비에게 등 떠밀려 왕의 관심을 구걸할 필요가 없어짐을 기꺼워했다.

갖지 못할 것은 버리고 취할 것만 취한, 대조전 지밀을 탐내는 자가 없는 한 지속될 평온함이었다. 그리고 그 평온은 차마 생각지도 못한 곳에서 무너져 버렸다. 예상치 못한 곳에서 허를 찔린 왕비는 애써 쌓아 올린 평온함을 뚫고 대조전 밖으로 나왔다. 허명만으로 아무것도 하지 않으며 아무것도 듣지 않고 있는 듯 없는 듯 지내던 왕비였다. 그러나 내심 저 깊은 곳, 한 자락 남아 있던 여인으로서의 자존심이 그녀의 분노에 부채질했다.

막상 왕을 마주한 왕비는 입이 떨어지지 않았다. 늘 그런 식이었다. 무심한 왕의 눈길을 마주하노라면 내내 입속으로 중얼거리며 외었던 말조차 새까맣게 잊고 말았다.

왕비는 눈길을 돌려 협실이 있는 쪽을 보았다. 문가에 움직임 없이 앉아 있는 내금위장을 날카롭게 찔러보았다. 자신을 보는 눈길이 의식되었던지 내금위장은 고개를 깊이 조아렸다.

"생전 걸음 하지 않더니 내전께서 과인의 침방까지 어인 일이시오?"

화들짝 놀란 왕비는 내금위장을 향한 눈길을 거두고 왕을 다시 바라보았다. 왕은 고개를 반쯤 돌려 내금위장을 흘끗 보았다. 그는 물러가 있으라며 내금위장을 밖으로 내보냈다.

"궐 안에 재밌는 이야기들이 심심치 않게 돈다던데 혹여 그 일로 걸음 하신 겝니까?"

왕비는 붉어진 얼굴로 입술을 사리물었다. 이 순간 자신의 심약함이 원망스러웠다. 한 점 거리낄 것 없다는 듯이 담담히 앉아 있던 내금위장의 모습에 왠지 기가 죽었다. 왕비의 시선으로부터 그를 보호하려는 듯 서둘러 내보낸 왕의 태도에 더욱 그런 기분이 들었다. 내가 저자를 어찌하기라도 했느냐며 말 한마디 하지 못한 왕비는 자신이 더없이 모자라게 느껴졌다.

"내금위장의 승차가 지나치게 빠르다 하더이다."

왕비는 묻고자 하는 말 대신 엉뚱한 말을 꺼냈다.

왕은 왕비를 물끄러미 바라보았다. 왕비의 말 속에 감춰진 뜻을 유추하기 위해 고심했다. 본래도 부원군의 부추김이 아니면 잘 나서는 법이 없었다지만 친정아비의 처지가 나락으로 떨어진 뒤로 더더욱 대조전에서 두문불출하던 왕비였다. 세상 돌아가는 이치야 어떻든 상관없는 태도로 그저 세자만이 세상의 전부였다. 그런 왕비가 난데없이 좇아와 내금위장을 걸고넘어지다니 무언가 아귀가 맞지 않았다.

왕은 한참만에야 고개를 끄덕였다.

"내금위장의 승차가 빠르기야 하지요."

"근본도 확실하지 않은 자라 들었사옵니다. 애초에 서궁이 천거한 자 아니더이까?"

"저만한 실력이 내금위 안에 없으니 어쩌겠소? 사람됨이 괜찮다면 실력대로 자리를 주어도 무방할 거외다."

"하오나 전하……."

"궐 안의 풍문이 와설인지 아닌지 묻고 싶소?"

짐짓 지루한 기색이던 왕은 대뜸 그렇게 물었다. 왕비의 안색을 살피는 눈초리가 날카로웠다.

말문이 막힌 왕비는 치마를 훔켜쥐었다. 손안에서 치마가 서걱거렸다.

"세자는 왕이 될 거요. 내전께서는 대비가 되시겠지. 유배 가 있는 부원군은 결국 언젠가 면책이 될 터. 내전의 본궁은 유지될 것이니 그것으로 족하지 않겠소이까?"

"와설이 아니란 말씀이시옵니까? 신첩더러 입 다물고 있으라는 말씀이냔 말이옵니다."

"손에 쥔 것이나 잘 지키란 말씀을 드리는 거외다."

허울뿐인 부부사이라지만 이토록 야멸찰 수 있단 말인가. 왕을 정면으로 쏘아본 왕비는 요동치는 마음을 감추려는 듯 눈을 감았다. 그녀는 작게 중얼거렸다.

"실로 신첩을 무참히 만드시옵니다."

무참하다니. 무슨 의미란 말인가. 왕비가 단순히 내명부를 관장하는 입장으로서 나서는 것인지 다른 뜻이 있는 것인지 왕은 아리송했다.

왕비는 감았던 눈을 뜨고 단호해진 투로 말했다.

"전하, 내금위장은 사내이옵니다."

"계집이면 괜찮으시겠소?"

왕은 저도 모르게 되잡아 물었다. 왕비는 한동안 멍했다. 제 속으로 차라리 계집이면 낫지 해 놓고 정작 그에 대한 답이 쉽게 나오지 않았다.

왕은 다시 한 번 물었다.

"계집이면 괜찮으시겠느냐 물었소."

"신첩이 언제 전하께 여인이었던 적이 있사옵니까, 여인이 되려 한 적이 있사옵니까?"

즉답을 피한 왕비는 말꼬리를 돌렸다. 왕에게 여인이고 싶었던 적이 아예 없지는 않았다. 아비에게 등 떠밀려서든 자발적으로든 분명 여인이고 싶었던 적이 있었다. 그 바람을 꺾고 대조전 안으로 숨어들게 한 것은 왕의 냉담함이었다. 왕비의 얼굴 위로 복잡한 심정이 찰나처럼 스쳐 지나갔다.

집요한 눈길로 왕비를 주시한 왕은 순간을 놓치지 않고 마침내 왕비의 심속을 간파했다.

맙소사.

왕비는 스스로 깨닫지 못하는 새 순간이나마 여인의 얼굴을 하고 있었다. 왕이 알고 있던 얼굴이 아니었다. 그전의 왕비는 도무지 무어라 불러야 할지 모르겠는 얼굴이었다. 겁에 질린 아이의 얼굴 같기도 하고 내일 죽어 나가도 모를 병자의 얼굴 같기도 했다. 아비의 성화에 떠밀려 꾸역꾸역 계집 노릇을 하려던 얼굴 위로 어색함과 공포가 동시적으로 떠올라 왕을 진저리치게 만들었다.

허나 좀 전에 순간적으로 보였던 왕비의 얼굴은 다른 감정이 섞이지 않은 여인의 얼굴, 순수 그 자체였다. 왕은 역증이 났다. 내금위장이 보고팠다. 자신과 내금위장 사이에 끼어들려는 존재는 무엇이 되었건 탐탁지 않았다. 다소 방어적이 된 왕은 입술을 비틀며 이죽거렸다.

"새삼스러운 말씀을 하시는 구려. 이제 와 과인에게 여인이라도 되고 싶으신 거요?"

"소싯적에는 한순간 그런 욕망을 꿈꾸기도 했었사옵니다."

순순히 인정하는 왕비의 말에 왕은 눈썹을 꿈틀거렸다. 미처 왕의 기색을 살피지 못한 왕비는 계속해서 말을 이었다.

"허나 포기한 지 오래되었사옵니다. 세자와 본궁의 안위만 보장된다면 내명부를 호령하는 것만으로 충분하다 만족하고 사옵니다. 하여 신첩은 지금 투기를 하는 것이 아니라 무릇 국모가 가져야 할 체통에 대해 말씀드리고 있는 것이옵니다."

왕비의 목소리가 커졌다. 언성을 높이는 일이 지극히 드물었던 여인이기에 왕은 놀란 눈이 되었다. 잠시 생각을 하는 듯하던 그는 나직이 입을 열었다.

"내전은 빈궁 시절부터 항상 주눅이 들어 있었소."

타고난 천성이 그러려니 해도 왕비를 볼 적마다 부아가 났다. 선왕에게 치도곤을 당할 때마다 몸과 마음을 사려야 했던 자신이 떠올라 왕은 왕비 보기를 꺼려 했었다. 그리고 왕은 지금 그것을 왕비에게 처음으로 고백했다.

왕비는 처음으로 알게 된 왕의 속내에 무어라 대꾸할 말이 없었다. 치마가 서걱거리듯 마음 또한 짓이겨져 서걱거렸다. 침묵이 적요한 공간을 유수처럼 흘렀다. 왕비는 떨리는 입술로 애써 하고자 하는 말을 웅얼거렸다.

"무어라 말씀하셔도 내금위장은 아니 되옵니다."

"어쩌겠소. 마음이 내금위장을 향하는데."

"전하께서는 개인의 감정을 포기하고 사신 분 아니시옵니까? 헌데 어이해 지금에서야……."

"그러니 열병 아니겠소? 내치고 내쳐도 기어에 차고 들어와 마음을 흔들어 놓으니 열병이 아니면 무엇일까."

열병이라니…….

참으로 낯간지러운 소리다. 왕비는 왕을 낯설게 보았다. 늘 낯선 왕이지만 오늘은 그 정도가 더했다. 아예 모르는 사람처럼 느껴졌다.

"하고많은 계집들을 두시고 어찌하여 사내를 탐하신단 말이옵니까? 궐 안의 가납사니들이 어찌 떠들고 다니시는지 아시옵니까?"

"내전……."

"신첩은 전하께 여인이 아닐지 모르나 일국의 내명부를 다스리는 국모이옵니다. 그러한 신첩을 조정과 만백성 앞에 이런 식으로 수모와 망신을 주려 하시옵니까? 신첩을 내치실 것이 아니시라면 부디……."

"계집이면 되시겠소?"

왕은 수면 아래로 가라앉아 있던 질문을 다시금 꺼내 놓았다. 숨을 몰아쉰 왕비는 체념 어린 목소리로 느릿하게 대답했다.

"신첩은 내금위장에 대해서 말씀드리고 있사옵니다."

왕은 신중해진 눈길로 왕비를 빤히 바라보았다. 위로부터 저 아래 밑바닥까지 궐 밥 먹는 자치고 눈치가 빤하지 않은 자가 없었다. 이미 퍼진 추문, 내금위장의 일거수일투족에 호기심과 감시의 눈길이 집요하게 따라붙을 것이 자명했다. 그러다 보면 제아무리 내금위장이나 왕이 조심한다 해도 들켜서는 아니 되는 꼬투리를 잡힐 가능성이 컸다.

상념에 빠져 있던 왕은 문득 잊고 있었다는 듯

"나 역시 내금위장에 대해서 말하고 있소."

라며 왕비의 말에 뒤늦은 대답을 했다.

"무슨 말씀을 하시는지 신첩은 도무지 알지 못하겠나이다."

"내금위장 무연이 여인임을 말씀드리는 거요."

왕비는 왕의 말을 이해하려 했으나 쉽사리 이해되지 않았다. 내금위장의 생김을 떠올리려 애를 써 보았으나 선뜻 떠오르지 않았다. 방금 전에 보았던 그 얼굴이 오래전 기억인 양 흐릿했다. 왕비의 얼굴이 비틀렸다.

"신첩을 놀리시는 것이옵니까?"

"그럴 리가."

왕비는 당혹감에 어찌할 바를 몰랐다.

"여인이 무슨 영문으로 내금위장의 자리에 있단 말이옵니까? 조정에서 알면 파란이 일 것이옵니다."

"곁에 둘 수 없어서 그러하오. 곁에 둘 수 없는데 곁에 둘 수밖에 없으니 그러는 것이오."

"알 수 없는 말씀만 하시옵니다."

"지난 무술년에 일어난 서자성의 역모 사건을 기억하시오?"

"혜성이 떨어졌던 사건을 말씀하시옵니까?"

"나와 부원군이 작당한 일이오."

새삼스러운 일도 아니었다. 왕과 부원군이 얼굴을 맞대고 하는 일이란 매상 그런 일들이었음을 왕비 역시 모르지 않았다. 헌데 그 일이 내금위장과 무슨 상관이란 말인가.

"당시 서자성의 유일한 여식이 도망을 쳤소. 내금위장이 그이요."

왕비는 혼란한 눈길로 왕을 보았다.

"역적의 손을……."

"억울한 인생이오."

"전하……."

"처음엔 죄책감인 줄 알았소."

"아니옵니까?"

"아니었소. 나는 사내이길 포기한 사람이오. 감정은 사치라 여겼소. 허나 그렇지 않음을 깨닫게 해 준 이가 내금위장이오."

왕의 갈등은 왕비가 침방에 발을 딛는 순간 시작되어 왕비의 내심을 알게 된 시점부터 심화되었다. 그렇지 않아도 추문으로부터 내금위장을 어찌 보호하나 골몰하던 왕에게 왕비의 등장은 실로 반가운 것이었다. 내금위장과 자신을 세간의 시선으로부터 막아 줄 가림막으로 왕비가 적당하다는 생각이 퍼뜩 떠올랐다. 유일한 후궁인 임 숙용에게 그 역할을 맡겨 볼까 생각도 해 봤다. 하지만 왕의 눈길을 받지 못해 안달이 난 임 숙용은 믿을 수 있는 대상이 아니었다. 그에 비하면 왕비는 친정사가의 몰락 이후로 아무런 힘도 방패 막도 없는 이였다. 심지어 제 안의 감정조차 저 밑바닥 아래에 내려놓고 사는 이였다. 게다가 세자의 안위만 공고하다면 뭐라도 할 인물이었다.

왕비는 얼떨떨한 심정이었다. 왕은 사정하는 법을 모르는 이었다. 원하는 바가 있다면 싸워서 쟁취하는 것이 그가 아는 유일한 방법이었다. 그런 왕이 가례를 올린 이후 처음으로 왕비에게 속내를 드러내 보이고 있었다.

"내전은 과인을 잘 알지 않소? 하루에도 골백번 내금위장의 이름을 찾아 주겠다 호언장담하지만 결국 헛소리일 뿐, 과인이 내금위장에게 해 줄 수 있는 건 아무것도 없소이다. 그럼에도 곁에 두고 있는 것은 과인의 욕심 때문이오. 그러니 내전……."

왕은 잠시 말을 골랐다. 긴 호흡 끝에 왕은 다시 말을 이었다.

"과인은 내전과 세자를 결코 버리지 않을 것이오. 내금위장이 가질 수 있는 건……."

왕은 또다시 말을 멈췄다. 왕비는 그의 뒷말을 알 것 같았다. 그녀는 왕이 할 말을 대신 뇌었다.

"내금위장이 가질 수 있는 건 이곤이라는 사내 하나뿐이겠지요."

"……맞소. 그것뿐이오. 내전께서는 세상에 드러난 나를 가지시오. 왕을 가지시오. 그대가 원하는 것이지 않소?"

왕은 자신을 향한 왕비의 진정한 마음을 모르는 척 매몰차게 말했다. 어차피 길이 이어지는 한 끝까지 함께 가야 할 존재였다. 내금위장과 다른 의미로 왕비 역시 왕의 곁을 영원히 지킬 수밖에 없었다. 그들에게는 세자가 있었고, 세자가 존재하는 한 그들은 영원한 동반자였다. 왕비의 모성은 언제나 그녀 개인의 감정보다 앞섰으며 그 무엇도 세자보다 우위에 두지 않을 것임을 왕은 잘 알고 있었다.

일그러진 얼굴을 하고서 돌처럼 앉아 있던 왕비는 벌떡 일어나 방을 가로질렀다. 방문을 열려는 찰나 쫓아온 왕이 손을 뻗어 가로막았다. 왕비는 왕의 손을 노려보았다.

"신첩더러 지아비에게 박대당하는 것으로도 모자라 지아비의 비역질까지 감내하라는 말씀이시옵니까?"

"사정을 말씀드리지 않았소? 내금위장은……."

"세상은! 세상은 말이옵니다. 내금위장을 여전히 사내로 아옵니다. 그리고! 신첩을 소박맞은 아낙으로 아옵니다. 계집이면 정실 유세라도 톡톡히 하지요. 일국의 왕이 후궁 몇 두시는 거야 누가 무어라 하리까? 허나 계집도 아닌 사내를 대체 신첩더러 어찌하라고……."

"일평생 과인에게 공식적인 여인은 내전뿐이오. 자식 또한 세자가 유일할 것이외다. 다른 원하는 것은 모두 주겠소."

허나 마음은 아니 주시겠지요. 이곤이라는 사내는 언감생심 꿈도 못 꾼다 이 말씀이지요? 왕비는 씁쓸했다. 그녀는 서자성의 여식이 가진 것을 탐내하면서도 자신에게 주어진 것을 포기할 자신이 없었다.

"신첩을 놓아주시옵소서. 차라리 사가의 여인으로 살게 하여 주소서."

"그대는 왕비요. 그대가 사가의 여인이 되는 길은 폐비밖에 없소. 진정 그것을 원하는 것이오?"

왕은 자신이 왕비의 심약한 마음 뒤에 도사리고 있는 탐욕에 대해 다 아는 것처럼 말했다. 오래도록 우두커니 서 있던 왕비는 정녕 폐비가 되고자 하냐는 왕의 질문에 부답했다. 문고리를 잡고 있는 왕의 손을 잡아 떨어트렸다. 왕이 한마디라도 할라치면 무섭고 두려워 궁지에 몰린 연약한 짐승처럼 떨던 모습이 아니었다.

"내전도 나이가 드는 모양이오."

왕은 바뀐 왕비의 모습을 에둘러 표현했다.

"과인이 알던 그대의 모습이 아니외다."

"소싯적 신첩의 모습이 지금과 같았다면 신첩을 향한 전하의 무심함이 조금은 달라졌겠나이까?"

갑작스러운 왕비의 질문에 왕은 왕비의 눈을 가만히 응시했다. 그는 고개를 천천히 내저었다.

"모르겠소. 그것을 따진들 무슨 소용이겠소?"

그럴 줄 알았다며 왕비가 실소를 터트렸다.

"신첩에게 평생 함묵하셨을 수도 있으셨사옵니다. 어찌 말씀하셨사옵니까?"

"그대를 향한 과인의 무심함은 기실 내 자신을 향한 원망과 미움이었소. 매번 과인에게 고개를 조아리고 전전긍긍하는 내전의 모습이 선왕 앞에 엎드려 목숨을 구걸하는 과인의 모습과 다를 바 없었던 탓이오. 과인은 그것이 치 떨리게 싫었소이다."

"삼간택에 나서기도 전에 궐은 무서운 곳이라 질리도록 들었사옵니다. 아비는 조심하라 이르고 또 이르더이다. 지아비 눈 밖에 나지 마라. 시아버지에게 미움 사지 마라……."

왕비는 입술을 질끈 깨물었다. 왕은 왕비의 말을 잠자코 기다렸다. 잠연히 가라앉았던 왕비의 목소리가 북받친 설움과 함께 다시금 높아졌다. 구구절절 토해 내는 왕비의 말이 장구했다.

"너 하나 잘못되면 너로서 끝나는 것이 아니라 가문의 명줄이 경각에 달릴 것이다, 아비가 겁을 주니 그렇지 않아도 못난 것이 어찌 동동거리지 않았겠나이까? 신첩은 겨우 열 두엇 어린 나이에 엄혹한 구중궁궐에 내쳐졌사옵니다. 한낱 필부의 아내가 되어도 시집이 무섭고 낯선 법인데 왕실인들 오죽하였겠사옵니까? 신첩은 필부의 아내가 아니옵니다. 필부의 아내는 실수를 할지라도 시부모에게 야단 한 번 맞으면 그만이지요. 신첩의 하루하루는 죽고 사는 문제였사옵니다. 오늘 무탈하게 버티면 내일은 또 어찌 버티나, 생사를 가늠해야 하는 나날이었사옵니다."

왕은 듣기 괴로워했다. 시선을 돌려 왕비를 외면했다. 시간이 흘렀다. 어느덧 왕비의 말소리도 잦아들었다. 왕의 침방은 죽은 자의 무덤처럼 고요했다.

얼마나 지났을까.

왕은 다시 왕비를 돌아보았다.

"어찌 되었든 그대는 과인의 사람으로 궐에 들어온 이가 아니오? 죽고 사는 문제가 과인뿐 아니라 내전에게까지 전이되었다는 사실이 자존심 상하고 서글펐소. 보고 있으면 화가 나 미칠 것 같았지. 하여 차라리 보지 말자 한 거요. 고백하리다. 내전은 과인이 가진 열등감의 상징이나 마찬가지였다오."

"또한 신첩이 전하의 분노를 감당할 가장 만만한 상대였겠지요."

"부정하지 않으리다."

"내금위장의 일을 말씀해 주신 것은 신첩에 대한 죄책감 때문이옵니까?"

"내 비록 내전을 박정하게 대했으나, 그대는 과인과 어려운 시절을 함께한 동지요. 또한 하나밖에 없는 자식의 어미이기도 하지. 그에 대한 의리마저 없지는 않소. 누가 뭐래도 과인의 정실은 내전이오."

왕이 뇌까린 말 중, 몇 마디 정도는 진실일 것이다. 그렇다고 그 진실이 케케묵은 왕비의 설움을 달래 줄 정도는 아니었다. 왕비는 왕의 마지막 말을 곱씹었다.

"누가 뭐래도 과인의 정실은 내전이오."

그 말이 뭐 그리 대수일까. 그래 봐야 거짓이다. 허울이다. 이곤이라는 사내를 세상으로부터 방패 막처럼 둘러싼 허울. 서자성이 역적으로 몰리지 않았다면…… 아니, 하다못해 왕이 제 손으로 직접 서자성을 탄핵하지만 않았어도 그는 떳떳이 내금위장을 세상에 내놓았을 것이다. 그랬다면 아비는 종친을 죽인 죄인이 되었을 테고 여식인 왕비의 자리마저 위태했겠지. 그런데 저리 정실이라며 추켜세우다니 속내가 너무 훤했다. 평시의 왕이라면 결코 저럴 리 없는데.

"내금위장을 여태 사내로서 두신 것은 그이를 살리시기 위함이 아니옵니까?"

"그렇소."

"전하께서는 신첩을 믿으시옵니까?"

"믿소."

왕은 뒷말을 생략했으나 왕비는 그가 숨긴 말이 무엇인지 알았다. 그녀가 여인 노릇을 하려 했다면 왕은 결코 그녀를 믿지 않았을 것이다.

"기실은 신첩 뒤에 내금위장을 숨기려 하는 것이겠지요. 사방천지 온통 못 믿을 자 뿐인 대궐의 눈과 귀로부터 내금위장을 보호하라는 것 아니옵니까?"

"미안하오."

왕은 거짓말로라도 그것이 아니다 하지 않았다. 서늘하기까지 한 그의 솔직함에 왕비는 이골이 난 듯 무덤덤했다.

"전하께서 승하하실 때까지, 혹간 신첩이 죽기 전까지 전하의 여인은 신첩 하나여야 하옵니다. 이미 첩지를 받은 임 숙용은 차치하고서라도 말이옵니다. 세상이 알기를 전하의 총애가 대조전에서 멀어지는 일이 없도록 하소서."

"그리하리다."

"세자 외의 다른 용종은 결코 아니 되옵니다."

"서자성의 여식을 드러낼 수 없는데 어찌 그 몸에서 용종을 보겠소? 그이에게나 용종에게나 못 할 짓이오."

왕이 순순히 대답하자 왕비는 혼란에 휩싸였다.

진정 사랑…… 이라는 것인가?

왕비가 아는 왕은 감정이 가뭄에 갈라진 땅처럼 메마른 사람이었다. 그런 왕이 연정에 몸과 마음이 달아 열병에 빠졌다고 하니 도시 어울리지 않는다 생각했다.

"신첩은 도무지 전하가 어떤 분이신지 모르겠나이다."

"굳이 알아야 할 것이 있소? 과인의 이면은 내금위장을 위한 것이오."

자존심이 상할 말이었다. 그러나 이상하게도 왕비는 심속에 불같이 일던 분노가 일순간 녹아드는 것을 느꼈다. 이 이상 고민하고 따져 보아야 부질없었다. 국혼은 정치였다. 가례를 올린 날부터 왕비는 정치적 도구에 불과했다. 그것이 싫었다면 가문이고 아비고 모다 버리고 가례 날이 다가오기 전에 멀리 도망갔으면 됐을 일이었다. 모든 것은 선택에 따른 대가였다.

사랑을 택하는 대신 세상의 밝음을 포기한 여인이 있었다.

권력과 자리를 택한 여인은 인간이 무릇 가져야 마땅한 감정의 한 부분을 놓치고 말았다.

왕비는 문득 우스워졌다. 와중에 왕은 두 가지를 양손에 들고 어느 것 하나 놓치지 않았다. 그녀는 넌더리가 난 듯 고개를 내저었다. 왕은 패배도 포기도 모르는 자 같았다. 십수 년을 부부로서 살았지만 알면 알수록 왕은 더욱 미궁 속에 있는 듯하여 그 실체를 온전히 보기 어려웠다.

왕비는 흥분과 분노를 가라앉히고 본래의 모습으로 돌아왔다. 한번쯤 여인이고 싶었던 차에 적절한 핑계가 생겨 투정 한번 부려 보았다 생각했다.

담담히 문을 여는 왕비를 왕이 불렀다. 왕은 돌아서는 그녀를 향해

"참말 많이 바뀌었소."

중얼거렸다. 그 말 뒤에 약간의 죄책감이 묻어난다 생각한 것은 왕비만의 착각일까? 왕비는 그럴 리 없다면 고개를 흔들었다.

"신첩은 더 이상 낯선 곳에서 벌벌 떨던 어린 여인이 아니옵니다. 타고난 천성이야 어느 때고 튀어나오겠으나 지켜야 할 것이 있는 어미가 아니옵니까? 두렵고 무서워도 강단이 있어야지요."

"그러시오. 세자를 위해서라도 그리하시오."

"심려치 마소서. 신첩은 세자의 어미이옵니다. 또한 서릿발 같으신 전하의 단 하나뿐인 배우(配偶)가 아니오리까? 버틸 것이옵니다. 버티고 버텨서 전하께 여인은 될 수 없을지 몰라도 벗으로는 남을 수 있게 하겠사옵니다."

왕은 왕비를 새삼스러운 눈길로 주시했다. 왕비는 왕을 홀로 남겨 두고 침방을 물러나왔다.

대청마루로 나오던 왕비가 멈칫하며 발걸음을 멈췄다.

"저이는 숙용 임씨가 아니냐?"

왕비의 물음에 시녀상궁이 고개를 내밀고 앞을 살폈다.

씩씩거리며 희정당 일원으로 들어선 이는 과약 임 숙용이었다. 대청마루 위의 왕비를 보지 못한 임 숙용은 월대 아래에 서 있던 내금위장을 향해 곧장 걸어왔다. 내금위장의 전립을 냅다 벗겨 바닥에 내동이친 그녀는 네놈이 내금위장이냐며 악을 쓰듯 물었다. 내금위장이 그러하오이다, 하자

"하! 비역질이나 하는 주제라 하여 어찌 된 면상인지 한번 보자 하였더니 과히 곱기가 천하일색이구나. 사내놈이 되어 그 인물이 얼마나 아깝더냐. 내 오늘 하해와 같은 마음으로 너를 더러운 구렁텅이에서 꺼내 줄 것이다."

앙칼지게 쏘아붙였다.

"마님, 그것이 무슨……."

내금위장이 무어라 입도 열기 전에 임 숙용의 손바닥이 날아들었다. 차가운 마찰음과 함께 내금위장의 얼굴이 옆으로 휘어졌다. 창백한 얼굴에 붉은 손자국이 선명히 찍혔다.

다른 곳도 아닌 왕의 침전 앞마당이었다. 더욱이 치도곤을 당하는 상대는 왕을 지근에서 호위하는 호종 무관이었다. 왕의 총애가 남다르다는 추문의 바로 그 주인공 말이다. 달려들어 말릴 법도 한데 임 숙용의 수행 궁관들은 모두 꿀 먹은 벙어리처럼 지켜만 보았다. 서로 눈짓만 교환할 뿐 누구 하나 나서서 사태를 진정시킬 기미가 보이지 않았다.

그도 그럴 것이 임 숙용의 강팍한 성미를 당할 자가 그들 중에는 없었다. 임 숙용의 처소가 대조전만큼이나 냉궁인 것이야 말할 것도 없고 그로 인해 쌓인 외로움 역시 왕비와 다를 바 없지만 그에 대한 임 숙용의 대처는 왕비와 확연히 달랐다.

왕비가 외로움을 묵묵히 감내하며 후일을 기약한다면 임 숙용은 아둔했다. 오늘도 내일도 없었다. 오로지 그녀에게는 순간만이 전부였다. 그렇기에 무서울 것도 두려울 것도 없었다. 귀한 집에서 태어나 오냐오냐 자라 그렇지 않아도 아둔한데 막무가내이기까지 했다. 매야 단장을 하고 왕을 기다렸으며 기다림에 지치면 여지없이 아랫것들을 쥐 잡듯이 잡았다. 처소의 궁관들은 임 숙용의 화풀이 대상이 되지 않기 위하여 그녀를 살살 피해 다녔다. 그러다 재수 오지게 없어 걸리기라도 하면 납작 엎어져서 살려 달라 애원했다.

임 숙용이 그들에게 묻는 죄는 여러 가지였다. 밥상의 찬물이 마음에 들지 않는다거나 옷가지가 볼품없다고 성화를 부리는 것은 일상이었다. 어떤 날은 지창 밖의 새가 시끄럽다며 화를 내기도 했다. 눈치 없이 지저귀는 새를 잡아오라 했다. 어린 나인이 명을 이행하지 못하자 어린 것의 머리채를 잡고 패악을 부렸다. 종당에 어린 몸뚱이가 피식 쓰러지기도 했다.

그러니 다른 전각으로 옮기기만을 소원하는 임 숙용 처소의 수행 궁관들이 그들의 안위를 걸고 주인을 말릴 수 있겠는가. 그저 이 난처한 상황이 빨리 종식되기를 바랄 밖에.

내금위장은 뺨을 얻어맞은 채로 얼어붙었다. 볼을 감싼 손끝이 파르르 떨렸다. 주먹을 움켜쥔 손을 등 뒤로 숨겼다.

"어디 할 짓이 없어 비역질이야? 근본이 없는 자라더니 진정 네놈 하는 짓이 딱 그 짝이구나!"

임 숙용의 목소리가 온 천지를 울리도록 카랑카랑했다. 내금위장이 몸을 숙여 전립을 집으려 하자 상투를 틀어잡으며 이리저리 기세등등하게 끄집고 다녔다.

"천하고 더러운 것이 전하의 안정을 호리고 꾀어 내? 어디 내게도 한번 그래 봐라. 그 천 년 묵은 꼬리 꺼내 흔들어 보란 말이다!"

후궁이라 할지라도 종이품의 내금위장을 함부로 할 수도, 해서도 아니 되었으나 이미 이성을 잃은 임 숙용에게는 해당되지 않는 이야기였다. 내금위장이 임 숙용의 손아귀에서 벗어나려고 할수록 임 숙용은 더욱 패악을 부렸다. 크지 않은 몸 어디에서 그런 힘이 나오는지 기이할 정도였다.

감히 후궁의 몸에 손을 댈 수 없었던 내금위장은 임 숙용이 휘젓고 다니는 대로 끌려 다닐 수밖에 없었다. 급기야 내금위장을 밀어트린 임 숙용이 손을 뻗어 내금위장의 옷을 더듬어 벗기려 들었다.

"내 어디 네놈 몸 한번 보자. 그 몸뚱어리 얼마나 곱고 보드라우면 전하께서 열 계집 마다하시는지 내 직접 보고 말 것이니!"

"마님, 마님……."

옷깃을 움켜쥔 채 임 숙용의 손길을 피해 버둥거리던 내금위장은 결국 참다 못 해 임 숙용을 거칠게 떠밀고 말았다. 엉덩방아를 찧은 임 숙용이 저 불측한 놈이 왕의 여인을 욕보인다며 소리를 바락바락 질렀다. 급하게 옷깃을 정리한 내금위장이 고개를 조아리고 서자 궁관들의 부축을 받고 일어선 임 숙용이 내금위장의 뺨을 한 대 더 올려붙였다.

"네놈 때문에 궐 안에 더러운 이야기들이 꼬리에 꼬리를 물고 다니질 않느냐. 네놈 때문에 말이다!"

그래도 부아가 가시지 않자 임 숙용은 또다시 내금위장의 옷깃을 부여잡았다.

"이놈, 내 한번 보자니까 무에가 부끄러워 몸을 사리느냐? 사내놈이 군왕을 호리고 비역질을 일삼는 것은 아니 부끄러우면서 그깟 몸뚱이는 어찌 그리도 싸고도는 것이야. 벗어라. 벗어라, 이놈!"

임 숙용의 패악질을 물끄러미 보던 왕비는 등 뒤에서 발걸음 소리가 크게 나자 화들짝 놀라 뒤를 돌아보았다. 분노한 왕이 대청마루로 저벅저벅 걸어 나오는 것이 보였다. 왕비는 자신을 무시하고 지나치는 왕을 급하게 붙잡았다.

"지금 나서시면 아니 되시옵니다."

"허면 저 꼴을 그냥 보고 있으라는 말씀이오?"

"궐내의 이목이 집중되어 있사옵니다. 추문에 살이 더 붙을 것이옵니다."

"상관치 않소."

"신첩은 상관이 있사옵니다. 내명부의 일이옵니다. 후궁이 감히 대전을 쳐들어와 소란을 피우며 전하의 신하에 손을 대고, 만천하가 알도록 전하를 모독하는 언사를 행하였사옵니다. 신첩이 일벌백계할 것이옵니다."

"내전……."

"전하께서 나서시면 지금 이 자리에 있는 신첩을 무시하시는 처사가 되시옵니다. 또한 대놓고 내금위장만 편애하시는 모습으로 비쳐질 터이니 추문을 잠재우는 데 도움이 되질 않사옵니다."

왕의 호흡이 거칠었다. 숨을 몰아쉰 그는 월대 아래를 뚫어지게 노려보았다. 임 숙용은 왕의 눈길도 모른 채 점점 더 실성한 이처럼 굴었다. 그 순간 내금위장과 눈을 마주친 왕이 움찔하며 저도 모르게 발을 앞으로 내밀었다. 왕비가 그의 손을 잡는 동시에 내금위장이 고개를 저었다. 짧은 순간 치열하게 갈등한 왕은 별 수 없이 몸을 돌려 침방으로 돌아갔다.

"숙용은 그만두지 못할까!"

왕비의 호통이 울리자 어수선하던 분위기가 순식간에 정돈되었다. 여분을 삭이지 못하고 여전히 씩씩거린 임 숙용은 멀뚱히 왕비를 올려다보았다. 저가 보고 있는 여인이 왕비임을 깨닫자 움켜쥐고 있던 내금위장의 멱살을 마지못해 풀어 주었다. 여차하면 다시 달려들 태세였다.

"임 숙용 자네 채신없이 무슨 짓인가?"

"마마께서도 근자에 도는 와설을 아시지 않사옵니까? 소첩이 듣다듣다 귀가 더러워 더는 못 듣겠기에 이리 나선 것이옵니다."

허명뿐인 왕비였다. 왕에게 박대당하기는 저나 왕비나 매한가지다 생각한 임 숙용이다. 왕비가 두려울 리 없었다. 뿐이랴. 친정 아비가 죄를 짓고 쫓겨났으니 왕비라 하나 무슨 힘이 있겠는가. 왕비가 두렵지 않은 건 물론이거니와 왕비랍시고 나서는 것이 임 숙용에겐 우스울 따름이었다.

그래도 어쩌겠는가. 일단은 왕비인 것을.

대충 남들 보기 무안하지 않을 정도로 장단 맞춰 주는데 순해서 윗사람 노릇이나 제대로 하는가 싶던 왕비가 대뜸 감찰 상궁을 불렀다. 임 숙용은 당황해서 주변을 돌아보았다. 처소의 궁관들이 슬금슬금 뒤로 물러나며 그녀와 눈 마주치기를 거부했다. 임 숙용은 아무리 그래도 설마하니 저가 나를 어찌하겠는가, 하는 마음으로 턱을 치켜 올렸다.

"마마, 감찰 상궁은 어찌 부르시나이까?"

"이곳은 대전일세. 예가 어디라고 감히 난장을 피우시는가."

"송구하오나 소첩을 나무라시기 전에 전하께 알량한 꼬리를 흔드는 이자부터 물고를 내셔야 하는 것이 아니옵니까? 이자가 전하의 총기를 흐트러트리고 궐 안의 풍기를 어지럽히고 있사옵니다."

임 숙용은 손가락을 펼쳐 들고 내금위장을 가리켰다. 왕비의 눈이 임 숙용의 손가락에 머물렀다. 감찰 상궁이 부름을 받고 부산히 달려왔다.

"숙용을 처소에 가두고 출입을 금하라."

엄격해 뵈는 감찰 상궁이 이러니저러니 묻는 말 없이 고개를 조아렸다. 임 숙용이 사나워진 얼굴로 양팔을 얽어매는 감찰 궁인들이 거칠게 밀쳤다. 이를 부드득 갈며 왕비를 향해 물어뜯을 듯이 물었다.

"소첩이 대체 무엇을 잘못하였기에 벌을 받아야 한단 말이옵니까?"

"대전까지 쫓아와 전하를 모시는 신하를 함부로 손찌검하고 수치를 준 것으로도 보자라 그 가벼운 입에 있지도 않은 일을 올려 전하를 모독하였으니 숙용의 방자함과 불측함이 도를 넘어섰다. 하여 내가 내명부의 수장으로서 기강을 바로 세우려는 것이야."

"하!"

혀를 내차는 임 숙용의 모양이 오만불손하기 이를 데 없었다. 감찰 상궁이 눈을 부라리며 위협적으로 다가서도 태도를 누그러트리지 않았다.

"소첩은 잘못한 것이 없사옵니다. 소첩을 벌하시려거든 내금위장부터 잡아들이시옵소서. 그다음에 추문을 나르는 궐 안의 가납사니들을 잡아 입을 모조리 꿰매 버리시는 것이옵니다. 그런 연후에야 이년을 잡아들이시옵소서. 마.마!"

사태의 심각성을 인지하지 못한 임 숙용은 한껏 조롱 섞인 목소리로 말했다. 뒷말에 유독 힘을 주며 강조하는 것이 네가 언제까지 그 소리를 듣고 살 성싶으냐 하는 것 같았다.

왕비는 무어라 말을 하려다가 고개를 절레절레 흔들었다. 말이 통하지 않는 이를 붙들고 더 말 섞어 봐야 아랫것들 앞에서 우스운 꼴만 양산할 뿐이었다.

"감찰 상궁은 뭐하느냐. 숙용을 어서 처소로 데려가지 않고. 내가 허하기 전까지 물 한 모금 주어서는 아니 될 것이야. 차제에 저 오만방자함을 고쳐 놓을 터이니 누구라도 편을 드는 자가 있다면 벌을 면치 못하리라."

명령을 내리는 왕비의 얼굴이 단호했다. 임 숙용은 그제야 상황이 심상치 않음을 깨닫고 눈을 부릅떴다. 흰자위에 붉은 실핏줄이 도드라졌다.

"마마께서는 벌을 받아야 할 자를 두고 어찌 소첩을 핍박하시옵니까? 소첩의 사가에서 이 일을 알면 가만있지 않을 것이옵니다."

"네년이 감히 이 나라의 국모이자 세자의 모후인 나를 겁박하는 게냐?"

세자의 모후란 소리엔 임 숙용은 꿀 먹은 벙어리가 되고 말았다. 왕비에겐 있고 자신에겐 없는 것…… 바로 소생이었다. 친정이 아무리 든든해도 왕의 여인은 소생을 가져야 안위가 공고해지는 법이었다. 왕녀보다는 왕자가, 그보다는 왕통을 이를 후계자가 필요했다. 임 숙용은 입술을 짓이기며 왕비를 똑바로 노려보았다. 감찰 궁인들이 그녀를 희정당 밖으로 끌어냈다.

내금위장은 서둘러 옷매무새를 가다듬었다. 안절부절못하던 나인들 중 하나가 전립을 주워 주었다. 삐져나온 잔 머리를 대충 쓸어 올리며 전립을 쓰자 지켜보던 왕비가

"내금위장께서는 잠시 이 사람 좀 보시지요."

하고 청했다.

시녀상궁이 따뜻하게 우린 차를 진즉에 앞에 놓아주었건만 내금위장은 찻잔에 손을 대지 않았다. 찻물은 그대로 식었다. 왕비가 시녀상궁더러 궁관들을 데리고 지밀로부터 멀찍이 나가 있으라 명했다.

"놀라셨겠습니다. 불식간에 당한 일이니 얼마나 황망하였겠습니까?"

"괘념치 마시옵소서. 양전마마께 누가 될까 두렵사옵니다."

"임 숙용 그이의 성미가 저리 괄괄합니다. 나라의 녹을 먹으며 성상을 모시는 분을 처소의 아랫것 대하듯이 하다니…… 이 사람이 내명부를 잘못 다스린 탓입니다."

내금위장의 이마가 바닥에 닿았다.

"마마께서는 진정 괘념치 마시옵소서. 소인으로 인해 입에 올리기도 불측한 와설이 나돌고 있나이다. 하여 임 숙용이 그런 것 아니겠나이까?"

"와설이라……."

"망령된 것이옵니다."

"진정입니까?"

내금위장이 고개를 슬며시 들고 왕비의 치맛자락을 보았다. 다식은 차를 한 모금 마신 왕비가 찻잔을 내려놓으며 재차 물었다.

"망령된 와설이란 것 말입니다. 그것이 진정입니까?"

허리를 편 내금위장이 왕비의 눈을 들여다보았다. 왕비는 모든 것을 알고 있다는 뜻으로 고개를 짧게 끄덕였다.

"전하께 들었습니다. 지난한 세월을 원망하지 않으셨다면 거짓일 테고 그 원망을 어찌 이겨 내고 전하 곁에 머무르십니까?"

내금위장은 입을 굳게 다물었다. 조가비처럼 다문 입을 좀체 열지 않았다. 무엇을 생각하는지 아득해진 표정으로 그렇게 가만있었다.

얼마간 시간이 흐르자 왕비는 한층 진지해진 얼굴로 입을 열었다.

"지워 낸다고 지워질 원망이 아닐 터. 다만 묻어 두는 것일 테지요. 그만큼 성상을 향한 내금위장의 마음이 원망보다 더 크고 지고지순하다는 것으로 알겠습니다."

왕비는 다관을 들다 말고 도로 내려놓았다. 빈 찻잔을 멀거니 보던 왕비의 말투가 엄준해졌다.

"연옥은 듣거라."

내금위장은 왕비의 입을 통해 흘러나오는 제 이름에 미간을 움찍거렸다.

"지금부터 내가 하는 말은 전하의 호종 무관이 아니라 그분을 몸과 마음으로 따르는 한 여인에게 하는 말이다."

내금위장의 표정은 더욱더 아득해지기만 했다.

"네 아비의 억울한 죽음은 기어이 세상에 드러나지 않을 것이다. 너의 존재 또한 그러할 테지. 허나 너는 전하만이 아는, 전하의 세상 저편에서 여인으로서 존재할 것이다."

단 하나뿐인.

왕비의 표정은 착잡함으로 물들었다. 또다시 침묵에 잠긴 그녀는 한참 동안 말을 고르고 골랐다. 답답한 심정이 얼굴 위로 거짓 없이 드러났다. 온전히 토해 내지 못할 괴로움이 면면 가득 그녀를 잠식해 들어갔다. 왕비는 짙은 한숨을 내쉬었다.

"허나 그것뿐이리라. 다른 것은 욕심내지 말거라. 서연옥이 없는 세상엔 내가 있을 것이다. 내가 무엇을 말하고 있는지 아느냐?"

"별 아래, 오로지 내금위장 무연으로만 살고자 하나이다."

내금위장의 얼굴이 슬픔으로 일그러졌다. 왕비는 자꾸만 솟아오르는 연민의 마음을 가라앉혔다.

"용종을 잉태하지 말거라. 환대받지 못할 것이다. 분란을 일으키고 조정을 뒤엎을 것이야. 성상의 처지가 매우 난감해질 것이다. 무엇보다……."

뒷말을 흐린 왕비는 연옥의 얼굴을 지세히 살폈다. 그녀는 단호히 말했다.

"내가 참지 못할 것이다."

내금위장은 입술을 깨물며 고개를 숙였다.

"나는 사내 이곤을 포기한 대신 왕을 얻었다. 나의 지아비는 왕이고 내 아들 역시 왕이 될 것이다. 네가 가질 수 있는 건 단 하나 성상이 꽁꽁 숨겨 놓은 '이곤'이라는 사내다. 꿈같은 이름이지. 실재하기는 하나 의심스럽지 않느냐? 세상은 성상을 왕으로만 기억할 것이다. 성상이 사내였음을 기억하는 자는 오직 너 하나다. 그것으로 족하더냐?"

"애초에 소인이 얻을 것은 많지 않았나이다."

다탁을 가운데 둔 왕비는 냉담했고 내금위장은 초연했다.

"내금위장으로 살거라. 때 되어 더는 사람들 눈을 속이지 못하겠거든 없었던 이처럼 사라지란 말이다."

내금위장은 머뭇거림 없이 왕비의 말에 그리하겠다고 대답했다. 시종 더없이 담담하고 당당한 모습이 어딘지 모르게 충격적이었다. 왕비는 너 어찌 그리 담담하느냐고 물었다. 내금위장은 오르지 못할 나무를 올려다보게 하오시고, 바라보지 못할 해를 보게 하오시니 감읍하나이다 했다. 그저 일말이나마 제 몫으로 주어진 것이 감사하니 더 갖지 못해 상심할 것이 무엇이리까? 나직이 되물었다. 왕비는 실소하며 돌아앉았다. 왕과 내금위장은 서로를 무섭도록 닮아 있었다. 그 냉정함에, 그 차분함에, 그 당당함에…… 왕비는 살이 떨렸다.

왕을 가운데 둔 왕비와 내금위장의 비밀스러운 공존은 그렇게 시작되었다.

지나간 이야기를 떠올리느라 붉은 노을이 그새 지창 넘어 들이치는 것도 몰랐다. 왕비는 옆에서 꾸벅꾸벅 졸고 있는 늙은 상궁을 말끄러미 보았다. 옆으로 밀어 놓았던 수틀을 가까이 끌어당겼다. 침자가 비단 천을 뚫고 아득히 나락으로 떨어졌다가 올라오기를 반복했다.

*　*　*

왕과 내금위장에 관한 추문은 종식되지 않았다. 왕비의 명을 받은 감찰 상궁의 단속으로 시끄럽게 떠들던 소리들이야 잦아들었지만 와설은 더 어둑하고 더 음습한 곳으로 스며들어 더욱 발전되었다. 급기야 왕과 내금위장의 이야기는 언문으로 써져 책으로 나오게 되었다. 백성들은 세책가에서 책을 빌리거나 책쾌(册儈 책을 구해 되파는 사람)에게 웃돈을 주고 책을 구입했다. 매번 관청에서 단속을 하려 해도 요리조리 잘도 도망치는 책쾌들 덕에 허사로 끝나기가 일쑤였다.

……하여 왕의 마음을 뒤흔들어 놓은 미남자 내금위장은 어디로 사라져 버렸단 말인가! 그 이야기는 다음 편에 계속해서 이어지리라.

이러한 것을 이야기랍시고 읽는단 말인가.

책의 마지막 장을 덮은 왕비는 입술을 비틀어 올렸다. 이런 얼토당토않은 것을 읽기 위해 용쓰고 좇아다니는 이들이 있다는 사실이 믿기지 않았다. 불쾌한 것을 보듯 책을 멀찍이 치운 그녀는 일어나 밖으로 나갔다. 대조전 마당에 벌써부터 끌려와 있는 궁인들을 차례로 노려보았다. 임 숙용 처소의 상궁 나인들이었다.

"빠짐없이 잡아들였느냐?"

"예, 마마. 모조리 잡아들였나이다."

왕비는 감찰 상궁의 대답을 들으며 제일 앞줄에 무릎 꿇려진 임 숙용에게 눈길을 고정시켰다. 그녀는 월대를 내려와 임 숙용을 바라보고 섰다. 산더미처럼 쌓아 올려진 책 더미를 흘긋 보았다.

"숙용 자네가 저 불온한 책들을 궐 안으로 들였는가?"

"이미 그리 단정하고 계시면서 묻기는 어찌 물으시옵니까?"

"인정한다니 더 말하지 않을 것이네. 불충한 자들이 왕실과 성상을 욕되게 하려 와설로 지어낸 책이 아닌가. 지엄하신 왕명에 의해 금서로 지정된 것을 왕실의 여인인 자네가 한두 권도 아니고 어찌 저리 많이 가지고 있는지 그 저의를 의심하지 않을 수 없네. 하여 내 오늘 전하께 자네를 폐서인시켜 달라 청을 올릴 것이야."

"어찌하여 소첩의 말이 인정하는 말로 들린단 말이옵니까? 때맞춰 이년을 내치려는 속셈인 줄은 아나 참으로 고약하시옵니다!"

임 숙용이 가슴을 부여잡고 울부짖었다. 그녀는 성미만 불같

앉지 참으로 우매했다. 인심을 얻을 줄도 상황을 유리하게 끌고 갈 줄도 몰랐다. 무작정 비위에 거슬리는 대로 악다구니를 썼다.

"허면 이 책들이 어인 까닭으로 자네 처소에 쌓여 있단 말인가. 그에 대한 확실한 답을 하시게나."

"소첩은 모르는 일이옵니다."

"자네의 침방 서안에서도 발견이 되었단 말이네."

"처소의 나인 하나가 읽고 있는 것을 소첩에게 들켰사온데 그것을 빼앗아 호기심에 지나치듯 들여다본 것이 다이옵니다. 다량으로 궐내에 들여와 궁인들에게 뿌리다니 말도 아니 되옵니다."

임 숙용은 자신의 처지가 무슨 까닭으로 이리 되었는지 도무지 알 길이 없어 의아했다. 순둥이처럼 온순하기만 하던 왕비가 저간에 무엇을 잘못 먹기라도 했단 말인가. 책 더미를 불 태울 듯이 쏘아보는 임 숙용의 눈에 핏기가 돌았다.

"자네가 저자에 떠도는 책을 모조리 사들이라며 궁인들을 궐 밖으로 내보낸 사실이 포착되었네. 심부름을 한 당자들이 벌써 자복을 하였어."

홍줄에 묶인 젊은 나인 몇이 끌려 나와 무릎을 꿇었다. 임 숙용은 그들의 얼굴을 찬찬히 보았다. 기억나지 않는 얼굴들이었다. 아니 어쩌면 기억나는 것도 같았다.

지저귀는 참새를 잡지 못하였다고 내게 머리채를 휘어잡힌 아이던가? 아니면 뜨거운 소세(梳洗) 물에 짜증을 내며 집어던진 놋대야에 얻어맞은 아이던가? 새로 지은 옷의 바느질이 마음에 들지 않아 머리통을 쥐어박고 발로 걷어 찬 침방나인일까? 그년이 아마 시퍼렇게 멍진 얼굴로 며칠 동안 퉁퉁 불어 다녔다지.

저에게 된서리를 당한 궁인들을 하나하나 되짚어 보던 임 숙용은 금세 싫증을 내며 코웃음을 쳤다.

그래 봐야 천한 것들이다. 길들이느라 몇 대 쥐어박은 것이 대수라더냐. 그것이 저희들 팔자고 숙명인 것을. 그것으로 악심을 품은 것들이 있다면 오히려 나를 잡을 것이 아니라 본분을 망각하고 상전을 모해한 그년들을 잡아 족쳐야 할 것이다. 내명부의 수장이란 년이 사리분별 없이 어찌 후궁인 나만 족치는가.

속으로 왕비를 향해 빈정거렸다.

왕비는 임 숙용의 속내를 꿰뚫어 보듯 눈을 가늘게 떴다.

저 아둔한 것이 정말이지 한 치 앞도 볼 줄 모르는구나. 제 앞의 불구덩이를 어찌 저리 모른단 말인가.

박 내관이 금세 올 것이라 하던 하절은 어느새 가을 뒤로 숨어버리고 금원이 다색(茶色)을 입기 시작한 때였다. 승전 내관을 대조전으로 보내 산보를 청한 왕은 금원에 새로 올린 전각에서 선언하듯 말했다.

"임 숙용의 아비를 칠 것이오. 정확히는 그가 속한 당과 당여들을 칠 계획이외다."

왕의 말을 되짚어 떠올린 왕비는 한결 누인 시선으로 임 숙용을 바라보았다. 연민이 들었다. 곧 벼랑 끝으로 떨어질, 어리석은 이에 대한 인간적인 안타까움이었다.

"궁인들에게 책을 판 책쾌의 증언이 있었네. 궐 안의 후궁마마님과 거래가 있었다고 말이야. 성상의 등극 이후로 이 궐 안의 후궁마마님은 자네 하나 아니던가."

왕비의 말에 임 숙용은 낭패한 얼굴이 되었다. 책쾌라니 듣도 보도 못한 자였다. 처소의 것들이야 치도곤 당한 것이 있어 앙갚음한다 치지만 대체 궐 밖의 책쾌가 무슨 원한이 있어 거짓을 고한단 말인가. 격분한 임 숙용은 왕을 보게 해 달라 했다. 왕께서 나를 이리 두시지만은 않을 것이다, 큰소리쳤다. 아비에게 연통을 넣어 거짓을 고변한 너희 잡것들을 가만두지 않으리라 했다. 그녀는 몸을 일으켜 세우고 왕비에게 달려들었다. 네년이 왕을 꿰차고 앉아 나를 왕으로부터 멀어지게 한다며 저주처럼 울분을 토해 냈다. 궐에 들어온 이후로 왕의 눈길 한번 제대로 받아 본 적 없는 여인이건만 왕의 총애가 애초에 당연히 저의 것이었던 양 착각 속에서 부르짖었다.

"자네…… 일전에 내가 경고를 주었을 때 자중했어야 했어. 그랬으면 며칠 벌을 받고 끝났을 것을. 어찌 일을 이 지경으로 만들었는가 말일세."

임 숙용은 감찰 궁인들에게 양팔이 묶인 채 왕비를 희번덕거리며 째려보았다.

"자네가 이제 막 궐에 들어온 어린 새앙각시들을 불러 전하와 내금위장에 대한 되도 않는 소리들을 지어내 퍼트리는 것을 감찰 상궁이 보았으이. 전하를 갈구하는 자네가 어이하여 전하를 더욱 욕되게 하였는가?"

머리통이 조막만 한 어린 새앙각시들이 감찰 상궁 뒤로 쭈뼛거리며 걸어왔다. 왕비를 본 그들은 무릎을 꿇고 앉아 엉엉 울며 다시는 헛소문 따위에 귀를 기울이지 않겠다며 손이 발이 되도록 싹싹 빌었다.

임 숙용은 고단한 듯 눈을 감았다 떴다. 헛웃음을 터트렸다. 사방이 작정하고 자신을 향해 칼을 들이미는 듯했다. 그녀는 염단하여 중얼거렸다.

"허면 거짓이란 말이옵니까? 정녕 내금위장의 일이 거짓이란 말이더이까?"

"이 사람아. 믿을 것을 믿어야지. 성상께서 그러실 분인가. 조선이 어떤 나라인가? 유교의 나라이네. 군왕의 부도덕은 나라의 근간을 흔드는 일인데 성상께서 옥좌를 걸고 그러실 분이라던가? 자네 참으로 전하를 몰라도 너무 모르네그려."

"이년이 언제 전하의 용안이나마 한번 제대로 뵈었어야 말이지요. 궐에 들어온 지 햇수 가늠도 아니 되더이다. 그 세월이 흐르도록 내 사는 모습이 저기 늙어 가는 상궁 년들과 다를 바 없었어요. 긴긴밤은 끝도 없는데 왕의 여인이랍시고 궐 안 깊숙이 갇혀 늙어만 간단 말입니다!"

"하여 미치셨는가? 미쳐서 그러시는 겐가? 어찌 자네 편을 들어주는 처소의 나인 하나 없냐는 말일세."

"예. 부아는 나는데 어디 풀 길이 없으니 그리했지요. 저희 년들이나 나나 처지가 무에 다르냐며 숙덕거리는 소리들을 제가 두 귀로 똑똑히 들었사옵니다. 상전을 치욕스럽게 만들었으니 응당 합당한 벌을 받아야 할 것이 아니옵니까?"

임 숙용은 고개를 홱 돌려 처소의 궁인들을 하나하나 각인하듯 노려보았다.

"이년들! 이 벌레보다 못한 천한 것들! 내 기필코 오늘 너희들의 이 작태를 잊지 않을 것이다. 내가 죽는다면 지옥에서 쫓아와 너희 년들의 머리채를 끄집고 조리돌림을 하고 말 것이야!"

왕비는 임 숙용의 저주에 위압감을 느꼈다. 최근까지 뜸하던 마른기침이 나왔다. 시녀상궁이 부랴부랴 손수건을 입에 대 주었다. 다리가 풀린 왕비는 상궁의 어깨를 잡고 섰다. 심약함은 때때로 고개를 들이밀었다. 강단지리라 다잡은 마음은 하시라도 그 다짐을 무너트렸다.

임 숙용은 비틀거리는 왕비를 보며 비웃었다. 그러면 그렇지. 저가 무슨 왕비라고. 우쭐대며 서 있지만 왕에게 소박맞은 신세가 저라고 뭐 다를까, 실실거렸다.

그녀의 비웃음을 알아챈 왕비가 상궁을 밀어젖히며 바로 섰다. 왕비는 말없이 눈길로서 말했다.

성상은 너나 내게 결코 사내가 되실 수 없는 분이시다. 이미 오래전에 성상의 마음을 차지해 버린 이가 있거늘. 나는 그것을 좀 더 빨리 알았고 너는 아직도 그 사실을 깨닫지 못해 미몽 속에서 헤매는구나. 포기가 빨라야 잃을 것이 적어질 터인데 끝내 포기하지 못한 너는 가질 것도 보존할 것도 아무것도 없는 처지로다.

왕비는 감찰 상궁을 보았다. 감찰 상궁이 다시 뒤를 돌아보았다. 미리부터 대령해 있던 내관들이 종종거리며 달려와 임 숙용을 비롯해 처소의 궁관들을 모조리 잡아 일으켰다.

*　　*　　*

멀리 우뚝 서 있는 왕의 모습이 오래된 장송만큼이나 위풍당당하고 사내다웠다. 그를 보는 왕비의 가슴이 한순간 설레었다. 왕비 체면에 차마 뛰지 못하고 천천히 걷는데 발걸음이 자꾸만 빨라졌다.

"어서 오시구려. 벌써 가을이라오."

왕의 목소리가 다정했다. 잘못 들었나 싶었다.

"금원에 추색이 완연하다 하여 내 이리 내전께 산보를 청했소이다. 괜한 걸음 하시게 한 것은 아닌가 모르겠소."

왕은 늘 차가웠으므로 그의 친절함은 전에 없는 일이었다. 울컥 감격한 왕비는 주책없는 감정을 숨기기 위해 부러 딱딱한 어조로 말했다

"마침 세자도 이 시기의 금원이 절경이라 하더이다."

"세자가 말이오?"

왕이 관심을 보이자 왕비는 저도 모르게 들떠서 대답했다.

"연전에 새로 지어 올린 전각이 있지 않나이까? 그곳에 나가 책을 읽었다 하나이다."

"세자가 책을 좋아하여 가까이 두니 아비로서의 마음이 더없이 좋구려."

"예, 전하. 차(茶)의 빛깔을 닮은 듯 자황색으로 물들은 초목이 볼만하다기에 신첩도 산보나 할까, 고민 중이었사옵니다."

"그러했구려. 잘 되었소."

몸을 돌린 왕은 숲길을 따라 걸었다. 왕비는 왕의 걸음을 따라잡기 위해 종종거렸다. 저만치 뒤떨어져 수행하는 궁관들은 속으로 드디어 양전에 온기가 도시는가, 저마다 흡족해했다.

문득 자신이 혼자 걷고 있음을 깨달은 왕이 걸음을 멈추고 뒤를 돌아보았다. 왕비가 곁에 다가오자 다시 걸음을 떼기 시작했다.

왕은 여러 갈래로 나뉜 깊은 숲길 어디 즈음에 멈춰 서 미동하지 않았다. 왕의 눈은 저 높이 솟아 금원을 내려다보는 백악산 산봉우리에 닿아 있었다. 그의 사념은 어디서부터 시작되어 어디까지일까. 왕비는 사념에 잠긴 왕의 옆얼굴을 가만 보았다.

왕은 손을 들어 명확하지 않은 지점을 가리켰다. 물결치며 떨어진 넓은 소매가 펄럭거렸다.

"아마 저기 저쯤이었을 것이오. 그 아이…… 무연이 어느 날

갑자기 내 앞에 홀연히 나타난 곳이."

왕은 내금위장의 진짜 이름을 부르고 싶었을 테지만 뒤편에 늘어선 궁관들이 의식되었는지 공연히 힘주어 무연이라 불렀다. 박 내관이 눈치 빠르게 손을 훠이 저어 궁관들을 몇 발자국 뒤로 물렸다.

왕비는 왕이 왜 갑자기 내금위장 얘기를 하는지 의아했다. 그러다 문득 왕이 내금위장 이야기를 하는 것이 이상스러운 게 아니라 자신이 여기 이곳 왕 옆에 있는 것이 어색하고 자연스럽지 못한 일임을 깨달았다.

누가 뭐라 한 것도 아닌데 왕비는 잠깐이나마 홀로 설레었던 것이 무색해졌다.

"문호의 호위 별감으로 있을 때였소. 아이가 떼를 쓰니 어쩔 수 없이 늦은 시각까지 놀아 주다 산짐승을 만나지 않았겠소? 어린 것을 부여안고 내 앞에 나타난 거요. 문득…… 느닷없이 말이오."

왕은 불현듯 웃음을 터트렸다. 느닷없이 나타났다는 자신의 표현이 웃긴 모양이었다. 전혀 웃을 만한 표현이 아니었지만 왕의 웃음은 한동안 이어졌다.

왕비는 왕의 웃음이 허허로웠다. 가슴을 긁어내는 삭막함이 느껴졌다.

왕은 그리운 듯이 목전에 펼쳐진 숲길을 헤집어 보았다. 숲길을 뚫고 내금위장이 튀어 나올 것처럼 바라보았다.

왕비는 슬며시 밀려드는 쓸쓸함에 고개를 떨구었다.

탐내지 말자. 내가 가질 수 있는 것만 가지자…….

입 속으로 몇 번을 소리 없이 되뇌었다.

왕비를 곁눈질로 힐긋 본 왕이 웃음을 지우고 세자가 들렀다던 전각으로 발걸음을 옮겼다. 전각에 댓개비로 엮은 죽석(竹席)이 펼쳐졌다. 참대를 가늘게 쪼개 만든 최고급 댓개비였다. 생과방의 나인들이 다과를 차려 올린 소반을 놓고 후다닥 전각 밑으로 물러났다. 대령상궁이 차를 우려 각기 소반 위에 받쳐 올리자 왕은 그이마저 물렸다.

왕은 왕비에게 할 말이 있는 듯했다. 쉽게 입을 열지 않고 뜸을 들이는 왕을 왕비는 잠자코 기다렸다. 왕은 습관적으로 찻잔을 들어 올리다 잔 속이 텅 비었음을 알고 눈살을 찌푸렸다. 왕비가 다관을 들어 올리자 됐다며 손을 들어 저지했다.

"임 숙용의 아비를 칠 것이오. 정확히는 그가 속한 당과 당여들을 칠 계획이외다."

다관을 내려놓던 왕비가 눈을 크게 뜨고 왕을 올려다보았다. 왕과 내금위장을 겨냥한 추문이 도시 가라앉지 않은 것은 왕을 배척하려는 중신들이 부채질하는 까닭이었다. 처음엔 각별해 뵈는 왕과 내금위장의 모습에 자연적으로 발생한 소문이었겠으나 노회한 정객들이 그처럼 좋은 기회를 놓칠 리 없었다. 왕이 지난 몇 달간 추문의 진원지를 탐색했음을 알고 있었던 왕비는 또 한 차례 불어닥칠 피바람을 예감했다.

"임 숙용의 아비 역시 저들 무리에 끼여 있사옵니까?"

"편전에서 과인을 뺀 무리들이 당파를 막론하고 똘똘 뭉쳐 과인을 따돌리려 하는 것이야 널리 퍼진 사실 아니오. 과인이 용상에 있는 한 저들에게는 당도 이념도 필요 없는 모양이오."

"아무리 그래도 어찌 그럴 수 있단 말이옵니까? 왕실의 사돈이라는 자가……."

"왕실의 혼맥이 정치의 일부임을 모르지 않으면서 새삼스레 말씀하십니다. 내전과 과인이 그리 맺어지지 않았소?"

왕비가 딴엔 그렇다며 쓰게 웃었다. 왕비는 정색을 하고 물었다.

"신첩을 부르신 연유를 여쭈어도 되겠사옵니까?"

왕은 약간 굽어 있던 몸을 곧게 폈다.

"저들이 과인과 연…… 아니 무연의 일을 추문으로 만들고 이를 기정사실화하려는 까닭이 무엇인 줄 내전도 잘 알리라 믿소."

백성들에게 왕은 이미 부왕의 계비를 내치고 아우를 죽음으로 내몬 폐륜 군주였다. 거기에 비역질까지 한다는 오명이 더해지면 결국 민심과 유교의 교리를 명분으로 내세운 정적들에게 반정(反正)의 빌미를 제공하게 될 것이 자명함을 왕은 말하고 있었다.

역모의 낌새를 감지한 왕의 대응은 한결같았다. 상대가 움직이기 전에 먼저 움직였고 자신의 설계 안에서 상대가 움직이도록 상황을 만들었다. 왕은 항상 이겼으며 이번에도 이길 작정으로 보였다. 하기는 이기기 위해 싸우지 지기 위해 싸우는 자는 없었다.

전각 밖에 시선을 둔 왕이 심드렁한 투로 물었다.

“중신들이 퍼뜨린 이야기를 책자로 엮었다는 소리, 들어 보시었소?”

“저자의 백성들이 돌려 읽는다 하더이다.”

왕은 고개를 돌려 왕비를 보았다.

“궐내 궁인들도 하나둘 그 책을 구해 읽는 것 같던데…….”

“감찰 상궁이 두어 번 방 뒤짐을 하였으나 용케 발각된 일은 없사옵니다. 혹시 몰라 규찰을 게을리 말라 일러 두었나이다.”

“임 숙용 처소는 어떻소?”

“예?”

왕비는 의아한 얼굴로 왕을 보았다.

“심증만으론 편전에 붙어 앉아 있는 너구리들을 쫓아내기 어렵다는 말이오. 확실한 물증이 있어야 하오.”

왕의 말을 곰곰이 생각한 왕비는 왕이 하고자 하는 말을 간파했다. 왕의 화살은 임 숙용의 아비와 사가만이 아니라 임 숙용 역시 겨냥하고 있었던 것이다.

“물증이라는 하시면…….”

“왕을 수치스럽게 만들고 그를 빌미로 왕위를 찬탈하려는 자들이외다. 과인은 응당 그들을 잡을 물증에 대해서 말하고 있소.”

“어찌 그 물증을 임 숙용의 처소에서 찾으시려 하시나이까?”

입꼬리를 실긋거리며 불편한 속내를 드러낸 왕은 잇새를 악물었다.

"근자에 임 숙용이 위아래가 없고 태도의 무례함이 도를 지나치거니와 아랫사람 다스리기를 제 성미대로 하여 그 처소의 궁인들 앓는 소리가 대궐의 담장 밖을 넘는다 하오. 내명부를 관장하는 내전께서 이러한 이야기들을 듣지 못하셨단 말이오?"

물론 왕왕히 들려오는 소리들이었다. 그렇다 해도 순간적으로 일어난 왕의 노화가 이해되지 않았다. 질책 아닌 질책에 왕비는 눈길을 내렸다. 왕은 격앙된 목소리를 한풀 눅였다.

"과인의 노성이 지나쳤소."

"임 숙용이 내금위장에게 패악을 부린 것이 생각나셔서 그러하시옵니까?"

왕과 왕비 사이에 침묵이 흘렀다. 왕은 왕비의 말을 인정하며 자조했다. 흘리듯 실없이 웃는 그를 왕비가 말끄러미 보았다. 멋쩍어진 왕은 큼큼, 거리며 괜한 헛기침을 했다.

"여하간 내명부를 무시하고 과인이 독단으로 후궁의 처소를 들이닥치자니 모양새가 좋지 않아서 말이오."

"전하께서 몸소 거둥하시면 아무래도 모양새가 그럴 것이옵니다. 중신들과 전하의 사이가 견원지간보다 더한데 하필 그 정적의 여식을 그리 잡으시면 너무 계획된 처사처럼 보일 테니 말이옵니다."

"내전께서 나를 도울 수 있으시겠소?"

왕은 자신이 이러한 종류의 일에 있어서 왕비를 미심쩍어 한다는 것을 구태여 숨기려 들지 않았다.

"전하와 신첩이 세자를 두고 끊을 수 없는 동맹을 맺었다 생각했사온데 신첩 혼자만의 생각이었사옵니까?"

부원군이 조정에 있을 때는 부원군 뒤에, 부원군이 유배지로 떠난 후부터는 대조전 안으로 숨어들기 급급하던 왕비였다. 신경을 아주 약간만 거스르는 일에도 여지없이 토해지는 마른기침과 툭하면 나오는 눈물로 갑작스레 주위를 놀라게 한 왕비였다. 비록 해마다 들어가는 나이 값을 하느라 심속이 단단해졌다고는 하나 타고난 천성은 쉽사리 변하지 않았다. 왕이 왕비가 일을 잘 해낼 수 있을지 불안해하는 것은 당연했다.

왕비는 찻물이 남아 있는 찻잔을 들었다. 입가에 찻잔을 대고 머뭇거린 그녀는 한입에 찻물을 모두 털어 넣었다.

찻잔을 내려놓은 왕비가 말했다.

"신첩이 어찌하면 되오리까?"

왕은 미덥지 않은 마음이 가시지 않아 머뭇거렸다. 예전에 부원군의 사주를 받고 자신을 어설피 조정하려 했던 왕비의 모습이 떠올랐다.

"어설피 건드렸다가는 되려 역공당할 수도 있소."

"하오나 전하께서는 신첩 말고 다른 대안이 없으시지요."

"……."

"그러니 신첩을 믿는 도리밖에 없지 않겠사옵니까?"

왕은 부득이 왕비를 믿어 보기로 했다. 그는 왕비에게 긴밀히 다가앉아 궐 밖에 물색해 둔 책쾌에 대해서 조용히 속삭였다.

* * *

왕비의 손짓에 임 숙용과 처소의 궁인들은 모두 의금부 옥사로 끌려갔다. 임 숙용은 끌려가면서도 악을 바락바락 썼다. 무어라 말하는지 제대로 전달되지 않는 말들이었다. 왕비는 두서없이 쏟아 내는 그 말들을 의식적으로 무시했다. 그녀는 지친 듯 대청마루에 걸터앉았다.

짐작컨대 왕은 임 숙용을 역모에 직접 연루시키거나 죽일 생각까진 없었는지도 모른다. 친정이 화를 당할 때 자리를 지킬 수 있었던 자신을 돌이켜 보며 왕비는 충분히 그럴 가능성이 있다고 생각했다. 물론 자신이 세자의 어미라는 것을 감안하더라도 말이다.

조정의 신료들과 종친들은 본래 왕의 후궁이 비어 있는 것을 용납하지 않는 자들이었다. 조금만 빈틈이 보여도 가문과 당의 영달을 위해 궐 안으로 여인들을 꾸역꾸역 밀어 넣었다.

이미 후궁에 들어앉은 임 숙용이었다. 그녀를 내치고 빈틈을 보이느니 지금껏 그래 온 것처럼 허수아비 노릇이나 시키며 자리를 지키게 하려고 했을지, 누가 왕의 속내를 알겠는가.

왕비 본인이 그런 식으로 대조전을 지켜 낸 이었다. 임 숙용이라고 그리 되지 말란 법도 없었다. 아비도 당도 차제에 몰락하고 혼자 남게 될 임 숙용의 가련한 처지가 오히려 왕에겐 종전보다 편하고 쓸모 있었을 테니 말이다.

분명 내금위장에게 손을 대고 악담을 퍼붓는 패악만 부리지 않았어도 임 숙용은 살 수 있는 길이 남아 있었다.

왕비는 임 숙용의 잘못과 그녀의 비행을 낱낱이 열거하던 왕의 얼굴을 떠올리고 몸을 부르르 떨었다. 무섭게 일그러진 얼굴이 싹 돌변하여 차갑게 굳어지던 것을 가까이 보면서 왕비는 왕이 얼마나 잔인하고 치밀한 인간인지 새삼 깨달았다.

* * *

포기하신 것이옵니까, 라고 왕비가 뜬금없이 물었을 때 왕은 자신의 계획에 대해 왕비에게 설명하고 일어나 돌아서던 찰나였다. 왕비는 포도대장이 내금위장의 사건을 종결지었다는 소식을 들었다고 말했다. 사건 종결이 전하의 뜻이옵니까, 그녀는 다시 물었다.

"내금위장의 행방이 오리무중 된 지가 어언 몇 달이오. 그만큼 하였으면 할 만큼 했지."

"해서 포기하셨다는 말씀이시옵니까?"

왕비는 끈질겼다. 궁금한 것을 물고 늘어지면서 왕을 놓아주지 않았다. 지난날 같으면 윽박질러 겁이라도 주련만 들어가는 나이만큼 뻔뻔함도 느는 모양이니 그도 틀린 일이었다.

왕은 짜증스러운 얼굴로

"대체 무엇이 알고 싶은 거요?"

하며 불퉁거렸다.

"무슨 짓을 해서라도 곁에 두시고자 하신 이가 아니더이까. 이제 겨우 가을이건만 벌써 포기하시는가 싶어 그러하지요."

"가을이니 조만간 겨울이 올 게요. 허면 해도 바뀌겠지."

왕비는 눈썹을 슬쩍 찌푸렸다. 질문에 합당한 답처럼 느껴지지 않았다.

왕은 어느새 표정을 풀고 여러 갈래로 나뉜 숲길에 섰을 때처럼 사념에 젖어 있었다. 마른기침이 나오자 왕비는 재빨리 입술을 틀어막았다. 다행히 왕의 사념을 깰 정도는 아니었다.

왕비는 왕의 사념을 짐작해 보았다. 왕이 사념에 잠길 만한 사안들은 도처에 널려 있었다. 궐 안이고 밖이고, 크든 작든 간에 조선에서 일어나는 일이란 일은 죄 껴안고 사는 왕이었다. 그중에서도 작금의 왕을 가장 속 썩이는 사안은 단연 임 숙용의 아비와 당여들을 탄핵하는 것일 테지만…….

왕비는 사념에 빠진 왕의 얼굴을 찬찬히 뜯어보았다. 왕은 그 순간 왕비와 공유하던 세계를 벗어나 저편의 어딘가에 서 있는 것처럼 보였다. 꿈속을 거니는 것 같은 왕의 표정에 왕비는 고개를 저었다. 그가 그런 얼굴로 누군가를 죽이고 살리는 문제에 대해 고민하지 않을 것이라 여겼다.

보나 마나 내금위장을 처음 만난 날이나 서로 좋았던 때를 떠올리는 거겠지.

왕비는 다소 심술궂게 생각했다.

왕은 왕비의 존재를 잊은 모양이었다. 홀로 전각을 내려가 터덜터덜 걷던 그가 맥연히 뒤를 돌아보았다.

왕비가 왕을 따라잡으려 종종걸음 했다. 왕비는 왕과 부딪치기 직전 가까스로 걸음을 멈추었다. 고개를 들어 올리자 왕의 그림자가 이마 위로 길게 드리워졌다.

왜 이제 겨우 가을이란 말인가, 왕은 혼잣말처럼 뇌까렸다. 이때껏 추색에 흠뻑 빠져 있던 그가 세월이 느리다 탓하니 앞뒤가 맞지 않았다. 왕의 눈에 섬광이 번뜩였다. 섬광은 이내 푸시시 꺼져 들었다.

"봄날을 기다리기가 지루하구려."

"겨울도 지나지 않은 시절에 어찌 봄을 찾으시나이까?"

주춤거리며 물러나 왕과의 거리를 확보한 왕비가 물었다. 시간이 얼마가 지났을까. 왕은 '자하골에 참꽃이 지천으로 피면…….'이라고 중얼거렸다. 뒷말이 이어졌으나 아스라이 가라앉아 미처 들리지 않았다.

자하골? 그곳이 어디더라?

궐 밖을 나서 본 지 까마득했다. 자하골이 어디를 말하는지 왕비는 알지 못했다. 자신이 일으킬 파란에 대해 냉철하게 분석하고 대책을 세우던 왕의 얼굴 위로 정체 모호한 감정들이 다양하게 명멸(明滅)했다. 그것이 그녀는 이상스럽기만 했다. 정녕 같은 사내가 맞단 말인가. 이 순간 왕은 왕이 아닌 전혀 다른 이의 얼굴을 하고 있었다.

사내의 얼굴을.

사내 이곤의 얼굴을.

왕은,

"춘설만 나리면……."

이라고 마지막으로 뇌더니 희정당으로 걸음 했다.

* * *

애달픔. 그리움…….

왕비는 자신의 감정에 솔직해진 왕의 얼굴을 거듭해 떠올렸다. 잘 벼린 칼날 같았던 왕은 불현듯 자신의 세상 저편에 감춰둔 여인을 떠올렸을 때 푹 익은 홍시처럼 물컹하게 부풀어 오른 감정을 무의식적으로 드러냈다. 지그시 누르면 금방이라도 껍질을 뚫고 줄줄 흘러나올 것 같은 진득한 감정들을.

꿈꾸듯 금원의 허공을 헤치며 내금위장과의 추억을 더듬던 왕의 표정은 홍시의 첫맛처럼 달짝지근했다. 그러다 내금위장이 더는 곁에 없음을 깨달았을 때, 그는 홍시의 끝 맛처럼 씁쓸한 표정이 되어 낭패한 소년처럼 어깨를 축 늘어트렸다.

왜 문득 내금위장에 대해 묻고 싶었던 것일까.

왕비는 궁금했다. 끝내 가지지 못한 것에 대한 미련이라기보다는 순수한 호기심이었다. 왕은 목적한 바를 위해서라면 수단과 방법을 가리지 않는 자였다. 얼음장처럼 차가운 심장을 가진 남자라고 어린 시절부터 철석같이 믿어 온 왕비에게는 누군가를 진정으로 귀애하는 왕의 모습이 상상되지 않았다.

그러면서도 왕비는 자신이 짓궂었음을 인정했다. 함께 산보를 하지 않겠느냐 하던 왕의 청에 바보처럼 설레서 달려간 것이 공연스레 억울했다. 왕비는 자신을 옆에 두고 자신이 존재하지 않는 세상의 어디쯤을 헤매는 왕을 보는 것이 답답했다. 정처 없이 허공을 떠도는 왕의 눈길은 매혹적인 데가 있었다. 몽환의 경계를 아슬아슬 딛고 서 있는 것처럼 보이는 왕의 모습에 왕비는 홀리면서도 박정하기만 한 사내에게 끌리는 자신의 처지가 딱하고 억울했다. 억울한 김에 가면 너머에 자리한 왕의 진정한 얼굴을 목도하고 싶었다.

왕의 아내, 왕의 어미가 왕비에게 주어진 자리였다. 세상에서 가장 빛나고 화려한 자리를 차지해 놓고서도 그녀는 때때로 자신이 갖지 못한 왕의 한 조각, 저편 세상에 대한 미칠 것 같은 욕망과 탐욕에 몸서리쳤다. 들키지 말아야 할 감정이었다. 왕에게 그녀의 번뇌를 들키는 즉시 왕과의 공조는 무너지고 말 탑이었다. 그럼에도 불구하고 탐욕과 욕망은 하시라도 튀어나오는 마른기침처럼 때와 장소를 가리지 않고 심술을 부렸다.

순수한 호기심이다. 아니다.

심술이다. 짓궂음이다…… 아니다.

감정이란 왕의 얼굴에서 명멸하던 것들처럼 왕비에게도 다양하고 모호한 것이었다. 왕비는 들춰내어 생각하면 할수록 그 복잡성에 점점 미궁 속으로 빠져들었다.

상궁이 해가 짧아졌다면서 사위가 어둑해지니 그만 침방으로 듭시라 했다. 상궁의 손을 붙잡고 일어난 왕비는 돌아서서 섬돌에 당혜를 벗었다. 대청마루에 발을 한 짝 걸친 그녀는 일순 뇌리를 스치는 단서 하나에 잡상처럼 굳어서 움직이지 않았다.

춘설만 나리면…….

왕의 말을 곱씹고 곱씹고 또 곱씹었다. 왕비는 왕이 뇌던 것들을 하나하나 더듬었다. 봄날, 자하골, 참꽃, 춘설…… 따위의 것을 몇 번이고 되뇌었다.

"하!"

오랜 비밀을 푼 것처럼 왕비는 탄성을 질렀다. 대청마루에 걸쳐 있던 발이 툭 떨어졌다. 몸을 돌려 휑한 마당을 보았다. 임 숙용 처소의 나인들로 꽉 차 있던 대조전의 앞마당은 언제 그랬냐는 듯 텅 비어서 무척 삭막해 보였다.

* * *

왕은 내금위장의 죽음을 선포했다. 내금위장을 납치해 갔다는 도적 떼의 흔적도 내금위장의 사체도 발견되지 않았다. 용상 아래 엎드린 형조판서와 포도대장이 장기 수사에도 별다른 성과가 없었음을 엎드려 빌었다. 계절은 엉금엉금 기어 삼동이다.

곤의 눈길이 중신들 사이를 지나 닫힌 분합문을 향했다.

왕이 내금위장을 찾는 일에 그다지 열성적이지 않았다는 것은 모두가 아는 사실이었다. 그토록 옆에 두고 한시도 떨어트리지 않았던 총신을 하루아침에 잃은 왕은 내내 심드렁했다. 기실 내금위장을 찾는 시늉만 했다 해도 틀린 말이 아니었다.

곤은 손을 휘휘 저어 형조판서와 포도대장은 물렀다. 그들이 물러가자 박 내관을 위시한 내반원의 내관들이 들어와 수십 권의 책을 용상 앞에 쌓아 놓았다.

대전 설리가 쌓아진 책 중에 한 권을 집어 곤에게 받쳐 올렸다. 책을 건네받은 곤은 책의 겉표지를 쓱 훑어 내렸다. 곤은 커다란 몸을 앞으로 숙였다. 매서운 눈을 흡뜬 그는 편전에 모인 중신들을 차례로 돌아보았다.

"월하야담이라……."

곤이 책 제목을 읽자 화들짝 놀란 중신들이 저마다 고개를 조아렸다. 왕과 사라진 내금위장의 추문이 상세히 적힌 책이 임 숙용의 처소에서 무더기로 적발됐을 때부터 왕이 이 일을 어찌 휘두를까 전전긍긍하던 차였다. 중신들은 그에 올 것이 왔다며 긴장했다.

연전에 새로 등극한 왕의 닦달과 성화로 노쇠한 육신들은 하루가 다르게 늙고 늙어 이대로 말라비틀어져 백골이 될 지경이었다. 앞전에 일어난 몇 개의 옥사와 사화에서 간신히 목숨 줄을 부지한 그들은 이번에는 또 어찌 살아남나 한숨부터 나왔다.

아니나 다를까 왕은 또 다른 시빗거리를 들고 와 늙은 중신들의 수염을 잡아당길 만반의 태세를 갖추고 있었다. 왕이 본격적으로 선전포고를 하기도 전에 늙은 자들은 진력이 나서 체머리를 평소보다 더 거칠게 떨었다.

아이고, 한바탕 또 난리가 나겠구먼.

저놈의 왕은 쉬지도 않는단 말인가?

쉬는 김에 아예 관 속에 들어가 영영 쉬라고 좀 전해 주게.

포기들 하시게나. 저놈은 죽어도 썩지 않을 게야.

암만. 미친놈 같으니. 젊은 놈이 늙은이들에게 적당히 져 주고 그래야지, 그렇지 않아도 늙어 기운 빠지는데 저놈 마수 비켜나느라 내가 천수를 못 누리겠으이.

심각한 눈빛을 교환하며 웅성거리는 노회한 자들을 가만 내려다본 곤은 짜증이 난다는 듯 책 모서리로 서안을 거칠게 내려찍었다. 찔끔한 중신들의 몸이 한층 낮아졌다.

곤은 책을 들고 용상을 내려와 수염이 희끗희끗한 노신에게 책장을 펼쳐 내밀었다. 임 숙용의 친정 아비였다.

"여기 이 부분. 써진 그대로 읽어 보시오."

눈이 침침하여 글자가 잘 보이지 않는다며 엄살을 피우는 늙

은 중신을 향해

"그럼, 당장 사직을 하고 구들방으로 물러날 것이지 예서 뭐하는 것이오? 그대들이 하는 일이란 얼마 있지도 않지만 기껏 탁상머리에 앉아 글자 몇 개 읽는 것이 고작일 것이외다. 헌데 그마저도 못할 것이면 당장에 사직을 하고 젊은 동량들에게 그 자리를 물려주어야 마땅하거늘! 자리 차지하고 앉아 꼬박꼬박 녹봉 받아먹으니 뱃가죽 안이 든든하시겠소이다. 아니 그렇소이까!"

외치는 곤의 목소리가 우렁우렁했다. 그는 눈이 침침하다는 임 숙용의 아비를 채근하며 기어이 그의 턱 밑으로 책을 들이밀었다.

"어서 읽으시오. 아니, 아니. 여기 이 부분이라니까 그러오. 과인이 두 귀 활짝 열고 있으니 어디 한번 젊은이 뺨치도록 크게 읽어 보시구려."

임 숙용의 아비가 마지못해 책에 코를 빠트리고 웅얼웅얼 읽기 시작했다. 곤이 고개를 저으며 다시 읽으라고 하자 거슬한 목소리를 좀 더 크게 내었다. 그래도 만족하지 못한 곤이

"자기 당이 옳다며 서로 잡아 죽일 듯이 싸울 때는 목청만 좋더니 참말 이상도 하오. 경의 목청은 필요할 때만 커지는가 보오."

면박을 주었다. 급기야 책을 빼앗아 든 그는 직접 글을 읽었다.

"구중궁궐 달빛 아래에 선 금상과 내금위장의 은밀하고도 진한 이야기 "

또박또박 한 글자씩 힘주어 읽은 곤은 책을 다시 임 숙용의 아

비에게 내밀었다. 곤은 자신이 읽은 다음 부분을 가리켰다.

"거기 그 부분 읽어보시오. 크게 읽지 않으면 읽을 때까지 벌을 세우리다."

곤의 으름장에 임 숙용의 아비가 이를 악물었다. 늘어진 볼살을 파르르 떨며 있는 힘껏 목청을 높였다.

"사내가 사내를 탐하니 음양의 이치와 유교의 가르침이 무너져 나라의 근간을 흔드는구나."

"그만. 거기까지면 되었소."

곤은 말하기도 귀찮다는 듯 미리 대령해 있는 사헌부 관원을 손짓으로 불렀다. 용상으로 돌아가 앉은 그는 고단해 뵈는 얼굴로 이마를 지그시 눌렀다.

"대독하오리까?"

앞으로 나온 사헌부 관원의 물음에 고개를 끄덕이고 눈을 감았다.

사헌부 관원은 왕의 교지를 펼쳐들고 큼큼, 목소리를 가다듬었다. 그는 크고 우렁차게 교지에 써진 글자들을 읽어 내려갔다.

만조백관은 들을지어다.

과인의 치세가 열린 이후로 나라에 환란이 끊이지 않아 고통과 번민이 조정과 대전에 가득한데 또다시 이런 불측무도한 일이 적발되어 과인이 마음 깊이 슬프도다.

과인이 내금위장을 호종무관으로서 신뢰하여 총애하였거늘

그것으로 말미암아 참담한 와설을 만들어 무지한 백성들에게 흘리고, 책으로 엮어 백성들이 암매(暗賣)토록 하니 이를 어찌 천인공노할 일이 아니라 할 수 있는가.

무지한 자들의 실수라 하면 너그러이 넘어가 주련만 나라의 녹을 먹는 신료란 자들이 제집 하인까지 동원하여 저자에 추문을 퍼트리고, 내명부의 후궁이 조직적으로 책을 암매하여 궐 안에 퍼트리니 이를 어찌 묵과할 수 있으랴.

이를 빌미 삼아 반정을 도모하려 하였음이 곳곳에 증좌로 남아 있으니 과인이 이를 일벌백계하여 다시는 이러한 일이 재발하지 않도록 만인 앞에 본을 보일 것이다.

잠시 숨을 고른 사헌부 관원은 교지에 줄줄이 나열되어 있는 성명들을 하나씩 불렀다. 임 숙용의 아비와 임 숙용의 성명이 제일 앞자리에 있었다. 성명이 불린 자들을 의금부 군사들이 편전 밖으로 끌어냈다. 사헌부 관원이 교지를 둘둘 말아 뒷걸음으로 물러났다. 도살장에 끌려가는 짐승처럼 울부짖던 자들이 썰물처럼 빠져나가자 편전은 순식간에 고요해졌다.

곤은 그의 일 처리가 늘 그러했듯이 자신의 계획을 일사천리로 밀어붙였다. 항변을 할 틈도 없이 끌려간 자들을 보며 남아 있는 자들은 꿀 먹은 벙어리가 되었다. 개중에 그래도 원로의 소임을 다하고자 하는 한 노신이 조심스레 물었다.

"전하, 아뢰옵기 송구하오나 저들이 반정을 도모하려 한 증좌가 있사옵니까?"

"경은 과인의 교지를 듣지 않은 것이오?"

"듣기는…… 들었사오나 하도 황망히 일어난 일이라 신이 혹여 잘못 들은 것이 있나 다시 한 번 여쭈나이다."

곤은 버릇처럼 손가락으로 무릎을 톡톡 두드리며 노신을 쏘아보았다. 너구리들은 도처에 있었다. 성미 같아서는 편전을 아예 통째로 뒤엎어서 대롱대롱 붙어 있는 중신이란 것들을 탈탈 털어 내 버리고 싶었다.

사람이란 각기 생김이 다르듯 타고난 천성도 달라 이런 사람이 있으면 저런 사람도 있는 법이었다. 하여 난세라 할지라도 충신 없는 시대가 없고 태평성대라 할지라도 간신 없는 시대가 없었다.

한데 인재도 충신도 왜 이리 보이지 않는단 말인가!

곤의 눈길이 길어지자 노신은 불안했다. 괜스레 나서서 저 역시 된서리 맞으면 어쩌나 했다.

곤은 갑자기 산천유람을 떠난다며 사직을 청하고 훌쩍 떠나버린 윤세준이 생각났다. 야, 이놈아. 발에 채는 것이 나랏일인데 이 일 구덩이 속에 나만 두고 어디를 가느냐, 노발대발하는 곤에게 윤세준이 빙글거리며 답하기를

"산천유람을 떠나야 조선 땅이 어찌 생겼는지 알 것이 아니옵니까? 구석구석 어느 고을 어느 백성이 어찌 살아가고

있는지 직접 보고 들어야 할 것이옵니다. 그래야 조선 백성의 삶에 딱 맞는 제도와 법을 연구할 것이 아니옵니까?"

했다. 그러면서 아고고, 배야 라든가, 아이구 전하, 이놈 뱃병이 나서 죽을 것 같사옵니다 라든지, 갑자기 열꽃이 피는데 영문을 모르니 괴질이 아니옵니까 라며 눈에 훤히 보이는 꾀병을 피웠다.

결국 고집을 꺾지 않고 칭병사직한 윤세준을 보내 준 곤은 편전에 앉아 수염만 쓰다듬고 앉아 있는 노회하신 정객 어른들만 뵈오면 머리가 지끈거리고 부아가 났다. 하여 때마다 부글거리는 속마음을 다스리기 급급했다.

윤세준이 지근에 있을 적에는 밤새 두런두런 나라와 백성에 대해 이야기를 나누었는데 이제 그도 없으니 마음 한구석이 허탈하기만 했다. 이록과 박 내관이 소싯적 동무와 같다면 윤세준은 곤이 제일 처음으로 가진 정치적 동반자였기에 그의 빈자리가 더 크게 다가왔다.

뭐 어쩌겠는가. 이 없으면 잇몸으로 사는 게지.

곤이 자리에서 벌떡 일어서자 지레 놀란 노신이

"전하, 소신을 죽여 주시옵소서!"

외치며 납작 엎드렸다. 정작 노신을 잊고 있고 있었던 곤은 고개를 기우뚱하며 노신을 내려다보았다.

"죽여 드리는 것이야 무에가 어렵겠소? 헌데 무엇을 잘못하셨소이까? 혹시 월하야담…… 건에 관련되셨소? 과인이 미처 몰라

경을 놓친 것이라면 내 지금이라도 당장 의금부 도사를 부르리다."

그러자 노신의 고개가 번쩍 들렸다. 겁을 집어먹은 그의 동공이 요동쳤다. 빛이 바랜 흰자위가 누리끼리했다.

"워…… 월하야담이라니요. 신과는 결코 관련이 없는 일이옵니다."

"없으면 말지. 과인이 군주라 하나 연세 지긋하신 경이 이러니 심히 면구쩍구려. 죄 없는 자가 무엇이 두렵겠소?"

곤은 입술을 의식적으로 비틀며 비웃었다. 그가 용상 아래로 저벅저벅 내려오자 놀라서 벌렁거리는 가슴을 쓸어내린 노신이 슬그머니 눈길을 내렸다. 침을 꿀꺽 삼켰다. 그를 지나쳐 가며 곤이 흘리듯이 말했다.

"월하야담이라…… 누가 지었는지 거 제목은 좋구려."

분합문을 열고 대령 중인 박 내관이 전하, 하며 낮은 소리로 그를 불렀다. 곤은 뭐 어떠냐 하며 어깨를 으쓱였다. 편전의 문턱을 넘기 전에 몸을 돌려 중신들을 돌아보았다.

"읽어 보니 문장도 제법 괜찮더이다. 백성들 읽는 언문 소설이라 유치한 감이야 있지만……."

씩 웃는 곤을 중신들이 경악하여 올려다보았다.

"가원아."

"예, 전하."

섬돌을 내려오던 곤이 고개를 반쯤 돌려 편전 쪽을 보았다. 그의 부름에 박 내관이 가까이 와 고개를 조아렸다.

"들리는 것 같지 않느냐?"

"무엇이 말이옵니까?"

"미친놈…… 소리 말이다."

"예. 들리는 것 같사옵니다."

처음 몇 번은 당황해서 어쩔 줄 몰라 하던 박 내관도 자주 듣는 질문에 이력이 났는지 무심히 답했다. 입술을 꿈틀거리며 못마땅하게 쳐다본 곤이

"갈수록 재미없는 놈일세."

했다. 박 내관이 산천초목이 세월 따라 변하는데 인간인들 아니 변하오리까? 불퉁거렸다. 주변의 수행 궁관들이 아슬아슬하여 박 내관을 보았다. 저러다 경을 치면 상선 어른 어쩌나 내심으로 자기들끼리 조바심쳤다.

"네 말이 맞다. 다들 변하고 다들 제 갈 길 가기 바쁘구나."

"어찌…… 그러시옵니까?"

금세 정색을 한 박 내관이 곤의 낯빛을 살피며 조심스레 물었다.

"아니다."

선정문을 터덜터덜 나서는 곤을 박 내관이 총총히 쫓아가 심기 미령하시느냐, 거푸 물었다. 걸음을 멈춘 곤이 박 내관을 맥없이 쏘아보았다. 그는 다시 고개를 돌려 호위들이 있는 곳을 보

았다. 그곳에 있어야 할 연옥도 이록도 보이지 않았다. 새롭게 내금위장으로 승차한 자가 고개를 조아렸다.

"이록은 할 일이 무에가 그리 많아 코빼기도 볼 수 없다더냐?"

"내삼청을 통솔하는 금군별장이옵니다. 궐 안 사정 중 내삼청과 직결되지 않은 일이 없으니 다사분주할 것이옵니다."

"흥. 모르는 소리다. 서쪽 어드메 달구경 가기 바쁠 테지."

"예? 서쪽 어드메라니 그것이 무슨 말씀이시옵니까?"

알 수 없는 말에 박 내관이 묻자 곤은 그런 일이 있다며 얼버무렸다. 그는 공연히

"거 봐라. 윤 주서 놈은 산천유람인지 뭔지 떠나서는 연락 한 자가 없고 잘난 금군별장은 제 볼일 보기 바쁘고 나만 예 남아 있지 않느냐. 네놈 말마따나 산천초목 따라 다들 변하는구나."

퉁을 주었다. 까닭 없이 주는 핀잔에도 박 내관은 한두 번이 아닌 듯 아무렇지 않게 어깨를 으쓱하고 말았다.

곤은 멈췄던 걸음을 움직였다. 수행 궁관들과 연(輦)이 그 뒤를 따랐다.

"전하, 어디로 거둥하시나이까?"

박 내관의 물음에 발길 닿는 대로 가자 했다.

한참이 지나 박 내관이 슬그머니 입을 열었다.

"그런데 말이옵니다, 전하."

"왜 그러느냐?"

"산천초목이 변하니 중궁마마께서도 변하신 듯하옵니다."

힐끔 박 내관을 본 곤이 고개를 주억거렸다.

"변했지."

말은 없어도 내금위장을 잃은 어심이 많이 상하셨으리라, 곤의 마음을 어림쳐 넘겨짚은 박 내관은 근자에 부쩍 가까워져 보이는 양전 사이를 부추기고자 했다. 오래된 성터처럼 무너져 있을 어심이 왕비로 인해 치유되기를 바랐다.

"수 쓰지 말거라."

곤이 뱉어내듯 툭 말하자 박 내관은 정녕 아니 되는 것인가 실망했다. 그는 무슨 말씀인지 모르겠다며 시침을 뗐다.

"나와 내전 사이에는 세자가 있다."

"그것이 무슨 말씀이온지……."

"그걸로 되었단 말이다."

"도통 왕언을 이해하지 못하겠나이다."

말귀가 왜 그리 어둡냐며 왕이 박 내관을 흘겨보았다.

"말 그대로 이해하면 될 것을. 세자가 저를 흔드는 바람에 꺾이지 않고 거목으로 커나가는 것을 나와 내전이 함께 지킬 것이다."

"동지…… 그 이상은 아니라는 말씀이시옵니까?"

"내가 과거에 내전에게 많이 야박하였지. 이제 와 그것이 참으로 미안하구나. 지나 버린 시절을 무엇으로 보상하랴. 보상할 순 없겠으나 내전과 나 사이에 세자가 있고 내전이 내 곁이 나란히 있는 한 존중하고 또 존중할 것이다."

"잔인하시옵니다."

박 내관은 저도 모르게 말했다.

"중궁마마께서도 여인으로 나신 분이 아니시옵니까?"

걸음을 멈춘 곤이 그를 돌아보았다.

"나도 안다. 이게 다 팔자다."

"……."

"촌부의 자식으로 태어나 먹고 살자고 양물을 뗀 너도, 비록 비단 옷은 둘렀으나 언제 죽을지 몰라 부왕의 눈치를 살피며 전전긍긍하던 나도, 여인이 아니라 권력을 위한 도구로 시집을 오게 된 내전도 다 팔자니라. ……서쪽 어드메서 달구경이나 하는 이록이 놈도 팔자고 말이다."

막막한 심정으로 곤이 뇌는 말을 듣던 박 내관은 대체 서쪽 어드메가 어디냐고 살짝 짜증 서린 목소리를 냈다. 곤은 박 내관의 물음을 무시하며 계속 제 할 말만 중얼거렸다.

"팔자 도둑 못 하는 법이라더라. 먼 훗날, 미래는 또 다를지 모르겠으나 우리는 지금 이 순간을 사는 것이다. 그러니 어쩌겠느냐. 그 안에서 잘 살아 봐야지. 하여 내가 내전과 공존하는 방법이 그것이니라. 나는 왕으로서, 내전은 왕비로서……."

무지한 말 같으나 팔자만큼, 노력의 여하를 벗어나 주술처럼 강력하게 얽어매진 처지를 잘 설명하는 적절한 단어도 없었다. 팔자는 천형과도 같았다.

"허면 매번 전하께 당하는 중신들도 팔자겠사옵니다."

박 내관이 멀거니 중얼거렸다. 곤이 답답하다는 듯이 고개를 흔들었다.

"그놈의 탁상공론은 모사를 꾸밀 때도 마찬가지더라. 엉덩이 붙이고 앉아 입으로만 나불나불, 냄새만 풀풀 풍기니 내게 들키는 것이 아니겠느냐. 내 코가 개코니라."

박 내관이 옥체 귀중하신 전하께서 어찌 한낱 미물에 비하여 말씀하시나이까, 펄쩍 뛰었다. 곤이 제 몸 귀한 줄 아는 조정의 중신들 좀 보아라. 그 귀하신 몸뚱이 어찌 될까 몰라 탁상에 앉아 움직이질 않으니 되는 일이 없는 게다, 툴툴거렸다.

곤은 삼동에 어찌 눈이 아니 내리느냐며 느닷없이 불뚝성을 냈다. 죄 헐벗은 가지뿐, 눈 보는 재미도 없다며 침전으로 돌아가자 했다.

희정당 일원으로 들어서기 전에 곤은 금원이 있는 쪽을 바라보고 섰다. 박 내관이 금원으로 거둥하시겠사옵니까? 묻자 말없이 고개만 내저었다. 찬바람이 훑고 지나갔다. 박 내관이 오스스 떨며 어깨를 들썩였다.

곤이 누구에게인지 모를 말을 뇌었다.

"삼동에 눈이 내리지 않으면 춘설인들 내릴까……."

*　　*　　*

문창지에 무언가 어른거렸다. 작고 보드라운 것이 나풀나풀 흩날렸다. 왕비는 김이 오르는 차를 입가로 가져가다 말고 장지문을 보았다.

“지천에 두견화(참꽃)가 폈사온데 눈이옵니다, 어마마마.”

세자가 말을 하며 지창으로 다가가 창문을 훨쩍 열었다. 새앙각시들이 앞마당을 비질하다 말고 오종종하게 모여 하늘을 향해 폴짝폴짝 뛰었다. 손을 높이 쳐들고 떨어지는 눈송이를 서로 받으려 애쓰며 까르륵 웃음을 터트렸다.

“춘설이 나리시나 봅니다.”

희미하게 미소한 왕비는 찻잔을 내려놓으며 중얼거렸다. 창가에 앉아 바깥을 바라보던 세자가 고개를 돌리고 왕비를 보았다.

“지난겨울은 눈이 너무 아니 내리더이다.”

“그러게 말입니다. 어느 분 속깨나 타셨겠습니다.”

“뉘를 이르심이온지?”

“계시답니다. 그런 분이…… 계세요. 봄이 지나갔느냐 물으시고 가을은 왜 이리 더디 가냐 하시더니 삼동에 눈이 어찌 아니 내리느냐 성화시더이다.”

입술을 삐죽인 세자는 도무지 모르겠다는 표정을 지었다. 왕비는 세자의 빈 찻잔에 차를 따라 주었다.

“세자께서는 아실 것 없습니다. 그저 아득한 곳의 이야기지요.”

자리로 돌아온 세자가 차를 한 모금 마시며 빙긋 웃었다.

“차 맛이 좋사옵니다.”

“향은요? 향도 좋습니까?”

“예, 어마마마.”

"지난봄에 따서 말린 두견화랍니다."

세자는 차를 한 모금 더 마셨다.

왕비는 몸을 일으켜 대청마루로 나갔다. 세자가 서둘러 따라 나왔다. 대들보에 기대앉은 왕비는 눈 구경에 여념이 없었다. 불현듯 시녀상궁을 가까이 불렀다.

"마지막으로 궐 밖에 다녀온 지 얼마나 되었느냐?"

"스무 날 정도 된 듯하옵니다."

"한 번 더 다녀 올 때가 되었구나. 아마도 귀한 손께서 그곳에 당도하실 터이니 자네가 먼저 가 부엌살림이며 방 안 살림까지 부족한 것 없이 살피고 오너라."

"받자와 분부 거행하겠나이다."

물러가는 시녀상궁을 보며 왕비는 흡족한 듯 호흡을 크게 내쉬었다. 세자가 봄이라고는 하나 춘설이 나리는 때이니 침방으로 드시옵소서 했다. 자나 깨나 제 어미 건강 해칠까, 그것이 걱정인 세자였다.

왕비는 알았다 하면서도 움직이지 않았다. 야밤중에 알현을 청한 내금위장의 모습이 선연했다.

*　　*　　*

"떠나다니요?"

왕비는 얼떨떨한 목소리로 되물었다. 그녀는 정물처럼 앉아 있는 내금위장을 면밀한 눈길로 살폈다. 달라진 것이 전혀 없었다.

"비번 날이라 궐 밖 사가로 퇴청하시는 것이 아닙니까?"

말없이 앉아만 있는 내금위장이 답답해 왕비의 목소리가 커졌다. 내금위장이 문밖을 의식하자 왕비의 목소리도 자연히 낮아졌다.

"연유가 무엇입니까?"

"……."

"연유도 뭣도 말하지 않을 것이면 내게는 어이 들렀습니까?"

"……."

"이보세요, 내금위…… 쿨럭 쿨럭."

마른기침에 왕비는 한동안 말을 잇지 못했다. 방 안은 침묵과 기침소리만 흘렀다.

"나는 우리 세 사람이 잘 지내고 있다 생각했습니다."

기침의 여파로 왕비의 목소리가 갈라졌다. 시녀상궁이 미리 떠다 놓은 자리끼를 가까이 끌어당겼다. 대접에 물을 따르다 말고 이해되지 않는다며 고개를 설레설레 흔들었다.

"그대는 비록 드러나지 않지만 전하의 여인입니다. 또한 왕을 지키는 호위 무관이에요. 이렇게 홀연히 사라질 수는 없습니다."

내금위장이 알현을 청하고 처음으로 왕비와 눈을 마주쳤다. 맑고 깨끗한 눈에 왕비는 기분이 이상했다. 그녀는 내금위장의 눈을 피하며 눈썹을 내렸다.

"마마께서는 소인에게 때 되어 더는 사람들 눈을 속이지 못하겠거든 없었던 이처럼 사라지라 말씀하셨사옵니다."

눈썹을 홱 들어 올린 왕비의 눈 사이가 일그러졌다. 그녀는 입술을 가만 깨물었다.

"감히 아뢰옵기 주제넘은 줄 아오나, 마마. 소인이 길을 떠나면 전하를……."

"용종이냐?"

정색을 한 왕비가 내금위장의 말을 잡아채며 물었다. 엄격해진 말투에서 그녀가 이 순간, 내금위장을 왕의 호종 무관이 아닌 오롯이 왕의 여인으로 바라보고 있음을 알 수 있었다.

왕비는 이상스레 차분해지는 기분을 느꼈다. 가끔 이런 날이 오면 어쩌나 상상하고 일없이 분노하기도 했었다. 분노가 너무 극에 달한 것일까? 왕비는 갑작스러운 상황을 그녀가 상상했던 것보다 훨씬 이성적으로 다루었다.

"복중에 용종을 품고 내게 왔단 말이지? 대체 너는 무슨 생각으로 온 게야?"

머뭇거린 내금위장은 용종이 아니라며 조용히 답했다.

"그도 아니라면 왜 갑자기 사라진다는 것이냐?"

"더는…… 그림자가 싫어졌사옵니다."

왕비는 입을 다물었다. 좌등의 불빛이 내금위장의 얼굴에 어른거렸다. 그냥 보내기엔 무언가 찜찜했다. 왕비는 왕을 떠올렸다가 다시 내금위장의 얼굴을 보았다. 한숨이 연이어 터져 나왔다.

"가려거든 그냥 가지. 뭐 하러 내게 왔단 말이냐?"

왜 이다지도 나의 처지를 난감케 하느냐 소리가 목울대까지 치고 올라왔으나 삼켰다. 내금위장의 고개가 죄스러움에 조금 숙여졌다.

"소인은 그저 소인을 참고 보아 주신 마마께 마지막 문후를 올리고자 했나이다."

"우리가 그리 살가운 사이더냐."

"마마……."

"가려거든 가거라. 없는 듯이 사는 그 처지 딱하지 않을 것도 없다."

"마마……."

"가래도 그런다."

왕비를 향해 큰절을 올린 내금위장은 엎드린 상태로 한동안 일어날 줄 몰랐다. 잠시 후 천천히 몸을 일으킨 내금위장은 왕비를 정면으로 바라보았다. 왕비는 혼잣말처럼 중얼거렸다.

"네가 전하를 내게 부탁하러 왔구나."

가볍게 다물린 내금위장의 입가에 미미한 웃음이 걸렸다. 말없이 자리에서 일어난 내금위장은 뒷걸음으로 문가까지 물러났다. 장지문을 열기 위해 몸을 돌리던 내금위장은

"우욱. 우우욱!"

입을 틀어막고 그 자리에 주저앉고 말았다. 몸을 둥글게 만 내금위장의 헛구역질은 계속 이어졌다. 당황한 왕비는 주춤한 자세로 내금위장의 헛구역질이 멈추기를 기다렸다. 아니 기다린

것이 아니라 멍해 있었다.

"용종이…… 맞았어."

왕비는 허탈해서 안석에 등을 털썩 기댔다. 내금위장은 용종이 아니란 말만 반복했다. 소매로 입가를 추스르고 부랴부랴 일어났다.

"용종을 품고 도망치다 잡히면 어찌 되는지 아느냐?"

내금위장이 장지문 고리를 잡은 손을 힘없이 떨어트렸다. 이마를 짚은 왕비의 장탄식이 이어졌다. 내금위장은 떨리는 목소리로 겨우 답했다.

"없었던 이인 듯 그리 사라지겠사옵니다."

"너만 그러면 되는 문제이더냐?"

"세상에 드러나서도 드러날 수도 없는 신세이옵니다. 어미 사정 닮아 복중 태아 역시 그러할 것이옵니다."

"일단은 말씀을 올려 보고……."

전하의 저편 세상에 살아라, 용종 갖지 말라, 때 되면 사라져라 모진 말을 하던 왕비는 내금위장을 붙잡아 앉히기 위해 애를 썼다. 문득 자신의 모습을 깨달은 왕비는 기가 막힌 듯 혀를 찼다.

내금위장은 위협하는 것이 없는 데도 본능적으로 복부를 감싸고 있었다. 왕비는 멀거니 내금위장의 복부를 보았다. 왕비가 내금위장에게 했던 말들은 제 것을 지키기 위한 방편이었다. 그것이 세자와 자신이 사는 길이라 믿었다.

모성은 어느 상황에서도 누구에게나 있는 것이었다.

"너는 너와 네 자식을 지키기 위해 다 버리고 혈혈히 떠나는 것을 선택한 모양이구나."

왕비는 자신의 말이 우스꽝스러웠다. 애초에 가진 것이 아무것도 없었던 내금위장이었다. 유일하게 가진 하나가 왕이었다. 내금위장은 그 하나를 버릴 참이었다.

벌떡 일어난 왕비가 문가로 다가와 내금위장의 팔을 낚아챘다.

"넌 떠나지 못한다. 이대로는 아니 돼."

"전하께서 아시면 아니 되옵니다."

내금위장은 길게 설명하지 않았지만 왕비는 내금위장의 두려움이 이해되었다. 왕은 결국 내금위장을 세상 밖으로 끌어내려 할 것이다. 내금위장이 아니라 서연옥이라는 이름으로.

왕은 지난 과거에 서자성에게 지웠던 역모의 죄가 실은 자신으로부터 시작된 음해였음을 고백하고 서자성을 신원시키려 할 것이 분명했다. 그리고 내금위장의 처지를 기어코 떳떳하게 만들려 할 테지. 그렇게 되면 왕에게 남는 건 무엇이란 말인가. 신하를 음해한 군주가 되는 것이다.

폐륜 군주란 오명을 쓰게 만든 김직언의 역모 사건과는 양상이 달랐다. 김직언의 일은 실제 일어났던 일이 단초가 된 것이었다. 서궁과 문호대군의 처지는 그로부터 어쩔 수 없이 파생된 처지였다. 그러나 서자성은 아니었다. 일어나지도 않은 일로 음해를 하였으니 그것을 누가, 어느 신하가 기꺼워할까. 호시탐탐 왕을 밀어내기 위해 작당들을 하는 조정의 중신들에게 확실한 명분만 하나 던져 주는 꼴이었다.

"남녀가 운우지정을 나누는데 씨가 생산되지 않을 것이라 믿었던 내가 우둔하였다."

"보내 주소서."

"내게 온 너를 그냥 내보낸 것을 전하께서 아시면 나더러 그 화를 어찌 감당하라는 것이냐."

"마마……."

"시간을 벌자. 그다음엔 전하께서 알아서 하시겠지."

내금위장이 무슨 소리냐며 왕비의 눈을 들여다보았다. 왕비는 주의를 환기시켜 부러 밝은 목소리로 물었다.

"내기 좋아하느냐?"

* * *

훗.

왕비는 피식 웃음을 터트리며 손가락에 껴 있는 쌍가락지를 보았다. 세자빈으로 간택이 된 후 약혼 신물로 받은 가락지였다. 왕비는 무의식적으로 만지작거리던 가락지를 슬며시 빼서 손 안에 말아 쥐었다.

내기는 내금위장을 붙잡으려는 방책이기도 했지만 왕을 시험해 보고자 함도 있었다. 서로를 향한 그 애달픈 연심이 말만이 아니라 실제로 멀리 숨어 버린 정인을 찾아낼 수 있을 정도인지.

용종을 해산할 때까지만 모소(某所)에 머물다가 끝내 왕이 찾지 못하면 너는 그냥 떠나라 했다. 왕이 찾아낸다면 그다음부터는 두 사람의 일이니 나는 아무 말 안 하련다 했다.

왕을 피해 완전히 숨기란 어려웠다. 가진 것 없이 회임한 몸으로 낯선 곳을 헤매며 다니는 것도 쉽지 않은 일이었다. 내금위장은 하는 수 없이 왕비의 내기를 받아들였다.

"아무런 기색도 없이 훌쩍 사라져 버리는 건 성상께 너무 불공평한 처사가 아니냐. 떠나기 전에 여지는 좀 남겨 드리도록 해라."

봄날, 자하골, 참꽃, 춘설…….

왕비는 자꾸만 안으로 들어가자 조르는 세자의 성화를 못 이기는 척 침방으로 돌아갔다. 그녀는 심부름 간 상궁이 돌아오면 그곳이 자하골이라는 곳이냐, 물어봐야겠다고 생각했다.

* * *

백악산 자락을 끼고 자하골이 있었다. 계곡 기슭에 자리한 작은 초가 앞마당에 참꽃이 흐드러지게 폈다. 마당에 나와 있는 여인은 담벼락에 세워 둔 싸리비를 들고 마당과 사립문 밖을 쓸었다. 짚으로 이엉을 얹은 초가는 아담했지만 먼지 한 톨 보이지 않을 만큼 정결했다. 여인의 차림새도 초가와 닮아 있었다. 화려한 입성은 아닐지라도 깨끗하고 정갈한 차림이었다.

여인은 초조히 마당을 서성였다. 사립문 밖까지 나와 저만치 동구 밖을 살폈다. 터덜터덜 마당으로 돌아온 여인은 부엌으로 들어가 솥뚜껑을 열고 고소한 밥 냄새를 맡았다. 김이 모락모락 피어올랐다.

아니 오시려나…….

여인은 못내 시무룩해졌다가 그런 자신을 나무라듯 고개를 세차게 흔들었다. 아니 오셔도 된다고, 오시면 아니 된다고 지난 한 해를 스스로 다독인 여인은 그러면서도 자꾸만 사립문 쪽에 신경이 쓰였다.

불린 콩을 한 바가지 가지고 마당으로 나온 여인은 툇마루에 걸터앉았다. 마루 구석에 두었던 맷돌을 끄집어 당긴 그녀는 콩을 한 줌 맷돌에 넣고 갈기 시작했다. 묵직한 맷돌이 천천히 돌기 시작하자 나리는 눈처럼 뽀얀 콩 국물이 흘러나왔다.

"크흠! 게 있느냐?"

갑작스러운 인기척에 맷돌을 돌리던 손을 멈춘 여인은 자신의 귀를 의심했다. 갈리다 만 콩을 노려보았다. 윗돌과 아랫돌 사이에 끼인 콩 국물이 주르륵 흘렀다. 속눈썹을 파르르 떤 여인은 고개를 틀어 마당을 보았다.

마당에 딛고 선 태사혜를 따라 시선을 올렸다. 초록색 도포 자락이 보였다.

여인은 자꾸만 비어지는 입술을 깨물었다. 그녀는 시선을 조금 더 올렸다.

초록색 도포 자락 위에는 아청색 전복이 덧대져 있었고 붉은색 술대가 찰랑거렸다.

"지나는 길에 조갈이 나 염치 불고하고 들렀다. 냉수 한 사발 마실 수 있겠느냐?"

머뭇머뭇 툇마루에서 내려온 여인은 고개를 푹 숙이고 마주 잡은 손을 어찌할 줄 모르다가

"잠시 계십시오."

하고 도망치듯 부엌으로 들어갔다.

여인은 물독에서 떠 올린 냉수 사발을 목반에 놓고 주저앉아 한동안 멍해 있었다. 두근거리는 심장이 아파 왔다. 가슴을 쾅쾅 치며 널뛰듯 뛰는 심장을 진정시켰다. 여인은 목반을 들다 말고 깜빡 잊었다는 듯 서둘러 뒤란으로 나가 키 높은 감나무의 가지를 향해 풀쩍 뛰었다. 몇 번의 시도가 있은 후에야 여인은 감나무 잎을 딸 수 있었다. 부엌으로 돌아와 냉수에 감나무 잎을 띄운 여인은 다시 한 번 요동하는 심장을 진정시켰다.

목반을 들고 밖으로 나가자 마당 이곳저곳 들여다보던 손이 다가왔다. 물 대접을 본 그는 한동안 말이 없었다.

얼마나 지났을까. 손은 떨리는 손으로 대접을 들었다. 그 상태로 한동안 정지되어 있었던 손은 결국 물을 마시지 못하고 대접을 도로 목반 위에 내려놓고 말았다. 그리곤 여인의 손에서 목

반을 빼앗아 툇마루에 던지듯이 놓았다.

손은 당황하는 여인을 와락 끌어안았다. 익숙한 감촉과 향기였다. 밀려드는 익숙함에 한참을 그렇게 있었다.

시간이 정지된 듯 사방의 사물이 정지되었다. 손과 여인은 오직 서로의 숨결만 느낄 뿐이었다.

여인의 목덜미에 얼굴을 묻은 손이 들릴 듯 말 듯 웅얼거렸다.

"보고 싶었다."

"송구하옵니다."

"삼동에 눈이 아니 내리더라."

"하여 춘설 또한 아니 내리나 겁이 났사옵니다."

"연옥아."

"예, 전하."

"서연옥."

"예, 전하."

"얼마나 불러 보고 싶었던 이름인지……."

곤은 연옥에게 구태여 사라진 연유를 묻지 않았다. 만났으니 되었다 했다. 연옥이 참으로 소인의 말씀을 잘도 들으시옵니다. 춘설이 나릴 때 오시랬다고 진정 이제야 오시옵니까, 하자 네가 그냥 그럴 아이더냐. 하며 웃음인지 울음인지 모를 기이한 표정으로 얼굴을 일그러트렸다. 그때 마침 방 안에서

"으아앙!"

하고 우렁찬 아기 울음소리가 들렸다. 다시는 놓지 않을 것처

럼 연옥을 꼭 껴안고 있던 곤이 그녀를 밀어내고 방문을 노려보았다.

"으아앙! 으아앙!"

아기는 자신의 존재를 알리려는 듯 더욱더 힘차게 울었다. 곤은 선뜻 방문을 열지 못하고 머뭇거렸다.

"열어 보시옵소서."

연옥이 슬쩍 그를 툇마루 가로 밀었다. 심호흡을 크게 한 곤은 천천히 방문을 열었다. 언제 울었냐는 듯 통통하게 살 오른 갓난아기가 제 어미를 닮은 맑고 검은 눈을 하고서 방글거리고 있었다. 곤은 연옥의 실종이 한순간에 이해되었다. 반갑고 행복하면서 동시에 괴로웠다.

곤은 차마 말을 잇지 못했다. 연옥이 그의 손을 부드럽게 쥐었다. 그녀는 말하지 않아도 다 아는 것처럼 편안한 얼굴로 그를 보았다.

"이것이 저와 아이의 행복이옵니다. 봄날의 춘설과 참꽃과 자하골의 이 초가 말이옵니다."

"……."

"전하께서 왕다운 왕이 되시는 것을 곁에서 지켜보는 것만으로도 소인에게는 보람이었나이다."

"……."

"허나 소인에게는 지켜야 할 것이 하나 더 생겼사옵니다. 우리의 아이 말이옵니다. 그러니 이제 지아비 왕은 싫사옵니다. 이곳

만큼은 왕이 아닌 이곤으로 오소서. 이곳이 서방님의 집이옵니다. 저와 아이가 있는 곳이옵니다. 그밖에 무엇을 바라오리까?"

"이것으로 만족하더냐? 너 하나도 아니고 우리의 아이가 있다."

"그러니 더없이 행복하지요. 고대광실도 싫고 금은보화도 싫사옵니다. 내명부 후궁 자리는 더더욱 싫으니 행여 구순에 담지 마소서. 소인 그저 이곳에서 촌부(村婦)로 살겠사옵니다. 바람결에 성군이 백성을 위하니 나라가 태평하다는 소문만 듣게 하소서. 그러다 문득 소인과 아이가 보고프시거든 하시라도 오소서."

곤은 차마 말을 잇지 못했다. 아이는 저를 모르쇠 하는 부모에게 항의라도 하듯 다시 울음을 터트렸다. 곤은 허둥지둥 방 안으로 들어갔다. 그는 버둥거리는 아이를 안고 어찌할 바를 몰랐다.

연옥은 부자간의 첫 상봉을 방해하지 않으려는 듯 조용히 돌아섰다. 소박한 마당에 눈이 내리고 있었다. 봄날의 내리는 춘설이었다. 삼동에 유난히 눈이 내리지 않아 춘설조차 내리지 않으면 어쩌나 애타하던 눈이었다.

자하골 지천에 피어난 참꽃 위로 나리는 춘설이었다.

〈춘설春雪 나리실제 완결〉